福家警部補の報告

大倉崇裕

天才的技倆を持った漫画家と彼女を潰しにかかる出版社の辣腕営業部長，もとは同人誌で合作していた二人が不幸な結末を迎える「禁断の筋書《プロット》」，ヤクザが仲間割れのあげく相討ちしたように偽装された殺害現場に佇んでいた栗山比奈が目撃証言を拒む理由とは……「少女の沈黙」，車椅子の妻をいたわる夫，息子なきあと一見穏やかな日々を過ごしている老夫婦が悪党どもを爆弾で吹き飛ばし，官憲の捕縛を逃れて痛快なメッセージをよこす「女神の微笑《ほほえみ》」，以上三編を収録。『福家警部補の挨拶』『福家警部補の再訪』に続く，倒叙形式の本格ミステリ第三集。

福家警部補の報告

大倉崇裕

創元推理文庫

ENTER LIEUTENANT FUKUIE WITH A REPORT

by

Takahiro Okura

2013

目次

福家警部補の報告

協力　町田暁雄

禁断の筋書《プロット》

一

三浦《みうら》真理子《まりこ》は床に倒れていた。仰向けになったまま、ぴくりとも動かない。

河出《かわで》みどりは、呆然と立ち尽くしていた。足許の丸い文鎮は、さっきまでテーブルの上にあったものだ。

それを手にしたところまでは覚えているが、そこからの記憶は曖昧だった。文鎮を手にして殴ったのか、真理子めがけて投げつけたのか。

みどりはゆっくりと真理子の横にしゃがみこんだ。

よく見れば、かすかに胸が上下している。

死んではいない。安堵感で、みどりは床に坐りこんだ。

文鎮は右こめかみに当たったらしく、皮膚が裂けている。血はほとんど出ておらず、床などにも飛んではいなかった。

救急車を呼ばなければ。荒い息をしながら、携帯電話のボタンを押そうとした手が止まる。

もう一度、昏倒したままの真理子に目をやった。

ダメだ。どちらにしろ、自分はおしまいだ。今夜のことを真理子は黙っていないだろう。

みどりは携帯を戻すと、天井を見た。

心の波立ちが去り、おぼろげなイメージが浮かび上がってきた。

イメージはやがてはっきりした形となり、散らばっていた点が結びついて一本のストーリーになった。

みどりは立ち上がり、深呼吸を三度、繰り返した。構想を練るとき、ネームを考えるときに行う儀式のようなものだった。

ここで退場するわけにはいかない。

床に横たわる真理子を見下ろす。

こんな女に、私は負けない。


真理子と初めて会ったのは、中学二年生のとき、府中《ふちゅう》駅前にある本屋の漫画コーナーでだった。

絵を描くのが好きだったみどりは、学校からの帰り道、いつも本屋に寄っていた。雑誌売り場からコミックコーナーまで、ゆっくりと店内を一周する。

あるとき、自分と同じような行動をしている少女を見つけた。それが真理子だった。

「これ、どう思う?」

真理子は、当時大人気だったコミックの最新刊を差しだしてきた。

その問いに、みどりは否定的な意見を述べた。それが真理子の琴線に触れたらしい。以来、二人は親友になった。

買ったばかりのコミックを持ち、二人でファーストフードの店に行くのが日課になった。いつも決まった席に坐り、時間の許す限り、お喋りをした。

漫画を描いていることを打ち明けたのは、知り合って一カ月ほど経ったころだ。ノートに描いたラフを見せると、真理子は驚いた様子もなく、黙ってページを繰った。やがて彼女は、自分のバッグからノートを取りだした。それには、同じく漫画の習作が描かれていた。

その年の夏、みどりと真理子は東京晴海《はるみ》で開催されたメガトンコミックフェスタ、通称「メガコミ」に初めて出かけた。メガコミは、漫画や小説などの同人誌を販売する巨大イベントだ。真夏の暑さをはるかに上回る熱気。帰り道、興奮気味の真理子は、みどりに言った。

「いつかこのイベントに、サークルとして参加しよう」

真理子の言葉が実現したのは、それから五年後のことだった。

みどりは大学に進み、真理子は書店などでアルバイトをしていた。進路は分かれたが、漫画は続けていた。そのころには、二人ともはっきりとプロを目指していた。

みどりは学業そっちのけで漫画にのめりこみ、メガコミ用の作品を描いた。出来上がった本を持ち、イベント会場に乗りこんだときの興奮は忘れられない。そして、百部刷った本が瞬く間に完売した驚きも。

いまにして思えば、それが、みどりと真理子にとって一番幸福な時であった。

二人の作る本はイベントを経るごとに評判となり、部数も増えていった。インターネットの普及も追い風となった。

大手出版社、湧泉舎《ゆうせんしゃ》の編集者が声をかけてきたのは、みどりが二十一歳、大学卒業を控え、進路を考えていたときだった。プロを目指すにしても、日々の生活費は必要だ。いったん就職するか、真理子のようにアルバイトで食いつなぐか。そんな状態のみどりにとって、編集者の誘いは渡りに船だった。

だが、大きな問題があった。誘いを受けたのは、みどりだけだったのだ。

真理子はぐったりとしたままで、意識を回復する様子はない。

悪いのはあんたなんだから。私の成功を邪魔する権利は、あんたにはない。

みどりはそう何度もつぶやく。

編集者のアドバイスを受けつつ、みどりは描き上げた短編を「細田理恵子《ほそだりえこ》新人賞」に応募、最優秀賞を獲得した。細田理恵子は少女漫画界の巨匠で、みどりの憧れの人でもあった。

それからは順調だった。湧泉舎のミステリー系漫画誌に短編を数本発表した後、ドル箱の月刊誌「ルル」に連載を始めた。作品の評判は上々で、単行本も十巻を数えるまでになった。

一方の真理子は、プロになるきっかけを摑めずにいた。

みどりが編集者の誘いを受け入れた時点で、二人の友情は終わっていた。真理子は一人で作品を描き続け、新人賞に応募したが、入選することはなかった。

プロの夢をあきらめた真理子は、編集者になった。どういう経緯で彼女がその選択をしたのか、みどりは知らない。だが、編集が天職であったことは間違いない。大手出版社でメキメキと頭角を現した真理子は、一昨年湧泉舎に移り、コミック部門の営業部長となった。そのときから、みどりの悪夢が始まった。

いまや立場は逆転し、みどりの生殺与奪の権は真理子が握っていた。営業部長として辣腕を振るう彼女にとって、漫画家一人を潰すくらいわけもない。

みどりの連載が打ち切られることになったのは、一年半前だ。その陰に真理子の存在があったのかどうかは判らない。だがそれ以降、順風満帆だったみどりの将来に翳《かげ》りが見えたのは明らかだ。連載終了後も次の仕事は来ず、他社の雑誌に単発の短編を二本描いただけ。単行本の売り上げがそこそこあるのでオフィスは維持できているものの、近々何とかしなければ、すべてを失うことになりかねなかった。

とはいえ、みどりの実力を買ってくれている編集者は少なくない。今年に入り、ようやく次の連載の話が動き始めた。みどりにとっても、失敗の許されない大きなプロジェクトだ。だがそこにも真理子の影がちらつき始めた。連載を潰そうと画策しているという噂が囁かれてもいた。

今夜、衝動的に真理子のマンションを訪ねたのは、不安ばかりが募る毎日に耐えられなくなったからだ。事の真偽を質《ただ》し、もし噂が本当ならば、徹底的に闘わねばならない。

みどりは北千束《きたせんぞく》にあるマンションの前で、真理子を待った。毎週水曜日は行きつけの店で飲み、午前零時前に帰宅する習慣だ。直談判するのであれば、帰宅時につかまえるしかない。いったん真理子が部屋に入ったら、門前払いを食わされるのがオチだし、会社では人目がありすぎる。

春先とはいえ、雨上がりの肌寒い道端に当てもなく立っていると、何とも情けなく、涙が出そうになった。

待つこと三十分、真理子が帰ってきた。

タクシーを降りたとたん、彼女は道に尻餅をついた。運転手が「大丈夫ですか？」と声をかけるのが聞こえた。

「大丈夫、大丈夫。ちょっと杖が滑っちゃって」

甲高い声が住宅街に響いた。

一カ月ほど前、真理子は会社の階段から落ちて左足首を捻挫した。それ以来、杖を使っている。ヨロヨロと真理子が立ち上がるのを確認し、タクシーは走り去った。

周囲に人気はない。みどりは植えこみの陰から出て、声をかけた。

「あら、みどりじゃない」

酔いもあってか、真理子の顔に驚きはなかった。杖の泥をティッシュで拭いながら、冷たい目でこちらを見ている。みどりは思い切って言った。

「話があるの」

返事はなかった。真理子は杖をつきながら、エントランスに入っていく。築二十年のマンションに、オートロックのシステムや監視カメラはない。常駐の管理人もいない。

「こんな場所で一人暮らしだなんて、信じられないわ」

みどりは真理子の背に張りつくようにして中に入った。

「どうってことないわよ。その分、家賃も安いし」

「漫画家の間でも噂になっているわよ。営業部長ともあろうものが、とんでもないボロマンションに住んでるって」

古びたエレベーターで五階に上がる。真理子の息は酒臭く、目は真っ赤に充血していた。

エレベーターを降りると、外廊下をゆっくり進んだ。真理子の部屋は一番奥の五〇五号だ。

「外は古いけど、大家の許可を貰って、中は徹底的にリフォームしたの。なかなかのものよ」

玄関ドアにもたれかかりながら、バッグに手を入れ鍵を探っている。真理子は左利きだ。利き腕で杖を持っているため、日常生活のあらゆることに不便を感じているらしい。

ぎこちない動きで鍵をだし、右手で鍵を回した。

「うちに来るの、初めてだっけ?」

「ええ」

ドアを開けると右手に靴箱があり、みどりは危うくぶつかるところだった。

それを見て、真理子は笑う。

「あんた、昔から左利きに憧れてたわよね」

靴脱ぎ場には靴が何足も並んでいる。どれも念入りに磨いてあった。

音をたててドアが閉まった。鍵をかけようと振り向いたみどりに、真理子が言った。

「自動でかかるから、放っておいたらいいの。鍵かけるの忘れちゃうのよね。物騒だって、後輩に怒られちゃってさ。渋々つけ替えたってわけ。さてと」

真理子は靴箱の横に置かれたスツールに腰を下ろす。

「ねえ、靴を脱がせてくれない？　腰が痛くて、しゃがめないのよ」

真理子はそう言って、みどりの反応を試すように、こちらを見つめた。

「さあ、早く」

右足を上げ、足先を突きつける。

みどりは靴脱ぎ場にしゃがんだ。眼前には、真理子の靴。ひどい屈辱だった。

真理子は仏頂面のまま冷たい視線を向けてくる。

「あんた、こんなときも外さないのね」

みどりがはめている、薄手の手袋のことだ。

「プロ作家のたしなみってわけ？　まったく、芸術家ぶっちゃって」

「手は商売道具だから」

みどりはそうつぶやいて、真理子の靴を脱がせた。

「靴は適当に並べといて。あら、杖を拭く雑巾がないわ。あんた、肩貸してくれる？　杖が汚れたままだと、部屋が汚れちゃうから」

わざとやっているとしか思えなかった。酔いに任せ、みどりをいたぶっているのだ。

それでも、ここで決裂するわけにはいかない。相手の真意を質すのが先だ。

みどりは腹立ちをこらえ、真理子の左肩に自分の右肩を合わせた。

その間も、真理子は耳許でわめく。

「ちょっと、気をつけて。まだ痛いんだから！」

真理子の体は重く、リビングまでのわずか数メートルが、ひどく長いものに思えた。

部屋は１ＬＤＫ。廊下を挟んで左側に洗面所と浴室、右側にリビングとキッチン、突き当たりが寝室という間取りだった。

リフォームしただけあって、リビングは広々としており、床暖房も備わっていた。

ドアを入ってすぐのところにダイニングテーブル。それが食事のために使われることはほとんどないらしく、ゲラやバインダーが並ぶ作業机と化していた。椅子は手前と奥に二脚ずつ。手前側の二脚には、通販で買ったと思われる大きな段ボール箱が蓋も開けず置いてある。

「奥のソファまでお願い」

真理子の命令に従い、さらに数メートル進む。腕や肩は痺れ、腰も痛み始めていた。坐っている時間が長いため、腰回りのケアは欠かせない。明日、マッサージの予約を入れよう。

「はい、到着」

投げだすようにして、真理子から身を離した。

「売れっ子作家に靴を脱がさせ、部屋の奥まで運んでもらう。なかなか気分のいいものね」

ソファに坐った真理子は満足そうに笑う。

「ついでに部屋の掃除もしてもらおうかしら。この通り散らかってて」

「バカなこと言わないで！」

自らを落ち着かせるべく、ゆっくりとコートを脱ぐ。下に着ているのは、パーティ用の白いドレスだ。

「よくお似合いだこと」

「茶化すのはやめて。今日はパーティがあって」

「細田理恵子作家生活三十周年ってやつでしょう。招待状が来たけど行かなかったわ。過去の人には興味ないから。あらあら、大先生から貰ったブローチまでしちゃって」

「これは、新人賞を受賞したときに直接贈っていただいたの。先生のとペアになってる、私の宝物よ」

真理子は笑った。

「ガラクタは、思い出として大事に取っておくのね。あんたはどうせおしまいなんだから」

「え？」

「あんたは私が潰してやる」

全身から血の気が引いていった。

「な、何バカなこと言ってるの……」

「私は冗談が嫌いなの。あんたは私が潰してやる。それくらい、私にとっては朝飯前よ。あんただって判っているでしょう」

挑戦的な眼差しが、みどりに向けられた。

この女は本気だ。自分を捨て、一人で夢を実現したみどりを、どこまでも追い詰める気なのだ。

怯えが表情に表れたのだろう。真理子は勝ち誇った笑みを浮かべた。

「逆恨みだと言いたいんでしょう？　そんなこと判ってる。だけど、これが私の生き甲斐なの。あんたがいたから、いまの私がある。潰れるのはまだ早いわよ。もう少し私を楽しませてからでないと」

甲高い笑い声が部屋に響いた。

真理子は、床に積まれたコミックを足で示した。

「これ、あんたの本よ。久しぶりの新刊でしょう。前評判も上々。復活の足がかりとしてはまあまあね」

この数年、各誌に描いた短編を集めたものだ。来週中ごろには店頭に並ぶだろう。

真理子の足先にあるのは、店頭発売の前に配られる見本だった。全部で三十冊。うち五冊には、みどりのサインが入っている。今月、都内の大型書店でみどりのフェアが開かれる予定で、その目玉がサイン入りの新刊本プレゼントだ。抽選で五名。為書《ためが》きとイラスト、サインの三つが入る。応募数は予想をはるかに上回り、みどり自身、確かな手応えを感じていた。

サインは一昨日、出版社の応接室で書いた。立ち会ったのは、担当編集者と真理子の二人。真理子は家庭用のＤＶＤレコーダーを構え、サインしている様子を撮っていた。サイトなどに映像を流すのだという。

みどりはきいた。

「その本がどうしてここにあるの？」

「明日、納品しなくちゃならないのよ。直行した方が楽だから」

真理子は足先で本をつつく。

「足をどけなさい。私の本にそんなことをする権利はないはずよ」

「権利がないですって」

真理子の目が吊り上がった。

「あんたこそ、よくもそんな口が利けたものだわ。私を散々、利用した挙げ句、自分だけいい目を見て」

「いつ私があなたを利用したのよ。私がデビューできたのは、才能があったからよ」

「才能なんて、便利な言葉だわ。私の助けがないと何もできなかったくせに」

「昔の話はやめて。私だって、変わったのよ」

「何とでも言いなさい。私はね、あんたを潰すために出版界に入ったのよ」

真理子の目は狂気を帯びているように見えた。

「本気で言ってるわけじゃないよね」

「そう見える？　私を甘く見ないことね。この本は、あんたの最後の作品になる。新連載は私が潰す。どんな企画を持ってきてもダメ。その次も、その次も、みんな潰してやるから！」

真理子の金切り声に、一瞬、気が遠くなった。

みどりが我に返ったとき、真理子は床に倒れていた。

真理子の体を抱え上げ、浴室へ運んだ。

バスタブには、既に水が張ってあった。追い焚きするつもりだったのだろう。

真理子を持ち上げようとするが、意識をなくした体は言うことを聞いてくれない。危うく脱衣所側に倒れこみそうになった。

「何なのよ、もう！」

激しい怒りが、再びみどりを貫いた。

いったん真理子を横たえ、浴室と脱衣所を隔てるドアを閉める。そこに背を押しつけ、真理子を持ち上げた。ドアが支えとなり、さっきより力が入った。可能な限り上体を持ち上げ、バスタブめがけて放りこんだ。バスタブの縁に額が当たる、鈍い音。水しぶきが上がり、みどりの服に振りかかった。ほんのりと花の香りがする。

真理子は香りに敏感で、香水や芳香剤に凝っていた。風呂にも入浴剤を入れているのだろう。

みどりは浴室のドアを開けて玄関に戻り、靴箱に立てかけてあった杖を取った。それを風呂場の床に転がす。

脱衣所の棚から小さめのバスタオルを取り、濡れたドレスを拭いた。明日の朝一番でクリーニングにだそう。

リビングに戻り、椅子にかけたコートをはおる。バッグを取り、時刻をチェックする。午後十一時五十五分。

夕方以降の流れを、もう一度おさらいした。

午後五時から、細田先生のパーティに出席。午後七時に閉会。二次会に流れ、解散したのが午後九時。編集者が手配してくれた車で自宅兼オフィスに戻ったのが午後十時。すぐにでも真理子宅へ向かいたかったが、送ってくれた編集者と打ち合わせをすることになり、二十分ロス。編集者を見送った後、すぐに出て真理子宅到着は十一時——。

ここに来ることは誰にも言っていないし、人目には充分注意した。ずっと手袋をしているので、指紋の心配もない。

アリバイこそないが、ネタを考えるため一人で散歩していた、と言っても不自然ではない。実際、深夜の散歩はみどりの日課のようなものだった。

一つ一つ確認しながら、床に落ちたままの文鎮を取る。ティッシュで包み、バッグに入れた。帰りに、どこかのゴミ箱に捨てよう。

続いて、真理子が蹴り崩した単行本を積み直す。そのうちの一冊は、表紙が折れ曲がり、中の数ページにも折り目がついてしまっている。

こんな本を読者の許に届けるわけにはいかない。

テーブルに目を移すと、黒のサインペンが一本あった。昨日サインをするときに真理子から渡されたのと同じ種類だ。真理子はいつも同じメーカーのペンを使う。

みどりは、残りの見本に目をやる。

一番上の一冊を取ると、テーブルに向かった。椅子に坐り、右側に置かれたペンを取る。ぐずぐずしている暇はなかった。

手袋を外し、本の表紙を開く。

本にみどりの指紋がついていても、おかしくはない。いや、逆についていなければ変だ。普段は手袋をしているみどりも、ペンを握るときは外す。サイン本には、みどりと真理子たちの指紋があちこちについていなければならない。

為書きと自分の名前、それに簡単なイラストを描く。その間、一分足らず。

インクの乾燥を待ち、本を閉じる。ペンの指紋を拭い、元あった場所に置いた。

立ち上がろうとして、人差し指にかすかな痛みを感じた。見ているうちに、うっすらと血が滲んできた。

紙だ。紙で切ったのだ。

おそらく、本を開いたときだ。出血はそれほどでもないが、ちくちくと不快な痛みが突き上げてくる。

みどりはバッグから絆創膏を取りだす。こんなときのため、いつも持ち歩いているのだ。

人差し指に巻き、ゴミはバッグにしまう。

手袋をはめ直し、サイン本をチェックする。肉眼で見る限り、血らしきものはない。

本を一番上に戻す。表紙の折れ曲がったものは、文鎮、バスタオル共々バッグに入れた。

時刻は午前零時五分。約十分のロスだが、問題はないだろう。

バッグを提げ、廊下へ。浴室に通じるドアを避けるように回り、玄関から外に出る。

自動施錠であることが幸いした。

外廊下に人気はない。そっとドアを閉めて、みどりは非常階段に向かった。

路地から大通りに出ると、遅い時間にもかかわらず、人通りは多かった。

前から来る人が皆、自分を見ているような気がして、目を上げることができない。

急げば終電に間に合う。みどりはバッグを抱えるようにして、足を速めた。

問題は凶器となった文鎮、表紙の折れたコミック、そしてバスタオルの処分だ。三つはあり合わせの袋にまとめてある。それほどかさばるものではないし、目立つこともない。

みどりは隣駅のコンビニを目指して歩いた。店のゴミ箱にまとめて放りこもう。どの道、真理子の死は事故として片づけられる。

服からは、浴室で嗅いだ花の香りが漂っていた。一刻も早く自宅に戻り、着替えたい。

明日になれば、すべてが変わっているはずだ。自分の前には明るい未来が開けている。

コンビニが近づいてきた。

二

あくびを噛み殺しながら、機動鑑識班の二《に》岡友成《おかともなり》は、現場である浴室へ入った。

バスタブに上半身を突っこみ、女性が死んでいる。黒い髪が水面に広がり、かすかに揺れていた。

脱衣所では、鑑識の担当者が白衣姿のまま腕組みをしている。

「終わりましたか？」

二岡の問いに、担当者は細い目をさらに細めた。

「大体はね。詳しいことは、遺体を引っ張り上げてからでないとな」

「でも、それは……」

「判ってるよ。警部補が来るまでは何一つ動かすな、だろ？」

「はい」

「それにしても遅いな」

「ここ以外にも二件、殺人事件の通報があったそうです」

「東久留米《ひがしくるめ》の殺人は石松《いしまつ》警部補の担当なんだろ」

「はい。そう聞いています」

「東池袋でも遺体が見つかったらしい。そっちは……」

「日塔《にっとう》警部補の担当です」

「となると、この事件の担当はやっぱり……」

そのとき、外廊下の方が騒がしくなってきた。

「どうやら、お出ましのようだ」

二岡は廊下に戻る。騒ぎはエレベーターホールで起きていた。

「ここは立入禁止。何を言ってもダメだよ」

「いえ、私が行きたいのは五〇五号室なのです」

「だから、その部屋が立入禁止なんですって」

「ちょっと中を見たいの。早く行かないと怒られてしまう」

「あんたを通したら、俺が怒られるんです」

「バッジ、ここに入れたはずだけれど……」

エレベーターの前で、大柄な制服警官と、小柄なスーツ姿の女性が押し問答をしていた。女性は肩から提げたバッグの中を探っている。

二岡は苦笑しつつ、歩いていった。

「バッジは首から下げることにしたんじゃないんですか?」

「あら、二岡君。それがね、ゆうべ紐が切れてしまったの。それで、こっちに入れて……」

制服警官は憤然とした顔で、二岡を見た。

「何とかしてください。この人、どうしても現場が見たいって言い張って」

「いいんだ。通してあげてくれ」

「いいって、どういうことです?」

二岡は警官を押しのける。

「福家《ふくいえ》警部補、お待ちしていました」

「遅くなってごめんなさい。今日は何だか事件が多くて」

呆気に取られる警官の視線を背中に感じつつ、二岡は五〇五号室へ案内する。

「現場は発見時のままにしてあります。発見者は職場の部下です。相当ショックを受けたらしく、一階の管理人室で休んでいます」

「そう、ありがとう」

福家は靴箱をしげしげと見た。

「被害者は左利きか」

バスルームに入った福家は、遺体の脇にしゃがみ、水面を見つめていた。

二岡は手帳を見ながら、これまでに判明した情報を伝える。

「被害者は三浦真理子。出版社の営業部長です」

「彼女、足が悪かったの？」

床に転がった杖を指し、福家が言った。

「一カ月前、社内の階段で転び、捻挫したそうです。杖を使えば支障なく行動できる程度に回復していたようですが……」

「奥の壁に追い焚き用のボタンがあるわね」

「はい。状況を見る限り、追い焚きボタンを押そうとして転倒。頭を打って気を失い、そのまま溺死したと思われます」

「ふーん」

福家はバスタブに顔を近づける。

「花の香りがする」

顔を上げた福家は、天井から壁、開けたままのドアへと目を移していく。

「ドアは開いていたの?」

「はい」

「明かりは?」

「ついていました」

「ドアを閉めてくれる?」

狭い浴室内に、福家と二岡、遺体だけになった。

福家は二岡を押しのけるようにして、ドアに顔を近づける。

「ここ、ちゃんと調べてもらってね」

「諒解です」

福家は自分でドアを開け、脱衣所に戻る。そこから背後を振り返り、バスタブを見つめた。

「あそこでドボン……」

その場にしゃがみ、床の表面に顔を近づけた。

「うーん」

夢遊病者のようにつぶやきながら、福家は廊下に出ていく。

二岡は脱衣所で待機していた鑑識課員に、「始めてくれ」と目で合図を送った。

リビングに入ると、福家がきょろきょろと左右を見ていた。

「この部屋の電気はどうだった？」

「発見者の証言では、ついたままだったと」

「そう……」

これは事故で決まりだろう。口にはしないが、二岡はそう確信していた。

ここが片づいたら、どこかの応援に駆りだされるかもしれないな。できれば、石松警部補がいい。日塔警部補の現場は、ややこしいことになりそうだから。

「あら？」

福家の声で我に返った。

「どうしました、警部補」

「あれを見て」

福家が指さしているのは、壁際に積まれたコミック本だった。

「河出みどりの新刊よ！」

「はあ？」

「一年ぶりの新刊。発売はたしか来週だと思ったけれど……」

「被害者は出版社の営業部長です。担当している商品なんじゃないですか？」

「ということは、被害者の勤め先は湧泉舎？」

「ええと、はい、そうです」

福家は屈みこんで、床のコミックを見つめている。

「これ、触ってもいいかしら」

「はい。写真撮影は終わっています」

福家は、人さし指でひょいと表紙をめくる。

「あら、ここにある五冊はサイン本だわ。立川にあるオロロン書房のキャンペーンで、抽選で五名にサイン入りの最新コミックが当たる——。私も応募したのよ」

「警部補」

「私、くじ運がないみたいね」

「警部補、まずは現場検証を」

「次は二岡君の名前で応募しようかしら」

「警部補！」

「ダメ？」

「別にいいですけど、いまは現場検証を」

「発見者は管理人室にいるのよね」

「はい。被害者の部下です」

「どうして被害者を訪ねてきたのかしら」

「取り決めになっていたようです。飲んだ日の翌日は、迎えに来ると」

「モーニングコールのようなものだったわけね」

「はい。足の怪我が治りきっていないこともあって、いざというときは部屋に入ってもいいと言われていたそうです」

「それで、発見時刻は？」

「午前九時三十分です。警察への通報が三十四分」

「鍵は？　どうやって中に入ったの？」

「合鍵を預かっていたと」

「玄関の鍵は自動的にかかる仕組みだったわね」

「はい。被害者が施錠を忘れるので、後輩が勧めたそうです」

「ふーん」

独りうなずきながら、福家はテーブルの前に立つ。

「椅子の上の荷物はいつからあるのかしら」

「宅配で届いたようですね。確認しておきます」

「じゃあ、発見者に会って……」

「警部補？」

福家は、部屋の隅の小テーブルをじっと見ていた。載っているのは、FAXつき電話機と薄いオレンジ色のメモ用紙、色とりどりのキャップをこちら側に向けて並んだサインペン——。

「ダイニングテーブルの上にある物は、発見時のままよね」

「はい。何も触るなと言いましたから」

「ここにあるペン、徹底的に調べてくれる？」

移動した福家は、窓側からテーブルに屈み、置かれたペンの先端に目をくっつけんばかりにしていた。

「そのペンをですか？」

「そう。それから、ここ全体を徹底的に調べ直して」

「判りました」

福家は足早にバスルームへ移動する。遺体が引き上げられ、検死が始まったところだった。気配を感じたのだろう、担当者は顔を上げることもなく言った。

「死後八時間ってところかな。額に切り傷がある。転倒したとき、浴槽の縁にぶつけたんだろう。もがいた跡はほとんどない。意識をなくして、それっきりだったんだな」

「後頭部や首はどう？」

「不審な点はない。頭を押しつけられた痕跡もなし」

「すると……」

「現時点で、こちらの診立ては事故死だ」

「そう……ちょっと待って」

福家は担当者を押しのけるようにして前に出た。被害者の顔を凝視する。

「警部補、どうしたんです？」

「この人……」

「え？」

立ち上がった福家は、玄関へ向かう。

「どちらへ？」

「発見者に会ってくる」

三

染谷《そめや》初美《はつみ》は、管理人室の固い椅子に腰を下ろし、まぶたに焼きついた光景を振り払おうとしていた。

初美は入社三年目。現在の漫画編集部に配属されて半年だ。文芸志望で入社したが、最初の配属先は写真週刊誌の部署だった。仕事内容も判らぬまま、芸能スクープをものにするための張りこみや、不正企業のトップへの突撃取材に、先輩の助手として同行した。玉突き衝突事故の悲惨な現場にも立ち会った。生々しい遺体を目にする機会も何度かあった。

大抵のことには驚かないつもりだったけど……。

初美は背を丸め、こぼれそうになる涙をこらえた。

営業部長の真理子と、特に仲が良かったわけではない。仕事はできたが、部下の面倒見がいいわけでもなく、社内においては浮いた存在だった。

誰もが真理子を煙たがり下につきたがらなかったせいで、初美が用を言いつかることが多かった。新人にお鉢が回ったのだ。

それでも、真理子との毎日は楽しかった。はっきり物を言う真理子は、上司だろうと役員だろうと遠慮しなかった。売れるものは売れると押し、ダメなものはダメと切り捨てた。自分の言動に責任を持っていたし、進む方向にぶれはなかった。

彼女みたいな生き方も、ちょっといいな——そう思い始めていた矢先の出来事だった。

バスタブの中で揺れる髪。遺体を見たときの衝撃は、一生忘れられないだろう。

ドアが開く音がした。

顔を上げると、小柄な女性が立っている。縁なしの眼鏡をかけ、手には表紙のすりきれた手帳を持っていた。

「あのう、染谷初美さんでしょうか」

初美がうなずくと、

「警視庁の福家と申します。ちょっとお話を聞かせていただきたくて」

「話なら、さっきしましたけど」

制服の警察官に一度、背の高い二岡と名乗る作業服の男に一度。

「申し訳ないのですが、もう一度だけお願いします」

「あのときのことは、もう思いだしたくないんです」

初美は強い口調で言った。

福家は、縁なし眼鏡を押し上げつつ、ぺこりと頭を下げる。

「警察というところは、なかなか融通が利かないところでして。報告書をきっちり仕上げないと、どうにも……」

初美はため息をつくと、肩の力を抜いた。見たところ、福家は新米なのだろう。男社会の警察にいて、苦労しているに違いない。

「判りました。何でもきいてください」

「ありがとうございます。助かります」

福家は再度頭を下げつつ、スーツのポケットに手をやった。

「あら？」

首を傾げつつ、反対側のポケットも見る。続いて、肩から提げていたバッグ。

「おかしいわ……」

「どうかしました？」

「ペンが……たしか持ってきたはずだけれど……あ！」

「ありました？」

「いえ、いまごろになってこれが」

バッグから出てきたのは、警察バッジだった。

「さっきはどれだけ捜しても見つからなかったのに」

初美はスーツの内ポケットに挿したペンを渡す。

「これ、使ってください」

「あ、恐縮です」

こんなことでよく警察官が務まるわね。もっとしっかりしてくれなくちゃ。そんなことだから、女がバカにされるのよ。

「染谷さんは三浦さんの後輩でいらっしゃる?」

いつの間にか、質問が始まっていた。初美は黙ったままうなずいた。

「湧泉舎といったら業界でも最大手でしょう。そこに入るだけでもすごいのに、漫画雑誌の編集部にお勤めだなんて」

「私、希望していまの部署にいるわけじゃないんです」

福家は目をぱちくりさせる。

「あら、そうでしたか」

「本当は文芸の編集部に行きたいんです。ただ、いろいろなところで経験を積んだ方がいいということで……」

「なるほど」

「コミックなんてあまり読んだことがないんです。だから……」

初美ははっとして口を閉じた。きかれもしないことを、どうしてぺらぺら喋っているのだろう。

福家はにこりとして、指の先で初美のペンをくるりと回転させた。

「これが済んだら、お帰りいただいてけっこうです。手短に終わらせますので」

知らず知らずのうちに、相手のペースに乗せられていた。

福家は手帳のページをめくり、

「今朝の九時三十分、このマンションに来られたのは、何か約束が？」

「約束というか、そういう取り決めだったんです。飲んだ翌日は迎えに来る。寝ていたら起こす」

「三浦さんは、よくお酒を飲まれたのですか」

「仕事上、仕方のないところもあります。部長自身も好きだったみたいですし」

「起こしに来るのは、いつも九時過ぎと決まっていたのですか」

「はい。まず携帯にかけて、出なかったらインターホンを押す。それでもダメなら、合鍵で入る」

「今朝もそうやって入られた……」

あの光景が頭を過《よぎ》る。膝に乗せた手に力をこめた。

「名前を呼びながら、寝室を覗きました。ベッドを使った様子がなかったので、リビングを見て、その後……」

「通報は携帯電話で？」

「はい。慌ててしまってよく覚えていないんですけど」

「あの状況ですから、驚かれて当然です」

「部長が亡くなったなんて、まだ信じられない。それも、こんなバカみたいな事故で……。お酒を飲んだらお風呂には入らないって、この間、約束したのに」

福家がすっと顔を近づけてきた。

「約束、されたのですか」

「え？」

「お酒を飲んだら、お風呂には入らない。そう約束したと、いま」

「はい。足を怪我していたから、気をつけるように言ったんです」

「それはいつのことですか」

「二週間くらい前でしょうか。お風呂場で滑って、腰を打ったそうです。だから……」

「腰を打った？　三浦さん、腰も痛めていたのですね」

「ええ。先週は湿布の匂いをぷんぷんさせていました。腰が曲げにくいから、靴を脱ぐのも大変だって」

「そういえば、靴箱の横にスツールが置いてありましたね」

「あそこに腰を下ろして、靴を脱ぐんです」

「なるほど」

福家は満足そうにうなずき、ゆっくりと立ち上がる。

「お時間を取らせて申し訳ありませんでした。もうお帰りいただいてけっこうです。何でしたら、送らせますけれども」

「いいえ、これから会社に出ますので」

「そうですか」

福家は一礼すると出ていった。

一人になった初美は大きく伸びをする。

足の震えはまだ止まらないし、気を抜くと涙があふれてきそうだ。それでも、独り悲しみに暮れているわけにはいかない。

あの福家という新人警察官だって、立派に務めを果たしているではないか。

初美は携帯をだし、編集部にかけた。

「染谷です。はい。大丈夫です。これから出社します」

四

野田平三《のだへいぞう》は坐り慣れた座椅子から腰を上げた。インターホンが鳴ったのだ。

やれやれ、これで四回目だ。

今年七十二になる平三は、毎日午前五時半に起きる。テレビを見ながら六時に食事。ゆっくりと茶をすすりながら、八時まで新聞を読む。着替えをし、散歩に出かける。帰り道にあるスーパーで昼食を買う。晴れの日も雨の日も変わらぬ日課だった。

妻を亡くして二年。この日課にほとんど変化はなく、判で押したような毎日だ。

今日も、いつもと同じ、静かで平和な一日になるはずだった。十時前、制服警官が訪ねてくるまでは。

「はい」

ドアの外に立っていたのは小柄な女性だった。

「何かご用？」

保険の外交員だろうか。いや、一昨日、来たばかりだ。市役所の職員も時々訪ねてくるが、どうも雰囲気が違う。

平三は警戒心を強めた。最近は年寄り相手に怪しげな物品を売りつける輩がいるという。

平三はノブを握ったまま、言った。

「すまんが、今日は取りこんでいてな」

ドアを閉めようとしたとき、女性が黒いものを突きだしてきた。

「そんなときにすみません。私、警察の者です。福家と申します」

「警察？　あんたが？」

「はい」

「保険会社の人かと思った」

「よく言われます」

「だが、警察の人ならもう来たぞ」

「申し訳ありません。一つ、おききしたいことがありまして」

「まったく、自宅の真上で人死にが出るなんてなぁ。今朝から足音がうるさくて、ちっとも落ち着かん」

「それなのです」

福家が人差し指をぴんと立てた。「管理人さんに聞いたのですが、あなた、何度か苦情を言っておられますね。上の階の音がうるさいと」

「ええ、二度ほどね」

平三は顔を顰《しか》めた。

「ここは築が古いもんだからねぇ、あちこちから音が洩れるんだ。お隣さんはお互い様だから
ある程度辛抱するとして、上の物音はねぇ」

「それはずいぶん前から?」

「いや、前はそれほどじゃなかった。ここひと月ほどかな。棒でコンコン突くような音がする。

深夜でも早朝でもお構いなしさ。たまりかねて、管理人に言ったんだ。上の人と面識はないか
ら、直接ってのもねぇ」

女性警察官は相槌を打ちながら聞いている。

「そんときにね、上の階はリフォーム済みだから、よほどのことがない限り、音は響かないは
ずだって、管理人に言われたんだよ。たしかに、足音なんかはほとんど聞こえない。ただ、玄
関から廊下にかけての音がやけに響いてさ。手抜き工事なんじゃないかって、言ってやったん

だ」

平三は声を低くして尋ねた。

「小耳に挟んだんだけど、上の人、風呂場で亡くなったんだって？」

「はい」

「何てこった。女の人だよな。事故か何か？」

福家は曖昧な微笑みを浮かべ、

「まだ調査中ですので」

「寝覚めの悪い話だな。こんなことになるんなら、文句なんか言わなけりゃよかった」

「毎晩聞こえていた音ですけれど、昨夜は聞こえましたか」

「え？」

「上階の住人は、ひと月ほど前に足を怪我されたんです。それで、杖を」

平三はぽんと手を打った。

「そうか。あれは杖をつく音か」

「おそらく」

「そうと知ったら、ますますがっくりきちまうな。そうかぁ、杖か。悪いことしたなぁ」

「その音ですが、昨夜は？」

平三は腕を組み、昨夜のことを思い返す。

「言われてみれば、ゆうべは聞こえなかったな」

「昨夜はずっとご在宅でしたか」

「当たり前だよ。こんな年寄り一人、どこに出かけようって言うんだい。息子から電話があったほかは、テレビ三昧さ」

「お休みになったのは？」

「十二時ごろかな」

「その間に杖をつく音は？」

「聞こえなかったな。いや、けっこう響くんだよ。俺は眠りが浅い方だから、いつも目が覚めちまう。だから間違いない。ゆうべ、音はしなかったよ」

「その他、気になるような物音は？」

「いや、何も気づかなかった」

福家の目には、満足そうな光があった。

「どうもありがとうございました」

福家が頭を下げる。だが、せっかく現れた話し相手を手放してしまうのは惜しかった。

「ゆうべの電話だけどさ」

福家は首を少し右に傾けながら、平三を見上げる。

「たしか、息子さんからだったと」

「一人暮らしは心配だから、引っ越してこいっていうんだ。茨城の水戸にいるんだけどさ」

「水戸は干し芋の名産地です。いいところだと聞いていますが」

「水戸といったら、普通、納豆だろう」

「いえ、干し芋だと思います」

「まあ、どっちでもいいけどさ。とにかく、息子のヤツ、最近ちょくちょく電話をしてきては、こっちへ来いって言いやがる。そのたび、年寄り扱いするなって怒鳴りつけるんだけどな」

平三はちらりと天井を見る。

「こんなことがあると、さすがの俺も考えちまうよ」

「こちらから電話してみてはいかがですか」

「ゆうべ、きっぱり言っちまったからな。もう二度とかけてくんなって。いまさら、どの面下げて……」

「大丈夫ですよ」

福家は微笑んだ。「もしかすると、もうじきかかってくるかもしれません」

「向こうから?」

「はい」

「そんな……」

リビングにある電話が鳴った。

平三は福家と目を合わせる。

「かかってきたよ」

「頭ごなしはダメです。ちゃんと向こうの言うことを聞かないと」

「警察の人が言うと、説得力あるね。行っていいかな？」

福家はもう一度頭を下げ、ドアを閉めた。

平三は電話の前に走った。着信窓には、息子の電話番号が示されていた。

五

月刊誌「ルル」の編集長、渡辺良進《わたなべよしずみ》は、デスクに身を埋め、タバコに火をつけた。職場内は禁煙だが、今日ばかりは誰も何も言ってこない。

三浦真理子が死んだ……。

先ほど電話で告げられた事実が、いまだ信じられない。

泥酔してバスタブに落ちただと？　そんな漫画みたいな死に方を、あのヘビ女がするなんて。

文芸、漫画と編集畑を歩んできた渡辺とは違い、真理子は営業の第一線で活躍していた。ついたあだ名が「ヘビ女」だ。自分が納得できないことには頑として首を縦に振らなかったし、年長の編集者であれ、役員であれ、作家であれ、誰彼構わず嚙みつき、自分の意見を押し通した。

にもかかわらず、営業部長という地位にいたのは、彼女の判断が常に正しかったからだ。彼女が推す作品は大ヒットを記録、その存在感は社内でも日増しに大きくなっていた。

もっとも、そうした動きを快く思わない向きもあった。真理子は作家や編集者の創造性を無視し、売り上げ第一主義を貫いた。そのため、良質な企画であっても、売り上げに結びつかないと判断したものは、容赦なく切り捨てた。彼女と衝突し、社を去った編集者がいる。仕事をなくした漫画家もいる。

渡辺は短くなったタバコを灰皿に押しつけた。

最近、やっと上手く回り始めたのになぁ。

真理子の発言力は絶大で、作家主義を貫く編集マン、渡辺の意見が通ることは滅多になかった。それでも常に激論を闘わせ、一歩も引かない覚悟で挑んだ。

真理子に疎《うと》まれ、そのうち異動になるだろうと覚悟していたが、そうはならなかった。昨年末あたりから渡辺への舌鋒が緩み始め、渡辺の意見に真理子が折れることもあった。編集と営業。水と油の両輪が、ようやく嚙み合い始めたところに、今回の事故だ。

まったく……。

二本目のタバコに火をつけようとしたとき、目の端に奇妙なものが映った。慌てて顔を向ける。

どこから入りこんだのか、小柄な女性が壁に沿って置かれたキャビネットに見入っている。他の社員は、まだ気づいていない。

「ちょっとあんた」

渡辺は立ち上がった。来客用のバッジはつけていない。真理子の一件を聞きつけて、記者が忍びこんできたのかもしれない。あらぬ想像が頭を過る。

「あんた！」

当の女は、自分のことと気づいていないようだ。眼鏡に手をやりながら、中に納まったコミックを見つめている。

「あんた、どこの部署だ」

渡辺は舌打ちをして女の前に立つ。渡辺の身長は一メートル八十。小柄な女性は目をぱちくりさせてこちらを見上げている。

「えっと……部署？」

「所属だよ」

「捜査一課ですが」

「ふざけるんじゃない！」

「いえ、ふざけているわけではないのです。所属は捜査一課で……」

これはいったい、何なんだ？　セキュリティ面にうるさい湧泉舎で、身許不明の女が編集長をからかっている。

「ここから動かないで。警備員を呼ぶ」

「いえ、その警備の方に入れていただいたのです。いま身分証を……」

女は肩から提げたバッグの中を探り始める。

「おかしいわ。さっきはここにあったのに」

「おい、誰か。警備に連絡して……」

「あった！」

女が首にかけた紺色の紐を引っ張ると、スーツの内側から黒い手帳のようなものが出てきた。

「紐を替えたのです。こうしておけば、なくさないので」

女が示したのは手帳ではなく、警視庁の身分証だった。

「警視庁捜査一課の福家と申します。編集長の渡辺さんですか？　三浦真理子さんの件でうかがいました」

渡辺は、福家と名乗る女性と桜の代紋を見比べる。たしかに、真理子の件で刑事が行くとの連絡はあった。だが、こんな華奢《きゃしゃ》な女性が来るとは……。

「これは失礼」

渡辺は名刺を渡す。「とりあえず僕のデスクで」

「お忙しいところ、申し訳ありません」

福家は好奇心に満ちた目で左右を見回す。

「散らかっていてすみませんね」

「とんでもない。漫画の編集部を一度見てみたかったのです」

妙なヤツが来たもんだ。

「まあ、坐ってください。こんなときでも休んでいられないのが、出版社の悲しさでね。お茶もだせないが」

「どうぞ、お構いなく」

「それで、一課の刑事さんがわざわざ何用です？　三浦君の件なら、事故と聞いているが」

福家は来客用の椅子にちょこんと腰を下ろす。

「変死扱いになりますので、ひと通りお話をうかがう決まりです。渡辺さんは昨夜、三浦さんと一緒にいらしたそうですね」

「ああ。企画会議終了の慰労会をやった」

「終わったのは何時ごろでしたか」

「九時から始めて、十一時にはお開きになったよ。翌日も仕事だし、内輪の飲み会はいつもそのくらいで終わる。もっとも、三浦君は酒豪でねぇ。朝までなんてのも珍しくはなかった。ただ、昨夜は素直に帰ったよ。前の晩ほとんど寝てなかったらしくて」

「前の晩というと、一昨日の夜」

「うちの編集が締切の日程を間違えていて、大騒ぎになった。その火消し役として三浦君が駆りだされた。彼女の言うことなら聞くという作家が、けっこういるんでね」

「なるほど。優秀な方だったんですねぇ」

「優秀なだけじゃない、行動力もずば抜けていたよ。昨日だって、徹夜明けで会社に来て、会議三連発。居眠りもせず独演会だった」

「ということは、三浦さんは一昨夜、自宅に戻られなかったのですね」

「そう。彼女なしでこれからどうしていけばいいのか、正直、途方に暮れるよ」

「お察しします」

「頑固で気が強くて、扱いにくい面はあった。同業者や作家仲間で、彼女を毛嫌いしている者もいる」

「かなり個性的な方だったと聞いています。最近も何人かの作家とトラブルになったとか」

「編集者の企画を握り潰しちゃったんだよ。中堅どこの優秀なヤツだけど、最近ヒットに恵まれなくてね。これまた中堅どこの漫画家さんと組んで、骨太な社会派の作品を作ろうとしてた。取材も進んでるみたいで、二人とも自信満々だった。企画書は僕も見せてもらったが、充分いける手応えがあった。だが……」

「三浦さんが反対されたのですね」

「絵もテーマも古くさいから売れないと言い切った。結局、そのまま押し切られてね。二人には気の毒なことをしたよ」

「そういうことは、よくあったのですか?」

「しょっちゅうさ。現に、揉めに揉めている一件があってね。どうまとめたものか、悩んでいたんだ」

「それは、やはり漫画の企画?」

「河出みどりの新連載で……あ、刑事さんに言っても判らないか」

だが、福家の目は爛々と輝いていた。

「新刊が三浦さん宅にありました！　この時期に河出みどりの短編集が出る、何かあるのかと思っていましたけれど、いよいよ連載が始まるのですね」

福家の勢いに圧《お》され、渡辺は椅子を後ろに引いた。

「前作が終わって一年以上だからね、そろそろ描いてもらわないと」

「『大きな犬と太い犬』は傑作です。私、河出さんには同人誌時代から注目していたのです」

渡辺は改めて福家を見つめた。どことなく「オタク」の匂いがするとは思っていたが。

「へえ、刑事さんでも少女漫画を読むんだ」

「河出さんの作品は少女漫画というカテゴリーではくくれません。そんな単純なものではありませんわ。読み切りで発表された『四十二歳の犬』だって……」

「あんた、あれを読んでるの？　たしか、マイナー雑誌の創刊号に載ったんだよな。三号で廃刊になったはずだ」

「河出さんの作品が載っている雑誌は、発売日に買うのです」

「同人誌時代からって言ってたね。メガトンコミックフェスタに行ってたクチ？」

うなずく福家を見ながら、渡辺は首を傾げる。この刑事、いったいいくつなのだろう。童顔で小柄なので二十代に見えるが、階級が警部補だから、三十を超えているのは間違いない。河出みどりが同人誌で注目を集めたのは、もう十五年以上前だ。

メガコミが初めて開催されたのは、いまから二十五年前。浜松町のビルのワンフロアで行われた、ごくごく小規模なイベントだった。それがあっという間に巨大化し、三年後には晴海見本市会場に場所を移した。現在は、お台場にある東京国際展示場で、夏と冬の年二回、全スペースを借り切って行われる。来場人数は約五十万人。日本の漫画文化とともに成長を続ける巨大イベントだ。

渡辺は目の前の不思議な刑事に興味を覚え始めていた。

「まさか『アメリカ帰りの犬』は持ってないですよね」

「私の宝物ですわ」

「持ってるの⁉　あれ、オークションにだしたら、五十万くらいするはずだよ」

「その次の『茶色くなった犬』『つぎはぎだらけのぬいぐるみ』、全部あります。メジャーデビューされたのは、それから三年ほどしてからでしたね。でも、同人時代は二人で描いておられた。合作のペンネームは津《つ》谷《や》芥《け》子《し》野《の》黒《くろ》」

渡辺は小さくため息をついた。

「もう気づいているんでしょう？　三浦真理子が、河出みどりの相棒だったこと」

「はい。ずいぶん前になりますが、イベント会場でお見かけしました」

「じゃあ、その後のことも？」

「ええ」

「編集っていうのは因果な商売だ。時として、友情を引き裂かなくちゃならん。三浦君もつらかっただろうが、河出先生だって同じだと思う。だが、結果として、二人の選んだ生き方は正しかったと僕は信じている。適材適所ってやつかな。河出先生には描く才能があった。三浦君には、編集者としての、そして営業としての才覚もあった」

渡辺はそこで言葉を切った。福家は言葉を挟むこともなく聞いている。

「だが、偶然とはいえ、河出先生と三浦君が組んで仕事をすることになるとはね。運命ってのは、判らないものだ」

「それは、本当に偶然なのでしょうか」

「え？」

「三浦さんと河出みどりさんのことです。二人が組むことになったいきさつを聞かせていただけませんか」

「いきさつも何も。河出先生を見いだしたのはうちだ。描いていただいた作品はどれも大ヒットして、中にはアニメ化されたものもある。さっき言いかけた新連載の準備も進んでいる。いざ発表となったら、失敗は許されない。当然、営業部門にも気合いを入れてもらわないといけない」

「つまり、三浦さんが陣頭指揮を執って……」

「そういうこと。自然の成り行きですよ。しかし刑事さん、どうしてそんなことを？　三浦君は事故で亡くなったんでしょう？」

「うちの上司は、細かいことにうるさいもので。被害者の周辺情報をしっかり摑んでおかないと、叱られてしまうのです」

「へえ、刑事さんも大変なんだね」

「はい。大変です」

福家は、デスクに置かれた写真を指さした。

「そこに写っているのは河出みどりさんですね」

「ああ、これね」

渡辺は、写真部から届いたばかりのプリントを手に取った。

「ゆうべ、細田理恵子先生のパーティで撮ったものです」

編集長の渡辺を真ん中に、漫画家がずらりと並んでいた。河出みどりは渡辺のそばに立ち、白のドレス姿で控えめな笑みを浮かべている。

福家は何に興味をそそられたのか、顔をくっつけんばかりにして写真を見ている。

「その写真に何か？」

「本当だったのですね」

「え？」

「河出みどりさんは、いつも手袋をしていると聞いたものですから」

写真のみどりは、白い手袋をはめていた。

「本当ですよ。職人気質《かたぎ》っていうのかなぁ。手袋を外すのはペンを握るときだけらしいです」

「なるほどねぇ」

福家は意味ありげにうなずく。

「刑事さん、他に用事がなければ、そろそろ。打ち合わせがあるもので」

「あぁ、すみません。もうけっこうです。ありがとうございました」

福家は一礼すると、デスクの前を離れていった。

椅子に坐り直しながら、渡辺は漠然とした不安に苛《さいな》まれていた。

河出みどりと三浦真理子。二人の関係は、福家に話したような単純なものではなかった。真理子がみどりに向ける視線には、明らかな敵意があった。彼女はかつての屈辱を忘れてはいなかったのだ。事実、河出みどりへの評価は、理不尽なほどに厳しかった。みどりが次のステップに上がれないでいるのは、真理子のせいでもあった。

『それは、本当に偶然なのでしょうか』

福家の一言が、こだまとなって耳の奥で響いていた。


ホテルでの取材を終えた河出みどりは、ロビーにあるラウンジでコーヒーを飲んでいた。なるべく目立たぬよう隅の席に坐り、取材での緊張をほぐす。

細田理恵子に関する取材だった。みどりが理恵子を信奉しているのは有名だから、事あるごとに声がかかった。今年は作家生活三十周年の節目。特集を組む雑誌も多いらしく、取材依頼が殺到している。

みどりは首を軽く回し、肩の凝りをほぐした。

ほとんど眠れなかったにもかかわらず、疲労は感じない。一昨日は何も予定がなく、自宅でのんびり過ごすことができた。その休息がこんなところで役に立とうとは。

コーヒーを飲み椅子に身を沈めると、昨夜の行動を頭の中で再生した。即興で組み立てたものだ。どこに不備があるやもしれない。

組み立てと再確認。みどりが常に意識してきたことだ。しっかりとした設計図を引き、それにのっとって物語を紡いでいく——。

真理子の部屋から持ちだしたものは、コンビニのゴミ箱に捨てた。

風呂の水がかかった服は、朝一番でクリーニングにだした。

真理子の死は、「ルル」の渡辺編集長から電話で知らされた。電話口で、それなりの芝居はできたはずだ。

これから忙しくなるに違いない。真理子とみどりが、かつて同人誌を作っていたこと、遺恨を残す形でコンビを解消したことは、公然の秘密だ。マスコミは興味本位で取り上げるだろう。

だが、みどりには、乗り切る自信があった。

未来は開けている。なぜなら、三浦真理子はもうこの世にいないのだ。

「あのぅ」

突然声をかけられ、みどりはカップを取り落としそうになった。

いつの間にか、小柄な女性がすぐ後ろに立っていた。

みどりの表情を見た女性は、慌てて頭を下げる。

「すみません、驚かせるつもりはなかったのですが」

みどりは無表情のまま、カップを置く。

「何かご用ですか」

抑揚を抑え、事務的にきいた。

こうしたことは初めてではなかった。一応、人気漫画家なのだ。取材も積極的に受けるので、顔を知っているファンは多い。駅のホームや道端で、突然声をかけられたこともある。

みどりは目の前の女性を品定めする。紺のスーツ姿。眼鏡をかけ、とにかく地味な雰囲気だ。手にはかさばった紙袋。

女性は幾分緊張気味に言った。

「河出みどり先生でしょうか」

「ええ」

そこからの展開は判りきっていた。袋からコミックが取りだされ、サインをせがまれる。最後に握手だ。

「お名前の判るものはある?」

「は?」

「本にお名前を入れますから。名刺か何かいただければ」

「本……名前……えーっと」

女性は紙袋を脇に挟むと、肩から提げたバッグを探る。「名刺……ないわ。困ったな」

「なければ別にいいんですよ。とりあえず、本だけいただける?」

「あ!」

女性はポンと手を打つと、スーツのポケットから黒い手帳のようなものを取りだした。手帳は紐でベルトの穴と結ばれている。

「これでも、よろしいでしょうか」

突きつけられたのは、警察のバッジだった。

「え……？」

「警視庁捜査一課の福家と申します」

「警察……捜査一課？」

「実は、三浦真理子さんの件でお話をうかがいたくて」

「お話って、ちょっと、どういうこと？」

動揺を押し隠すため、みどりは質問を重ねた。

「真理子は事故で亡くなったと聞きましたけど」

福家はバッジを戻し、言った。

「関係者の皆さんにお話をうかがっているのです。手続き上のことなのですが」

「そんなこと言われても、真理子とは、仕事上のつき合いしかありませんでしたから」

「承知しています。実を言いますと……」

福家は紙袋を開く。「先生の大ファンでして。これにサインをいただけないでしょうか」

出てきたのは、ビニールパックされた『犬猿の猫』。みどりと真理子が二度目のメガコミで販売した同人誌だ。当時人気だったアニメのパロディ本である。

みどりは呆気に取られ、本を手に取った。

「これ、あなたのものなの？」

「はい。メガトンコミックフェスタで買いました。そのとき、先生方ともお会いしています」

「驚いた。でもごめんなさい、あなたのことは覚えてないわ。メガコミの会場は、いつもてんやわんやだったから」

「判ります。すごい人気でしたから」

「でも、嬉しいわ。あのころの本を、こんなに大事に持っていてくれるなんて」

みどりは右手袋を外しながら、言った。

「おかけになって。ちょっと時間がかかるから」

本の一ページ目を開く。

これでお願いします、と福家がペンを差しだしてきた。それを受け取りながら、

「福家さんだったわね。福家……」

「上の名前だけでけっこうです」

「そう」

みどりは名前と日付を書き入れ、右上のスペースに主人公二人を描いた。

福家は目をキラキラさせながら、こちらの手許を覗きこんでいる。

「感動ですわ。イラストまで描いてくださるなんて」

「こちらこそ。ホント、とても懐かしい。だけど、これを一緒に描いた真理子が、もうこの世にいないなんて……」

「本当に何と申し上げたらいいか」

「彼女は編集者としても営業としても、とても優秀だった。彼女の死は、出版界の損失だわ」

「先生が最後に真理子さんとお会いになったのは、いつのことでしょうか」

福家の手には、いつの間にかすりきれた手帳があった。みどりの顔を見つめる目からは、先ほどまでの輝きが消えている。

「その質問も手続き上のこと？」

「はい。ひと通りおききするのが決まりでして」

「質問の前に、サインだけは貰っておいたってこと。ちょっとずるいわね」

ペンを福家に返しながら、みどりは尖った声を投げつけた。

「本当に申し訳ありません」

頭を下げながら、福家は本をビニールで包み直す。「この本は家宝にします」

みどりは険しい表情のまま、答えた。

「月曜日、湧泉舎の応接室でサイン本を作ったの。そのときに会ったわ。それが最後ね」

「オロロン書房用のサイン本ですか」

「ええ、そうよ。よく判ったわね」

「実を言いますと、私も応募したのです。外れてしまったようですけれど」

何とも摑みどころのない刑事だ。みどりは戸惑った。様々なキャラクターに合わせた対応を考えておいたのだが、ここまで素っ頓狂なのは予想していなかった。

みどりは愛想笑いを浮かべて言う。

「まあ、こうしてお知り合いになれたわけですから、サインくらい、いくらでもしますわ。新刊を買っていただければね」

「もちろん買います。新連載も楽しみにしています」

「嬉しいわ。期待してて」

「はい」

「それで、質問はもうおしまいかしら」

「あ、申し訳ありません。もう一つだけ」

「そうくると思った」

「昨日の夜、先生はどちらに？」

「アリバイ調べね」

「いえ、そういうわけでは。一応の決まり事でして」

「昨日は細田理恵子先生のパーティに出たの。二次会がお開きになった後、自宅に戻ったわ。編集者と一緒だったから、きいてもらって構わない」

「その後は、ずっとご自宅に？」

「散歩に出たわ。プロットに詰まってしまって、気分転換にね。近くの公園をぐるっと回った後、ベンチに坐って考えるの。お気に入りの場所があってね」

「お出かけとお戻りは何時ごろでしょう？」

「よく覚えていないわ。戻ったのは、夜中の一時半ごろかしら。ああ、うちのマンション、指紋認証のシステムが入っているの。記録が残っていると思うから、見てもらえばいいわ」

「恐れ入ります」

「連載が入ってたらアシスタントがいたんだけど……独り身だし、アリバイなしってことになるかしら。でも、真理子は事故死だったんでしょう？　なら別にどうってことないわよね」

福家は手帳を閉じ、うーんと首を傾げた。

「あら、どういう意味？」

「昨夜、三浦さんは一人きりだったのでしょうか」

「当たり前じゃない。だからこそ、事故であんな死に方を……」

「三浦さんは左足に怪我をして、杖をついていました」

「少し前に転んだって聞いたわ」

「ええ。順調に回復していたようですが、まだ杖は手放せない状態で、家の中でも杖をついていました。ここで一つ問題があるのです。彼女のマンションは築が古く、下の階に音が響くらしいのです。少し前、三浦さんの下に住む人が、管理人に苦情を言っていました。上の音、つまり杖をつく音がうるさいと」

「マンションではよくあることだわ。でも、それと今回の件は……」

「階下の住人の話では、昨夜、杖の音がしなかったそうです」

「え？」

「三浦さんは昨夜、慰労会に出席し、午後十一時過ぎに一人で帰宅。これはタクシーの運転手が証言しています。その後、風呂の追い焚きをしようとして事故に遭ったと考えられます。彼女が昨夜持っていたバッグなどはリビングにありました。玄関からいったんリビングへ行き、バスルームに移動した。でもその間、杖の音がしていない。なぜでしょう？」

「そんなこと……」

みどりは、胸を撫で下ろしながら答えた。「聞き洩らしたに決まっているじゃない。気にするほどのことでもないと思うけれど」

「リフォームしたリビングなどはともかく、玄関から廊下にかけて、音がずいぶん響きます。現場検証の後、実験してみたのです」

「かなり回復していたわけでしょう？　杖を使わず移動したのかも」

「杖はバスルームの床に転がっていました。彼女はリビングからの移動に杖を使ったのです。その音が響かなかったというのは……」

みどりは身を乗りだした。

「それなら、真理子はどうやって移動したっていうの？」

福家はぴんと人差し指を立てた。

「誰かが手助けしたとしたらどうでしょうか。もう一人、部屋にいたとしたら？　その人物が彼女の移動を助けた。だから、杖を使う必要はなかった」

みどりは福家の顔を見つめた。そこにあったのは、人形めいた薄い笑みだけだ。

「刑事さん、あなたの言う意味がよく判りませんわ。昨夜、真理子の部屋に誰かがいた。だったら、どうして彼女は死んだんです？　人がいたのなら、バスルームで転倒したとき助け起こしたはずでしょう？」

「ええ。助け起こすか、自力で無理だとしても、誰かを呼ぶことはできたはずです」

「でも……」

「その人物は助けを呼ばず、助けようともしなかった」

福家は横に置いたバッグから、写真を一枚だした。

「バスルームのドアの内側を写したものです。水滴がついているのが、お判りになりますか」

たしかに、磨りガラスのあちこちに水滴が散っている。

「このドアは、バスルーム側に開くようになっています。つまり、ドアが開いている場合、内側部分は壁の方を向きます」

みどりは写真から目を上げる。

「それが、どうしたっていうの？」

「遺体発見時、ドアは開いていました。この写真に写っている内側部分は壁の方を向いていたわけです。にもかかわらず、ほら」

福家は水滴を示す。

「真理子さんが浴槽に倒れこんだとき、中の水が飛び散りました。床はかなり濡れていましたし、天井にもしぶきが飛んでいました。当然、ドアにもかかったはずです。でも、ドアの外側にはその痕跡がなく、逆に内側に水滴がついている」

福家の言わんとしていることが、理解できた。

「……真理子が倒れたとき、ドアは閉まっていたってこと？」

「その可能性が高いのです」

とっさに言葉が出てこなかった。真理子の体を支えきれず、ドアを閉めた――。その後、ドアをどうしたのか、とっさには思い起こせない。

みどりは何とか動揺を押し隠し、福家に向かった。

「つまり……どういうことになるのかしら」

「三浦さんが転倒したとき閉まっていたドアが、どうして遺体発見時に開いていたのか。そこが気になります」

「浴室の中は湿気があるから、ドアに水滴がついていても、おかしくはないと思うわ。ドアはもともと開いていたんじゃない？」

「開いていたのであれば、浴室を出てすぐの床も濡れているはずです。鑑識が調べたところ、脱衣所の床はまったく濡れていませんでした」

「彼女が死んだ後、誰かがドアを開けた。ということは……」

「三浦さんが亡くなった後、部屋に誰かいたのではないかと」

眼鏡の奥で、福家の目が光った。

「本気で言ってるの……？」

福家はテーブルの写真をそそくさとバッグに戻し、立ち上がった。

「お忙しいところ、失礼しました。あ、サイン、ありがとうございました」

本の入った袋を大事そうに抱え、何度も頭を下げる。

「それでは失礼します……あっ」

突然、福家がみどりを指さした。

手袋をはめようとしていたみどりは、思わず手を止める。

「何かしら？」

「その怪我、どうされたのですか？」

人差し指の絆創膏のことを言っているらしい。

「ああ、これ。何日か前に紙で切っちゃったのよ。この仕事をしていると、どうしてもね」

「先生の手は漫画界の宝ですから、気をつけてください」

福家は真剣な表情で言う。

「あ、ありがとう」

「では」

ぺこりと頭を下げ、福家は歩いていった。

ひどくイライラして、みどりは絆創膏をはぎ取った。

いったい何なんだろう、あの刑事——。

再び手袋をはめると、丸めた絆創膏をテーブルの灰皿に捨てた。

六

手島寅雄《てじまとらお》は身を縮め、東京駅の新幹線ホームに立っていた。

手島の身長は百九十三センチ、体重は九十二キロある。子供のころから体が大きく、柔道、レスリング、相撲とあちこちから誘いがあった。どれも長続きしなかったのは、手島の臆病さゆえだ。体格に恵まれ、足腰、腕力も強い。だが、メンタル面はからっきしだった。対戦相手に向き合うと、闘争心も何も吹き飛んでしまう。緊張し、体が硬くなって、思うように動けなくなる。とにかく、何をしてもダメだった。中学を卒業するころには、どこからも相手にされなくなり、独り静かに本を読む生活が主になった。

大学を卒業して、湧泉舎に入社。営業を二年経験した後、月刊誌「ルル」編集部に配属された。現在は中堅の立場だが、上司の覚えはめでたくない。気の弱さが災いし、原稿取りには失敗、企画も大抵は上司の一喝で頓挫してしまう。

そんな手島であったが、彼を気に入っている作家も何人かいた。その一人がベテランの江部《こうべ》優《ゆう》だ。現在「サラリーマン犬蔵《いぬくら》」を連載中で、アンケートも常に上位に食いこんでいる。手島にとっては、足を向けて寝られない存在だった。

ところが、「ルル増刊号」に描き下ろしを依頼する際、手島は締切の日付を間違えた。

この初歩的なミスに、さすがの江部も激怒。一時、連絡が取れなくなった。

クビを覚悟した手島は辞表を書き、うなだれてデスクに坐っていた。そこへ、営業部長の三浦真理子から電話があった。彼女は江部が熱海の別荘にいることを突き止め、手島をタクシーに押しこんだ。早朝、江部の別荘を訪れ、手島と一緒に何度も頭を下げてくれた。

気のいい江部は、すっかり機嫌を直した。増刊号への執筆は無理だが、連載は継続、次回の増刊号に読み切りを書くことが決まった。そして、担当はこれまで通り手島でいくことも。

帰る道々、何度も礼を言う手島に、三浦真理子は冷たい目をして言った。

「江部さんの作品は『ルル』に必要なの。それだけよ。へそを曲げられたら困るの」

遠ざかっていく真理子の背中。それが、彼女を目にした最後になるなんて――。

手島はため息を繰り返した。

間もなく、江部優の乗ったひかりが到着する。

何と言って出迎えよう。もう一度詫びた方がいいだろうか。読み切りのアイディアをメールで受け取っていたが、いま一つぴんとこない。それを正直に言ったものだろうか。

真理子の突然の死が、手島をいつも以上にナーバスにしていた。もう一度何かで失敗したら、今度こそクビだ。

「あのぅ」

顔を上げると、目の前に小柄な女性が立っていた。

「手島さんでいらっしゃいますか?」

「ほ、ほい」

慌てたので、妙なところから声が出た。初対面の相手だと、こうした失敗をしてしまう。思わず頬が熱くなった。

だが、女性は平然としたまま、

「よかった。違うホームに行ってしまいまして、ちょっと慌てていたのです」

手島の前に、警察バッジが差しだされた。

「警視庁捜査一課の福家と申します。ちょっとお話をうかがえますか」

警察？　捜査一課？

「ほい」

また甲高い声が出た。

福家はにこりとして、

「お時間は取らせませんので」

手島の横に立つと、顔をしげしげと見つめる。

「手島さんは、江部優さんのご担当だそうですね。私、『サラリーマン犬蔵』の大ファンです」

「へ、へぇ！」

「スピンオフの『ボンクラ先生』も素敵ですよね。欠かさず読んでいます」

「ありがとう……ございます」

「これから江部さんと打ち合わせですか？」

「は、はぁ。次の……増刊号で読み切りを……」

「それはすごい。楽しみにしています」

「ありがとう……ございます」

「あらいけない。余計なことばかりきいてしまって」

福家は表紙のすりきれた手帳をだす。

「おききしたいのは、一昨日のことです。ちょっとしたトラブルがあって、あなたは三浦真理子さん宅を訪ねたそうですね」

「は、はい」

手島は何度もうなずく。

福家はゆっくりとした動作で、手帳のページをめくる。

「そのときのことをおききしたいのです。三浦さん宅に着いたのは、何時ごろですか」

「午後八時過ぎでした。トラブルで途方に暮れていたところに、三浦部長から連絡があって、すぐうちに来いと」

「そのときの様子を詳しく話してください」

手島は気を落ち着かせ、一昨夜のことを思いだす。福家が手島のペースに合わせてくれているることがありがたかった。

「訪ねたとき、三浦さんは何をしていました？」

「ドアを開けてくれた後、リビングに戻って書き物をしていました」

「それは、ダイニングテーブルで？」

「そうです。作家さんへの手紙だと。すぐに書き終えて、封筒へ」

「ちょっと待って。そのとき彼女は、どちら側の椅子に坐っていました？　玄関寄り？　それとも窓寄り？」

「手前、つまり玄関側に坐っていました」

「そのとき、届いたばかりの荷物はありませんでした？　かなり大きなものですけれど」

「それなら、僕がいるとき届きました。受け取ってくれと言われたので、僕が伝票に判子を押しました。電動のシュレッダーを通販で買ったそうです」

「その荷物は、その後、どうしました？」

「部長が椅子に置けと言うので、その通りにしました」

「テーブルの玄関側の椅子？」

「そうです。そのとき部長は手紙を書き終わって、封筒をバッグに入れながら立ち上がりましたから」

「その後すぐ、三浦さん宅を出た？」

「はい。何しろ急なことで、部長の助け船がなかったら、どうなっていたか」

「お二人で熱海まで行かれたんですよね」

「江部先生にお詫びに行きました。到着したのは十二時前だったんですが、先生はお留守で、しばらく待つことになりました」

「別荘の前で？」

「ええ。足を怪我しているのに、部長は立ったまま待ってました」

「江部さんは何時ごろお帰りに？」

「午前二時過ぎです。ですが、泥酔されていて、話ができる状態ではありませんでした。部長は少し先にあるファミリーレストランに入って、朝まで待つと。江部先生は朝型で、どれだけ飲んで帰っても、午前六時に起きて散歩をなさる習慣ですから」

「待っている間、三浦さんは何をされていましたか」

「別に何も。黙って本を読んでいました」

「そこで夜明けを待って、早朝、江部氏をつかまえたわけですね」

「はい。驚いておられました。われわれが徹夜で待っていたことは、ひと目見て判ったはずですから。二人で頭を下げたら、もういいよと言ってくださって……」

「それはよかったですね」

「はい。僕、クビも覚悟していましたから」

「熱海からは一緒に帰ってきたのですか？」

「はい、新幹線で。ここ、東京駅で別れました。部長はその足で出勤して、会議に出たはずです」

「そこは確認が取れています」

二人の目の前を長身の女性が歩いていく。その後ろ姿は、どことなく三浦真理子に似ていた。

無意識に目で追う手島の心情を、福家は理解したようだった。

「三浦さんとは、長くお仕事を？」

「この二年ほどです。普段はほとんど口を利くこともありませんでした。会議なんかでも、ちょっと近づきにくくて。でも、今回のことでは、僕を助けてくれて……」

往復の道中でも、深夜のファミレスでも、三浦真理子は説教めいたことを一切言わなかった。実際、会話らしい会話はなかった。それだけになお、彼女の仕事にかける意気ごみが、ひしひしと伝わってきた。

「こんなことになるなら、もっといろいろ教えてもらえばよかったです」

ホームのアナウンスが、ひかり号の到着を告げていた。

福家はスピーカーの方をちらりと見て、

「江部さんは、このひかりで来られるのですね」

「ええ」

「サインをいただきたいけれど、公私混同と言われてしまいますから」

福家は心底残念そうな表情を浮かべた。

「お忙しいところ、ありがとうございました」

「あの、刑事さん」

大きな声が出た。周囲の人々が、ぎょっとしてこちらを見ている。また頬が熱くなった。

当の福家は驚いた様子もなく、首をやや右に傾げて、こちらの言葉を待っている。

「一つ、どうしても気になってることがあって」

「何でしょう」

「僕が部長の家に行ったとき、嫌み半分に言われたんです。僕のせいで、お風呂に入り損ねた。せっかくお湯を沸かしたのに」

福家は無言でうなずく。

「部長は、酔って帰った後、お風呂を追い焚きしようとして足を滑らせた――そう聞きました。もし僕があんなヘマをせず、前の夜に部長を呼びだしたりしなければ、部長は……」

「三浦さんの死は、あなたのせいではありませんわ」

福家の答えは早かった。

「彼女は自分の意思でバスルームに入ったのではありません。あなたのせいではないのです」

子供に言い聞かせるように、福家は一語一語、ゆっくりと話した。

その意味するところが判らず、手島は混乱するだけだった。

ホームに新幹線が入ってきた。福家が微笑む。

「江部先生の到着ですよ。うらやましいなぁ」

「あ……」

慌てて鞄を持つ。江部はグリーン車に乗っている。会えなかったら大ごとだ。

「頑張ってくださいね」

福家が言った。「『サラリーマン犬蔵』の新刊、楽しみにしていますから」

「あ、はい。先生に伝えます」

「先生だけでなく、あなたにも頑張ってほしいのです」

「は？」

「編集者がいなければ、本はだせないでしょう？」

福家はぺこりと頭を下げると、階段を下りていく。

残された手島は、彼女の言葉を反芻《はんすう》する。

緊張が少し和らぎ、胸の動悸も治まってきた。

落ち着け、落ち着け。そう言い聞かせながら、手島はグリーン車のドアの前に立った。

七

世田谷にある自宅兼仕事場のマンションに帰り着き、河出みどりは大きく伸びをした。

昨夜は一睡もしていないが、一日二日の徹夜で参るような体ではない。

みどりにダメージを与えたのは、ホテルに現れた妙な女刑事だった。彼女は真理子の死を、単純な事故ではないと考えている。

かすかな焦りがくすぶり始めていた。

真理子の死が殺人と断定されれば、当然みどりも容疑者としてリストアップされる。

だが、一方で揺るぎない自信も感じていた。真理子には敵が多く、生活も荒れ気味だった。容疑者を絞りこむのは、容易ではないだろう。

考えに沈んでいたみどりは、インターホンが鳴ったのにも気づかなかった。

今日はアシスタントの藤本路子《ふじもとみちこ》が来る日だ。

連載開始に備え、アシスタントを押さえておかなければならない。今回の作品で、失敗は許されない。アシスタントは、気心が知れた者を揃えたかった。

みどりはリビング西側にあるドアを見つめた。

その先にあるのは、五つのデスクが並ぶ仕事場だ。そこで四人のアシスタントとともに、作品を仕上げる。一昨年の連載終了以来、アシスタント全員が揃うことはなかった。

もうすぐだ。もうすぐ、みんな戻ってくる。

インターホンが鳴った。

「はいはい」

みどりはキッチン脇にあるモニターの前に立つ。

マンションの正面玄関はオートロックで、カメラも備わっている。

モニターに映しだされた人物を見て、みどりは息を呑んだ。

そこにいたのは、スーツ姿の福家だった。

みどりは唇を噛む。相手は警察官だ。居留守を使うわけにもいかない。

通話ボタンを押し、精一杯、不機嫌な声をだした。

「刑事さん、何のご用です？」

福家は腰を屈め、カメラとマイクに顔を近づける。顔が大映しになった。

「お忙しいところ申し訳ありません。実は……」

「判っておられるのなら、話が早いわ。私、忙しいの。明日にしてもらえません？」

「申し訳ありません。実は先生にお知恵を拝借したいことができまして。お時間は取らせませんので……」

引き下がるつもりはないようだ。正面玄関で押し問答など、外聞のいい話ではない。

「判りました。お入りください」

みどりは解錠ボタンを押した。

「ありがとうございます」

まったく、約束もなしに押しかけてくるなんて、どういうつもりなのか。

懇意にしている弁護士に相談してみようか。

いや、あまり神経質になるのはよくない。鷹揚に振る舞うのが最善の策だろう。

あれこれ考えているうちに、玄関のインターホンが鳴った。

わざとゆっくり廊下を進み、ドアを開けた。

封筒を持った福家がぺこりと頭を下げた。

「お忙しいところ……」

「挨拶はいいわ。入って」

福家を待つことなく、リビングに戻る。

「来客があるの。手短にお願いね」

福家は好奇心に満ちた目で室内を見回している。

「素敵なお住まいですねぇ」

「仕事場を兼ねているから、殺風景でしょう」

みどりは、編集者用のソファを勧めた。

「ありがとうございます」

みどりは冷蔵庫を開け、買い置きしてある栄養ドリンクを取った。

「よければどうぞ」

徹夜明けなどに飲む「ジャイガー2000」だ。

「あら、すごい。これ、一本、二千円しますよね」

「詳しいのね。あなたも飲んでいるの？」

「とんでもない。私たちには高額すぎます。『ジャイガー500』がせいぜいです」

「昔は二、三日徹夜しても平気だったけど、いまはもうダメ。これがないと、廃人同様」

「そうですよねぇ。私も徹夜は苦手です」

話をしながら、みどりは油断なく身構えていた。この刑事、ぼんやりした風を装っているが、その実、なかなかの観察力を持っている。舐めてかかると痛い目に遭いそうだ。

福家は「ジャイガー2000」の小瓶をそっと脇にどけ、封筒を置いた。

「鑑識からの報告書が届きましたので、事件全体を洗い直してみました。そうすると、いくつか引っかかる点がありまして」

「ドアの内側についた水滴とか、杖の音とか、本当に細かいことを気にするのね」

みどりの嫌みも、福家には効果がない。

「その二点も未解決のままで、本当に困ってしまいます」

「死因は明らかになったのかしら？」

「はい。傷口はバスタブの形状とほぼ一致しました。肺の中からは、バスタブ内の水と同じ成分が検出されました。転倒して頭を打ち、そのまま溺死したと思われます」

「それで、知恵を借りたいとか言ってたけど？」

「実はこれなのです」

福家は封筒から写真を取りだした。写っていたのは四足の靴。真理子宅の玄関で撮ったものだ。真ん中にあるのは、昨夜、彼女が履いていたものに間違いない。

みどりは怪訝そうな顔を作り、

「これが何か？」

「三浦さん宅で撮ったものです。この真ん中に写っている靴に見覚えは？」

「ないわ」

「これは、三浦さんが亡くなった当日に履いていたものです。遺体発見時、この状態で玄関にありました」

「彼女はそれほど身なりに構う方ではなかったけど、この靴に何か問題でも？」

「指紋がないのです」

「え？」

「三浦さんの指紋がついていないのです」

福家は二枚目の写真をだす。玄関全体が写っている。靴箱脇にあるスツールも入っている。

「三浦さんは二週間前に浴室で転び、足の捻挫に加え、腰も痛めておられたとか。それ以来、腰を屈めるのが困難でした。そのため、靴の脱ぎ履きがしにくかったようで——」

「ああ、それでスツールが」

「はい。帰宅した三浦さんはここに腰かけ、靴を脱ぐ。亡くなる当夜もおそらくそうされたのだろうと思います。ただ判らないのは、どうして指紋が靴に残らなかったかです」

みどりは自分の犯したミスに気がついた。思わず手を引っこめそうになるのをこらえる。

「手を使わずに脱いだんじゃないかしら。かかとを使って脱ぐこともできるでしょう？」

「はい。ですが、そうした汚れはついていませんでした。当夜は雨が降っていましたし、泥などがつくと思うのです」

「雨で濡れたから、脱いだ後で拭いたんじゃないの」

「そうでしょうかねぇ」

納得のいかない様子で、福家は首を傾げている。

「刑事さん、もうすぐ来客があるんです。そろそろ……」

「あのう、もう一点だけ……」

福家はさらに写真をだしてくる。「これなのですが」

不承不承みどりは写真に目を落とした。

今度は真理子のリビングにあったテーブルが写っていた。

「これが、何か？」

「このペンです」

指さしたのは、みどりがサインに使ったペンだった。

「こちらにも指紋がありませんでした」

「事故なのに、そんなものまで調べるの？」

「本当に事故なのであれば、そこまではしません。不審な点があったものですから」

「不審な点というのは何？」

「第一点は、指紋がないことです。テーブルの上にあったのですから、真理子さんか誰かの指紋がついているはずなのです。考えられるのは、最後にペンを使った人物が拭った可能性です。指紋を消すために」

「そんなに難しく考えることかしら。拭ったのは真理子自身かもしれないわ。第二点は何？」

「三浦さんは左利きでしたよね」

「ええ」

福家は手にしたペンを左手に持ち替える。

「左利きの人がペンを使い、それをテーブルに置くと、こうなります」

　ペンは福家の左側、向かいに坐るみどりから見て右側に置かれていた。

「この写真を見てください。ペンは奥、窓側の椅子から見て右側、手前、玄関側の椅子から見て左側にあります。つまり……」

「奥の椅子に右利きの人間が坐ってペンを使ったか、手前の椅子に左利きの人間が坐ってペンを使ったかどちらかになる」

「その通り、さすがです」

「からかわないで。そんなこと、子供にでも判るわよ」

「ただ、玄関側の椅子には大きな荷物が置いてあり、使えませんでした」

「なるほど、あなたの言いたいことはこうね。真理子が死んだ夜、部屋には別の人間がいた。そしてその人間は、テーブルでペンを使った」

「はい。その人物は右利きです。玄関側の椅子は使えないので、窓側に坐った。ペンを使い終わったその人物は、ペンを置き、指紋を拭き取り、立ち去る」

　みどりは指でテーブルを叩きながら、しばし無言で福家を睨んだ。

　あのペンは最初からあの場所にあったのだ。みどりは使った後、元の場所に戻した。それは間違いない。

「問題のペンが、いつそこに置かれたのか判らないわけでしょう？　荷物が来る前からそこにあったのかもしれない。玄関側の椅子に坐り、真理子自身がペンを使い、そこに置いたとすれば？　その後で荷物が来て、横着な真理子が椅子に置いたとすれば？」

「はい。筋は通ります」

「筋も何も、ペン一本と、真理子の死にいったいどんな関係があるっていうの？　いい加減、時間を無駄にするのはやめて」

福家は手帳のページをめくる。

「あの荷物がいつ届いたのか、確認は取れています。事件前夜の午後八時過ぎです。その夜、ちょっとしたトラブルが起きて、編集者が三浦さん宅を訪ねています。その時点ではまだ椅子に荷物はなかったのです」

福家は手帳の内容を確認しながら続ける。

「編集者が家に入ったとき、三浦さんは玄関側の椅子に腰を下ろし、手紙を書いていました。便箋を封筒に入れたとき宅配便が来ました」

福家は手帳を閉じる。

「三浦さんはペンをテーブルに置き、封筒をバッグに入れてテーブルを離れた。そして、宅配便を受け取り椅子の上に置くよう編集者に指示して、自宅を出た——。それ以降、玄関側の椅子には荷物があり、腰を下ろすことはできなかったことになります」

「それのどこが問題なの？　ここに写っているペンは、真理子が手紙を書いて置いたものでしょう。彼女は左利き、ペンは左側に置く」

「ペン先を見てください」

「え？」

「ペンを机に置くとき、ペン先をどちらに向けます？」

「どちらにって……」

みどりは、テーブルに置いてあるペンを見た。外出前に使って置いたものだ。先は自分の方を向いている。

「三浦さん宅や会社をチェックしたら、デスクのペンは全部手前を向いていました。三浦さんが一昨日、手紙を書き終えペンを置いたとすれば、ペン先は自分の方、つまり玄関側を向いているはずです。でも……」

福家は写真を指す。

「窓側を向いているんです」

みどりは写真から目を離せなくなった。ペンは元あった位置に戻したつもりだったが、ペン先の向きにまでは思い至らなかった。

福家は続ける。

「荷物のことを考えれば、ペンを使った人物は、窓側の椅子に坐っていた可能性が高い。そして、その人物は右利きです」

テーブル上のペンは、まさに福家が言う位置にあった。ペン先がこちらに迫ってくるような気がして、みどりは発作的にペンを取る。

「ペンを誰が使ったかなんて、彼女の死とは関係ないでしょう」

「右利きの人間がペンを使ったということは、三浦さんの部屋に彼女以外の人間がいたことになります。杖の音といい、靴の指紋といい、どうしても引っかかるのです」

「昨日の昼間、来客があったのかもしれない。その人が、ペンを使った……」

「三浦さんは一昨日自宅を出て以来、昨日の夜まで帰宅しなかったそうです。トラブル処理で徹夜をして、会社に直行。夜、慰労会に出て、ほぼ二十六時間ぶりに帰宅した。本人がいないのに、来客があったとは考えにくいです」

「あなたはどうしても、彼女の死を殺人にしたいわけ」

「事故と考えるには、不自然な点が多すぎます」

「どれも些細なことばかりだわ」

「三浦さんは相当のやり手だったと聞いています」

福家は話題を変えた。「その分、恨んでいる人も多かったようですね」

「ええ。敵は相当多かったわ。やり方も強引だったしね」

これには、素直にうなずくしかなかった。

「先生とはどうだったのでしょう」

「え？」

「私、デビュー当時から先生のファンでした。先生のデビューはとても嬉しかったのですが、三浦さんとのコンビ解消は残念で……」

「解消といっても、あれは発展的なものだった。別れた方が、お互いにとってプラスになる。

そう考えたから、解消したの。私は漫画家としてそこそこ成功しているし、彼女だって……」

「三浦さんとは上手くいっていたと？」

「たしかに、昔のようにはいかなかったわ。何といっても、向こうは営業部長。利益を追求するのが仕事でしょう。こっちは表現者。いいものを作るためには、利益なんて二の次だもの。多少の対立はあって当然よ。だからって……」

「殺したりはしない？」

福家の目が、眼鏡の奥で鋭く光っていた。

ここで負けてはいけない。みどりは相手を押し返すように、睨みつける。

先に目を逸らしたのは福家だった。そして、

「指は大丈夫ですか？」

「え？」

「人差し指の怪我です。紙で切ったとおっしゃっていた」

「ああ、これ……」

みどりは、自分の指に目を落とす。

「もう大丈夫だと思う。痛みも出血もないから」

「そうですか、安心しました」

「ねえ、刑事さん」

みどりは脚を組み替えた。もう受け身に回るのはたくさんだ。

「あなた、私のことを疑っているでしょう」

福家は目をぱちくりさせる。

「そんなこと。第一、この件はまだ事故とも殺人とも……」

「いいえ、あなたは殺人だと確信している。そして、真理子を殺したのが私だと思ってる」

「うーん」

福家は頭に手をやって唸る。

インターホンが鳴った。今度こそ、藤本路子だろう。

だがみどりは、福家から目を離さなかった。

二度、三度とインターホンが鳴る。

「テーブルにあったサインペンですが……」

やがて、福家が言った。

「鑑識で調べてもらった結果、微量の血液が付着していました。血液型やDNAまでは判りませんが、人間の血であることは間違いないとのことです」

福家の視線が、みどりの人差し指に集中する。

「真理子さんが亡くなったとき、部屋には別の人間がいた。では、どんな人物であったか。ポイントは四つです。その人物は、常に手袋をしている。だから、一切、指紋を残さなかった」

「その根拠は、指紋のない靴ね」

「はい。その人物が靴を脱がせたため、指紋が残らなかったのです」

「私は常に手袋をしている」

「ええ」

「第二のポイントは？」

「犯人は非力な人物である」

「根拠は？」

「浴室のドアが閉まっていたからです。犯人は三浦さんを抱え上げようとして、できなかった。だからドアを閉め、そこを支点にして彼女を引き上げた。力のある男性であれば、そうする必要はありません」

「非力な女性。私にぴったりね。三つ目は？」

「右利きである」

「私も右利きだわ。四つ目」

「指先に怪我をしている。三浦さんの部屋にいた人物は、何らかの必要に迫られ、ペンを使いました。そのとき、本人も気づかないうちに、人差し指を切り出血していた。それがペンについたのです。指紋は拭えますが、血液の反応は残ります。つけ加えるなら、その人物は常に手袋をしているにもかかわらず指先を切っています。つまり、ペンを持つときは手袋を外していたと考えられます。おそらく習慣なのでしょう。そういえば、執筆のとき先生も手袋を外されますね」

「私はすべての条件に当てはまるというわけね」

「そういうことになります」

「だけど、そんなものは、真理子殺しの証拠でも何でもない」

「はい」

「ペンに血がついたのは、もっと前のことかもしれない。そもそも、真理子が死んだ夜にペンが使われたかどうかもあやふやだわ」

「おっしゃる通りです」

「靴の件だってそう。あなたの話は、何もかもがこじつけめいて聞こえる」

みどりは立ち上がり、福家を見下ろした。

「もうお話しすることはないわ。アシスタントが来ているの。そろそろお帰りいただける？」

「判りました」

バッグを肩にかけた福家は、深々と頭を下げた。

「私のファンだと言ってくれるあなたには申し訳ないけれど、できることならもう会いたくないわ」

「私もです」

福家はドアに手をかけたまま、こちらを見ていた。

「こんな形で、先生とお会いしたくはありませんでした」

八

「警部補！」

警視庁舎の一階で、二岡友成はようやく目的の人物を見つけた。

深夜二時。警視庁も、さすがに静まり返っている。福家は桜田門口から入り、エレベーターホールに向かっていた。

「あら、二岡君」

「捜査本部に電話したら、こちらに戻られたと聞いたので」

「前の事件の報告書をださないといけないの。今日も徹夜だわ」

福家は三日前に起きた強盗殺人事件の捜査を担当し、翌日、犯人を逮捕した。事後処理を終え、書類作成の段になって、今回の事件が起きたのだ。強盗殺人の捜査を始めて以来、一睡もしていないはずだが……。

「二岡君、非番じゃなかった？」

「まあ、一応。ただ、どうしても警部補に報告したいことがあって」

「今度の事件のこと？」

「はい」

「聞かせてほしいのは山々だけれど……」

福家が少し困った顔をする。

「判っています。非番のときに働いていると、いろいろ言われるんですよね」

非番時の業務は控えるようにとの通達が出たばかりだった。

「あんなの気にすることないですよ。現場を知らないヤツが勝手に言ってるだけです」

「二岡君やあなたの上司に迷惑がかかると悪いから」

「警部補こそ、最後に休んだのはいつですか？」

「五日前、家に帰って眠ったわ」

「それを休んだとは言いません」

「手帳を見れば判ると思うけれど、その手帳が見当たらなくて……」

「警部補、もうけっこうです。とりあえず、報告だけさせてください」

「でも、あなたのデスクに行くわけにはいかないわ」

「六階の総務部総務課に知り合いがいます。そこにパソコンを置かせてもらっているんです」

「総務課というと、須藤《すどう》警部補がいるところね」

須藤は捜査一課の刑事だったが、職務中に負傷して、現在は総務課所属となっている。

「はい。須藤警部補には、駆けだしのころから可愛がってもらっています。事情を話したら、部屋を使っていいと」

「そう」

二岡は福家とともに六階に上がる。廊下を進み、「総務部総務課」と書かれたドアを開けた。事務員用のデスクが手前に一つ、窓を背にして須藤のデスクがある。こぢんまりした部屋だ。右手奥の給湯室に、薬罐《やかん》とほうじ茶の缶が置いてあった。

二岡は事務員のデスクにあった自分のラップトップを開く。

「僕なりに考えたことがあるんです。警部補は、テーブルにあったペン、あれを犯人が使ったとお考えなんですよね」

「ええ。あくまでも可能性だけれど」

「では、犯人はペンで何を書いたんでしょう?」

「それもまだ判らない。でも、おそらくは……」

「自分のサイン」

「そうね。犯行はリビングで行われたと思う。凶器は丸くてあまり大きくないもの。犯人は被害者のこめかみをそれで殴った。被害者は即死せず、意識をなくして倒れる。血はほとんど出ない。でも、ごく微量の出血はあったはず」

「それがサイン本にかかった。だから、サインを書き直す必要があった。それで、ペンを取った」

「筋は通るわね」

「僕、いろいろと調べてみました。五冊の本にサインが書かれたのは月曜日、場所は湧泉舎の応接室です」

「それは確認が取れているわ」

「立ち会ったのは、編集者と被害者の三浦真理子。面白いのは、三浦真理子がそのときの様子をDVDにおさめていたことです」

「その画像は、既に提供してもらっているわね」

「はい。それをもとにして、やってみたことがあるんです」

二岡は画面上にデータを表示する。

「河出みどりが書いた五つのサイン、どれもばっちり映っています。そのサインの部分を取りだしてですね……」

二岡がクリックすると、画面には五つのサインとイラストが横並びに表示された。

「それから、もう一度現場に行って、リビングに置いてあった本を写真に撮ってきました」

新たに五つのサインとイラストが出る。

二岡は背後に立つ福家を振り返って、

「湧泉舎で書いたものと被害者宅にあった五冊に書かれたもの、これを照合します。もし書き直したものがあれば、字面やイラストの大きさなどが一致しないはずです。つまり、犯人が現場でペンを使った証明にもなります。このサインとイラストを描けるのは、河出みどり以外にはいないわけで……」

福家は聞いているのかいないのか、ぼんやりとした表情でパソコンの画面を見ていた。

「警部補？」

「それで、結果は出たの？」

福家がようやく目を上げた。

「友人の鑑識課員に頼んで照合中です。そろそろ結果が出るはずです」

「うーん」

福家は眉間にしわを寄せて唸った。

二岡は少々不満だった。今度の犯人には、福家も手こずっているようだ。そんな福家のために、自分なりに考えて行動したというのに……。

二岡の携帯が鳴った。照合を依頼した友人からだ。

「出たか？　結果は……え⁉」

聞き返したが、答えは同じだった。

二岡は呆然としたまま、通話を切った。福家がこちらを見つめているのが判った。

「そんなことって……」

照合したサイン、イラストはすべて一致したという。

「書き直しているんだったら、絶対に違いが出るはずなのに」

福家はふっとため息をつき、低い声でつぶやいた。

「相手はプロだから。それも、天才的な技術を持った」

同じ場所に、同じ形、同じ大きさのものを描けるというのか。

二岡の肩に福家の手が置かれた。

「残念だけれど、今回は向こうが一枚上手だったわけ」

「すみません」

「謝ることではないわ」

「警部補には判っていたんですか？　サインとイラストは調べても無駄だって」

「うーん、まあね」

曖昧に答えたのは、二岡の気持ちを思ってのことだろう。

「すみません、無駄足踏ませちゃって。もう行ってください。片づけはやっときますから」

「じゃあ、お願いね」

福家は部屋を出ていった。

残った二岡は、打ちひしがれて、パソコン画面に映しだされたサインを見つめていた。

「やられたなぁ」

立ち直るには少し時間が必要だ。

九

タバコを一箱空にしたところで、渡辺良進はデスクから立ち上がった。首から肩にかけてが鉄のように重い。

どんな事情があろうと、校了日は待ってくれない。次々と舞いこむ雑事を処理しつつ、頭の中は再来月号の企画へと飛んでいた。

だが、事あるごとに思い浮かぶのは、三浦真理子の顔だった。

あいつだったら、どうするだろう。そんな思いにとらわれては、思考が止まる。

時間だけが無為に過ぎていった。部下たちも、いまだペースを摑めずにいるようだ。いったいどうすればいい。焦りばかりが募る。

カメラマンの寺沢透《てらさわとおる》が入ってきたのはそのときだった。釈然としない様子で首を傾げている。

「よう、どうした？」

渡辺は声をかける。

「ああ、編集長。すみません、入稿が遅れてて」

「いや、こんな状況だ、仕方ないさ」

「ここに来る途中、変な刑事につかまったんですけど、編集長も知ってる人ですか？」

「刑事……福家とかいう女の警部補か？」

「ええ。ロビーでつかまって、ひどい目に遭いました」

あの刑事、また社内をウロウロしているのか。三浦真理子の事故死に疑問を持っているようだったが。

「何をきかれたんだ？」

「写真を見せろって、引き下がらないんですよ。細田理恵子先生のパーティで撮った写真、全部見ていきました。一時間以上つき合わされて」

いったい、どういうつもりだろう。真理子の死とあの日のパーティに関連があるとも思えないが。

「あれ？」

寺沢の後ろから、大きなバッグを持った男が現れた。同じくカメラマンの岩島《いわしま》だ。

「寺沢さん、どうしたの？」

「岩島、いいところに来た。おまえのとこにも行っただろう？　あの変な女」

「女？　ああ、刑事か。来た、来ましたよ。面倒臭いから追い返そうと思ったんだけど、しつこくてさ。はっと気づいたときには、上がりこまれてた」

寺沢がうなずく。

「俺もそうだった。で、用件は何だった？」

「写真を見せてくれって。河出みどり先生の取材のとき撮ったやつ」

「昨日の？」

「そう。細田理恵子先生絡みの取材でさ、みどり先生、熱く語ってたよ」

岩島の携帯が鳴った。

「おう、三太郎か。どうした？　え？」

岩島の眉間にしわが寄る。

「判った。じゃあ、二時間後に連絡してくれ」

険しい表情で、岩島は携帯をしまう。

「懇意にしているライターから。ヤツのところにも来たんだと、あの刑事」

「何だそりゃ」

「そいつは昨日の取材でインタビュアーをやったんだけど……」

「待て」

渡辺は話に割りこんだ。「つまり、昨日はおまえとそのライターで、河出先生のインタビューをやったんだな」

「そう。よくコンビを組むんだ。真面目なヤツで、漫画にも詳しい」

「で、刑事はそいつに何をきいたんだ？」

「河出先生について、あれこれ尋ねていったってさ」

「そうか……」

怪訝な顔の二人の前から、渡辺は離れた。

無性にタバコが吸いたくなったが、手許にはない。他の部員は全員、禁煙中だ。

渡辺はイライラと頭を掻く。

関係者の周辺に福家が現れていることは、耳に入っていた。漠然とした疑いを抱いてはいたものの、まさか、という思いもあった。だが、カメラマン二人の話を聞くに至って、渡辺の疑念は確信へと変わりつつあった。

福家の動きにある共通項。それは、河出みどりだ。

あの刑事、彼女を疑っているのか？

ふと湧き起こった疑念は、止めようもなく巨大化していった。無視することのできない不安感は、編集者として数々の修羅場をくぐり抜けてきた、本能のようなものだった。

「おい、村田」

渡辺は傍らにいる編集部員を呼んだ。「おまえがこの間だした企画だけどな……」

村田はポカンとした顔で、パソコンのキーを打つ手を止める。

「何ですか、急に」

「あれ、手直ししとけ。次の企画会議でもう一度練る」

「だって、あれは……」

三浦真理子に却下された。

「いいんだよ」

渡辺は低い声で言う。「自信あるんだろ、あの企画」

「そりゃ、もちろん」

「じゃあ、言われた通りにしろ」

「判りました。でも……」

「何だ、まだあるのか？」

「いまさら企画会議に乗せたって無理じゃないですか？　河出みどり先生の連載が始まるでしょう。誌面に余裕ないですよ」

「いいんだ……いいんだよ」

渡辺は、タバコを買うため部屋を出た。

十

河出みどりは、いつものコースをやや早足で進んだ。坂を上りきり、十字路を右へ。大通りを外れると、都内とは思えない静寂が広がる。住宅街を五十メートルほど進み、公園に出る。小さな池を中心に、遊歩道が整備されていた。そこをゆっくり散歩するのが、みどりの日課だった。締切に追われ、徹夜が続いても、この日課だけは欠かしたことがない。

久しぶりに伸びやかな気分で、みどりは足を進めた。

十分ほど行くと休憩スペースがあり、木製のベンチがある。そこに小さな人影があった。

「あなた……」

池を眺めていた福家は、みどりの姿に気づき、ぴょこんと立ち上がる。

「あら、先生」

「こんなところで何をしているの？」

「これから先生のところにうかがおうとしていたのです。歩いていたら、素敵な公園があったものですから」

みどりは福家を睨む。

「嘘言わないで。待ち伏せていたんでしょう？」

「とんでもない」

「ライターやカメラマンに、あれこれ尋ね回っているらしいじゃない。私が知らないとでも思ってるの？」

「ここ、お坐りになりません？」

福家は自分の横を指で示す。

無視することもできた。散歩を続け、自宅に戻ればいい。

だが、できなかった。福家が何を、どこまで摑んでいるのか、少しでも探りだしたかった。

みどりは無言で腰を下ろした。

「実はずっと気になっていることがありまして」

福家も再び腰を下ろし、そう言った。

「気になっていることがありまして――あなたはいつもそう言うわね」

「困った性格だと自分でも思います。細かいことでもいったん気になると、どうにも……」

「その気持ち、判らなくはないわ。私もそう。作品を作っている間は、そのことばかり考えてる。些細なことが気になって、何度もネームを直したり、時にはアシスタントと喧嘩したり」

「やはり大変なのですね、漫画家というお仕事は」

「好きで始めたことだけれど、それなりの苦労はあるわね。でも、どれだけつらくても、漫画だけはやめられない。天職だと思ってる。あなたもそうじゃない？」

「さあ、どうでしょうか」

福家は右側に首を傾ける。「刑事が天職とまで言えるかどうか」

「もし刑事になっていなかったら、何になっていたと思う？」

「さあ……」

今度は左側に首を傾ける。「思いつきません」

「そらごらんなさい」

みどりは笑った。こんな状況で笑える自分が不思議だった。

「あなた、この間言ってたわね。こんな形で私と会いたくはなかったって」

「はい」

「いま、同じようなことを考えちゃった。あなたとは、別の出会い方をしたかったなって」

福家は無言だった。

「それで、どうしても気になることって何？」

穏やかな時間は一瞬で終わりを告げた。

福家はバッグから細かな文字の書きこまれた書類の束をだす。

「サインペンについていた血液のことなのです」

「何かと思えば、まだあんなものにこだわっていたの。微量すぎて、血液型も判別できなかったんでしょう？」

「はい」

「真理子自身のものかもしれないじゃない」

「三浦さんの指に怪我の痕はありませんでした」

「彼女の部屋には編集者が何人も出入りしていたわ。その誰かのものでしょう」

「その可能性はあります。ただ、ペンの置かれていた向きから言って……」

「ああ、バカバカしい。ペン先が奥を向いていたから、最後に使ったのは右利きの人間？　そんなこと……」

「先生、右手の人差し指に絆創膏を巻いておられましたよね」

福家の目は、みどりの手許を捉えていた。

「前回うかがったときは、何日か前に切ったと」

「自分でも気がつかないうちにね」

「そこで気になるのが、このデータです」

福家は書類の束を指す。

「お住まいのマンションの入館記録です。約一週間分あります。先生が確認して構わないとおっしゃったものですから」

「ええ、それくらいは協力するわ」

「先生宅のセキュリティは最新式で、指紋認証を採用しています。ここで面白いのは……」

福家は書類をめくり、中ほどのページを示した。

「指紋認証システムでは、万一に備えて十指の指紋を採る場合が多いということ。そして、認証時刻とともに、どの指を使ったかも記録されるということです。例えば、一週間前の午前十一時十三分、先生は右手人差し指の認証で入館されています。日課の散歩を終えて、帰宅されたときでしょうか」

「五年以上あそこに住んでいるけど、そこまで判るとは知らなかった」

「出入りが頻繁なので、お忙しいということが判ります。ただ、今週の火曜日は、一度も入館記録がありません」

「あの日は仕事場にこもっていたのよ。構想を練るためにね。人に会って話をしたり、好きな場所を散歩したり、そういうことも必要だけど、やっぱり最後は、一人になってひたすら考えるの。すごく孤独な作業だけれど、それをやらないと作品は生まれてこない」

福家は目をキラキラさせて聞き入っている。みどりのファンであるというのは、あながち嘘ではないらしい。

「だからこそ、緻密な作品が生まれるのですね。また先生の作品が読みたくなりました。帰ったら早速、『アメリカ帰りの犬』あたりから始めようかしら。また徹夜になってしまう……」

「刑事さん、作品に愛着を持ってくれるのは嬉しいんだけど、入館記録のことを聞かせてくれる？」

「あ、これは失礼しました。えーっと、問題は、水曜日の記録なのです。先生は午後十時二分に、右手人差し指の認証で入館されています」

「パーティの帰り、編集者が一緒だったときね」

「はい。その方におききしたところ、その時点で先生は絆創膏などしていなかったと」

「念の入ったことね」

「その後、もう一度、外出されていますね」

「ええ。編集者と打ち合わせをした後、タクシーがつかまるところまで送っていったの。でも正確な時刻は覚えていないわ。前にも言ったでしょう？」

「十時半前後であったと、編集者さんの証言が取れています」

「それなら、そうだったのね」

「お戻りは深夜の一時三十三分です」

「そうね、そんなものだったと思うわ」

「ただですね」

福家が人差し指を立てる。「ここで気になるのは、そのとき認証に使った指なのです」

「どういうこと？」

「一時三十三分の認証に、先生は右手薬指を使われているのです。それまでの記録は、すべて右手人差し指。この夜だけ、どうして薬指だったのでしょう？」

ふっと足払いをかけられた感覚だった。周囲の風景が歪み、バランスが取れなくなる。

それでも、ギリギリのところで持ちこたえた。

「どの指を使ったかなんて、覚えていないわ」

「ですが、それまで一度として薬指は使っておられない。何か理由があったと思うのですが」

「さあ。手に何か持っていたのかしら」

「それならば、もう一方の手を使えばいいだけです。どうして薬指だったのです?」

「しつこいわね。覚えていないって言ってるでしょう」

「人差し指に怪我をされていたのでは?」

福家の視線が、みどりの指に落ちる。

「指先に怪我をしていて、絆創膏を巻いていた。だから、機械が反応しなかった。先生、昨日お会いしたとき、指に絆創膏を巻いておられましたよね。紙で切ったとおっしゃって」

「そうね、言われてみればそうかもしれないわ」

「怪我をされたのはいつです?」

「覚えてないわ。気がついたら、血が出ていたのよ」

「それは変です」

福家は手許のデータを示した。

「あなたは、午後十時二分には右手人差し指で入館されています。その時点で、絆創膏はなかったということです。ですが、次の午前一時三十三分――このときは、薬指で入館されている。つまり、人差し指が使えなかったわけです」

「なるほど。私が指に怪我をした、あるいは絆創膏を巻いたのは、散歩に出てから戻ってくるまでの間、と言いたいのね」

「そう考えると筋が通ります」

「だんだん思いだしてきたわ。あなたの言う通り、絆創膏を巻いたのは散歩の途中よ。痛いなと思って街灯の下で見たら、血が出ていたの。それで公園向かいのコンビニに寄って……と言いたいところだけど、あなた、もう防犯カメラの映像をチェックしたんでしょう?」

「はい。当夜、先生と思しき人物は映っていませんでした。売り上げも確認しましたが、絆創膏はその時間、一箱も売れていません」

「持っていたのよ。こういう仕事で指先には気を遣うから、バッグの中に必ず入れておくの。それを巻いたのよ」

福家の表情は変わらなかった。焦りも悔しさも浮かんでいない。ただ、ゆっくりとうなずきながら、「そうですか」とつぶやいただけだった。

その反応が、かえって不気味だった。この刑事、まだ何か知っているのではないか。決定的な何かを摑んでいて、それを差しだすタイミングを計っているのではないか。

落ち着かない気分で、みどりは腰を上げた。

「そろそろ行くわ」

引き止める言葉はない。坐ったままの福家を見下ろし、みどりは言った。

「こんなこと言うと変かもしれないけど、楽しかった」

こちらの視線を受け止め、福家もにこりと笑った。

「私もです」

「それじゃあ」

「お忙しいところ、申し訳ありませんでした」

みどりはまっすぐ前を向いて歩きだす。福家がこちらを見ているのが判った。

角を曲がり、彼女の視線から解放されたとき、みどりは軽い目眩《めまい》を感じ、倒れそうになった。

思いのほか気を張っていたらしい。

額の汗をハンカチで拭い、みどりは自分に暗示をかけながら、早足で歩く。

「大丈夫だ。決定的な証拠は何もない。大丈夫だ。大丈夫だ」

十一

高橋孝雄《たかはしたかお》は、湧き起こるタバコへの欲求と闘っていた。

オロロン書房本店前。正面出入口脇に文房具などを売るワゴンが並び、多くの人が足を止めている。とても一服できる雰囲気ではない。

高橋はそこから十メートルほど離れた、関係者通用口の前に立っていた。本来なら、とっくの昔に中へ入っているはずなのに。

高橋はカメラマンだ。今日は出版社の依頼で小説家の写真を撮ることになっている。オロロン書房本店は先方のリクエストであり、撮影日時も相手に合わせた。にもかかわらず、約束の時刻を過ぎても相手が現れない。担当編集者から電話の一本もない。

まったく、どうなってんだ。

イライラが募り、またタバコのことを考える。

十字路の信号が変わり、人ごみが一斉に動きだす。その中に一人、妙な動きをする女性がいた。小柄でスーツ姿。バッグの中を漁りながら、こちらへ歩いてくる。

女は高橋の前で立ち止まった。

「俺に何か用ですか、刑事さん」

女はきょとんとした表情で、こちらを見上げた。

「いま、何ておっしゃいました？」

「俺に何か用ですか、刑事さん」

「私が刑事だと、お判りになった？」

「ああ」

「前にお会いしたことあります？」

「いや、初めてだけど」

「なのに、私が刑事だとお判りになった」

女は額に手を当てて、呆然としている。

「バッジも見せていないのに、初めてだわ」

「あのさ、あんた、刑事だとばれたら、問題でもあるわけ？　もしかして、潜入捜査中とか」

「いえいえ、そんなことはありません。ただ、初対面の方には、刑事だと判ってもらえないことが多いので」

「そうだろうな。そのなりじゃね」

「でも、あなたはお判りになった」

「こう見えても、カメラマンだから。人ばっかり撮って十五年。ひと目見れば、だいたい判るよ。いくら、それらしくなくてもね」

女は目をキラキラさせながら、「へぇ」「ほぉ」と感嘆している。

「そんなにびっくりすることかな」

「さすがプロの技です。感心してしまいました」

「あのな、俺の仕事はカメラなの。人の職業当てじゃない」

「あ、そうでした。これは失礼」

高橋はそれまでのイライラも忘れ、吹きだした。

「妙な人だな。それで、俺に用事？　もしかして、三浦さんの件？」

「その通りです。あ……」

女は首にかけた紐を引っ張る。スーツの中から、警察バッジが出てきた。

「捜査一課の福家と申します」

「福家さんか。ところで、その眼鏡、自分で選んだの」

「近所の眼鏡屋さんで適当に選びました」

「縁なしもいいけど、あんたには黒ぶちが似合う気がするな。今度試してみな」

「判りました」

律儀にうなずく福家を見ていると、また笑いがこみ上げてきた。

「それで、用件は？」

「えーっと、何でしたっけ……そうだ！　入浴剤の件」

「入浴剤？　何それ」

「あなた、五日前まで中国に行っておられましたね」

「ああ。上海に一週間」

「帰国後すぐに、三浦さんとお会いになっています」

「仕事で世話になっていたからね。好き嫌いは分かれると思うけど、いい人だったなぁ。あんなことになって残念だよ」

「お会いになった用件というのは？」

「土産を渡したの。それだけ」

「お土産というのは？」

「向こうで調合してもらった、漢方の湿布薬だけど」

「湿布ですか……」

困ったような顔で、福家は首を傾げる。

「あのさ、俺の土産と、三浦さんが亡くなった件と、何か関係があるの？」

だが、その質問は無視された。

「湿布薬のことを、詳しく聞かせてもらえませんか」

「詳しくって言われても、中身についてはよく判らないんだ。現地の人に紹介された漢方医でね、店には薬草やら虫やら、訳の判らないものがいっぱいあった。足を捻挫したって聞いてたから、三浦さんの症状を話したんだよ。そしたら、薬草を調合してくれてさ」

「それが湿布薬？」

「そう。薄い緑色の液体だったけど、水よりは少し粘りがあった。ほんのり花の香りがして、香水みたいだったよ。その液体を布に染みこませて、患部に当てておく。三日もすれば楽になるって、自信満々だった」

「液体は瓶に入っていたのですか？」

「ああ、そうだよ」

「それは、これ？」

福家はバッグから写真をだす。タイルの上に置かれた瓶が写っていた。中身は空だ。

「そう、この瓶……でも、空っぽってのは、変だな」

これだけあれば半年はもつ、と漢方医は言っていたが。

福家は一人うなずきながら、写真を戻す。

「三浦さんは、使い方を間違えたようですね」

「というと？」

「お土産を渡したとき、三浦さんはお酒を飲んでおられましたか？」

「ああ。ベロベロだった。まあ、いつものことだけど」

「そのせいもあって、三浦さんは、これを入浴剤と勘違いされたのでしょう」

「へ？　もしかして、全部、風呂に入れちまったの？」

「はい」

「何てこった……。あの人らしいや。最後の最後まで……」

高橋は笑いを止めることができなかった。

「浴槽のお湯を鑑識で調べてもらったら、通常の入浴剤では考えられない成分が検出されました。それで、いろいろと可能性を当たっていたのです」

「怪しい中国土産と酔っぱらいの勘違い。それが結論？」

「どうやらそのようですね」

「おやおや。人騒がせなことしちゃったなぁ」

福家は真顔で首を振った。

「いえ、そんなことはありません」

「ホント？」

「本当に本当です」

「そっか」

高橋はバッグの中から、愛用のデジタル一眼レフをだした。

「ちょっと、そこに立ってくれないか?」

福家が返事をする前に、高橋はシャッターを切っていた。行き交う人々をバックに、目をくりっと見開いた福家が写っているのを確認する。

「うん、いい感じ」

「ちょっと、困ります」

「これは仕事で撮ったんじゃないから、公開はしないよ。プライベートなものということで、ダメかい?」

「うーん」

「何なら、消去するけど」

「いえ、そこまでしていただかなくても」

「できれば、正式に仕事を頼みたいな。モデルになってくれないか?」

「冗談はやめてください」

「仕事のことで、冗談は言わない」

「あのぅ、立場上、そういうことは困るのです」

福家はぺこぺこと何度も頭を下げる。どうやら、本当に困っている様子だ。眼鏡がずれて、斜めになっていた。

「そっか。まあ、無理にとは言わないから。気が変わったら、連絡して」

高橋は名刺を押しつける。

「三日後にギリシャへ行くんだ。その後はまたアジアをぐるっと回る。戻ってくるのは一年くらい先かな」

「お忙しいのですね」

「時間はたっぷりあるから、考えといて」

「期待はしないでください」

高橋は諒解の意味をこめて右手を上げた。

福家は礼を言うと、駅の方へ歩いていった。

姿が見えなくなったところで、再び、彼女を撮った画像をだす。

「うん、悪くない」

高橋はカメラをしまい、バッグを取った。

作家はまだ来る様子がない。高橋は書店の前を離れた。

今日はこれで店じまいだ。

すっぽかしたとなれば、今後このルートで仕事は貰えなくなるだろう。たとえ遅刻した先方に非があるとしても。

知ったことか。

今日はもう、写真を撮る気になれなかった。満足のいく一枚が、撮れてしまったのだから。

十二

自宅に戻ったみどりは、釈然としない気持ちで、仕事用の椅子に腰を下ろした。

湧泉舎での打ち合わせが、思うように進まなかったのだ。編集長の渡辺も、担当編集者も、普段と変わらぬ態度で接してくれた。それでも、何となくしっくりこない。ダイレクトに伝わる熱意のようなものがなかったのだ。

どういうことだろう。前回の打ち合わせは熱気に満ちあふれ、確かな手応えがあったのに。

真理子の件が影響しているのか？

みどりはその考えをすぐに打ち消した。真理子はあくまで営業部長であり、創作の場には直接タッチしていなかった。彼女の死が編集の現場に影響を及ぼすとは思えない。

みどりは空っぽの仕事場を見渡した。連載が始まれば、五つの机はすべて埋まる。寝る間もない、充実した毎日がまた始まろうとしていた。

みどりにとっては、漫画がすべてだ。漫画を描き続けるためには、何だってする。

そう、何だって。

来客を知らせるインターホンが鳴った。

みどりは肘掛けを握りしめた。モニターを見る前から、誰が来たのか判っていた。

「お忙しいところ、たびたび申し訳ありません」

福家が慇懃に頭を下げた。

「そんなこと、思ってもいないくせに」

福家はチーフアシスタントの席についていた。みどりのデスクから見て、右斜め前に当たる。

福家は興味津々といった面持ちで、仕事部屋を見渡す。

「ここで、お仕事をされているのですね」

「連載が始まったら、ここは戦場よ。下手をすると、一週間こもりっぱなしになるかも」

「私にはとても無理ですわ。睡眠が足りないと、とたんに体調を崩してしまうのです」

「へえ、そうは見えないけど。それで、今日は何の用? 今夜は細田先生との対談があるの。遅れるわけにはいかないから、早くしてね」

「細田理恵子先生との対談ですか。それはすごい。生で聴いてみたいなぁ」

「あなたが横にいたんじゃ、何も喋れなくなっちゃう。それで、用件は?」

「実は今朝方、鑑識から水の分析表が送られてきまして」

「水って何の水?」

「三浦さんが亡くなられたとき、浴槽に張ってあった水です。当初はただの水かと思われたのですが、ほのかに花の香りがするので、分析に回しました。その結果が実に妙でしてね。水道水以外に、通常の石鹼や入浴剤には含まれていない成分が入っていました」

みどりは黙って聞いていた。福家に対しては、無言こそが最大の武器だ。

当の福家は、気にした風もなく、淡々と話を続けていく。

「機動鑑識班の二岡という捜査官はなかなか優秀でして。真理子さんが亡くなる少し前に、海外のお土産を貰ったことを突き止めました。中国帰りのカメラマンのお土産で、漢方の湿布薬でした。足を怪我した真理子さんのために、特別に処方してもらったわけです」

「でも、それはお風呂の水から見つかったんでしょう？」

「はい。カメラマンがお土産を渡したとき、三浦さんは泥酔していて、使用法を覚えていなかったようです。入浴剤と勘違いして、お風呂に入れてしまったのでしょう」

「真理子らしいわ」

「三浦さんは湿布薬を貰った翌日、つまり亡くなる前日、お風呂のお湯に注いだようです。入る直前に、仕事上のトラブルで急遽出張することになりました。ですから、湿布薬入りのお湯はそのまま冷えたわけです。三浦さんは、翌日の夜、それを追い焚きしようとして、亡くなられました」

みどりは肩を落としてみせる。

「何だか運命的ね。前日にトラブルが起きなければ、あの日、酔ってお風呂に入ろうなんて思わなかったはずだし」

「いえ、ここで問題になるのは、そのことではないのです」

福家が真正面から顔を近づけてきた。

「お気づきになりませんか。あの夜、浴槽に張ってあったのは、非常に特殊な水だったのです。三浦さんの症状に合わせて調合された漢方薬、それも湿布薬が溶けこんだ水でした」

福家はしばし口を閉じ、みどりの目を見つめていた。

みどりは立ち上がりたくなる衝動をこらえ、必死に福家を見返す。

「相変わらず、あなたの話は長いわね。早く結論を言ってちょうだい」

「三浦さんを殺害した犯人は……」

「あれは事故だったはずよ」

「いいえ、殺人です。三浦さんは、別の場所、おそらくリビングだと思いますが、そこにいるときに殴られ、その後、浴室へと運ばれたのです」

「そんなバカな……」

「犯人の目星もついています」

「つまり、私だと言いたいわけね」

「その通りです」

「でも残念だったわね。あれこれやってくれたけれど、証拠がない」

「この写真を見ていただけますか」

福家が示したのは、あのパーティで撮影された、みどり自身の姿だった。カメラマンがいることは知っていたが、撮影された自覚はなかった。

「これが何か？」

「このとき着ていらしたものを、お借りしたいのです」

「本気で言ってるの？」

「はい。現場となった浴室のドアの内側に水がかかっていたことを、ご記憶でしょうか」

「前に聞いたわ。だから現場には他に誰かがいた。だから殺人だって……。でもそれがどうして私なの？」

「犯人は投げこむ力が足りず、いったん閉じたドアに寄りかかりながら三浦さんを浴槽に放りこんだと思われます。そして、そうであるならば、犯人もまた、その水を浴びています。あなたはあの晩、編集者と一緒に帰宅され、一緒に家を出た。つまり、着替える時間はなかったのです。あなたはパーティのときと同じ服で、被害者宅を訪ねた」

「ああ、そういうこと。あのドレスを着て犯行に及んだのなら、浴槽の水がついている――」

「はい。犯人はかなりの量の水を浴びているはずですから」

「動かぬ証拠か。でも残念ね。ドレス一式は、クリーニングにだしたわ」

「確認済みです。木曜の朝、行きつけの店にだされていますね」

「あら、そこまで判っているのなら……」

「私がお願いしているのは、ドレスだけでなく、当日、身に着けていたものすべてです」

「バカなこと言わないでちょうだい。下着やバッグまで調べるっていうの？」

「念のために」

「お断りします」

「そうなると、令状を取ることになります。大変な騒ぎになるかもしれません」

「気にしていただかなくてけっこうよ。こちらも弁護士に連絡しておくから」

福家はしょぼんと顔を伏せた。

「仕方ありません。明日の朝、出直します」

「そうして頂戴。あ、ちょっと待って。令状を取ってくるのは構わない。だけど、もし何も出なかったら、あなた、どうするつもり?」

バッグを肩にかけ、立ち上がった福家は、無言のまま会釈をした。

みどりは顔を背けたまま、蝿《はえ》を追う仕種をしてみせた。

「さっさと行って」

福家はもう一度会釈をすると、うつむいたまま部屋を出ていく。

玄関扉の閉まる音を聞きながら、みどりはゆっくりと目を閉じた。

十三

三十五階でエレベーターを降りたみどりは、廊下奥のスイートルームの前まで進んだ。

時刻を確認し、チャイムを鳴らす。

「河出みどりです」

若い女性がドアを開け、恭《うやうや》しく礼をした。

「どうぞ、お入りください」

「失礼します」

細田理恵子は窓際に立ち、都会の眺望を楽しんでいた。灰色がかった髪をきちんとまとめ、薄いベージュのジャケットを着ている。

「先生」

みどりを見た理恵子は、穏やかな笑みを見せた。

「あら、みどりちゃん。対談は十一時からじゃなかった？」

「始まる前にご挨拶をと思いまして」

「そんな気を遣わなくていいのよ。対談はここでやるのかしら？」

「いえ、三十階にある会員専用のラウンジだそうです」

「東京に来るのは楽しいけれど、長くいると疲れてしまうわ」

理恵子は普段、福井で暮らしている。パーティなどのたび、上京するのだ。

「先生、そのブローチ……」

ジャケットには、花を象《かたど》ったブローチがあった。

「あなたとの思い出の品だから。今日はちゃんとしてきたの」

「ありがとうございます。私もバッグに入れてきました。あとで付けます」

「ペアが揃うわけね。本当に嬉しい」

「あ、先生、それちょっと曲がってますわ」

みどりは身を屈め、理恵子のブローチをいったん外した。

背後にいたアシスタントと思しき女性が慌てて言う。

「あ、先生、私がやります」

「いいのよ。私にやらせて……」

そう言いながら、みどりはブローチを床に取り落とした。

「すみません、先生」

「いいのよ。壊れるものじゃないんだから」

みどりはジャケットにブローチを付け直すと、改めて一礼した。

「今日はよろしくお願いいたします」

「こちらこそ。お手柔らかにね」

人の好い笑みを浮かべ、理恵子は小さく手を振った。

みどりは素早く廊下に出ると、ホッと息をついた。ポケットに忍ばせたブローチに触れる。

エレベーターで三十階まで下り、会場であるラウンジに入った。

何となく妙な空気を感じた。ボーイやバーテンダーに落ち着きがない。

カウンターに目をやると、福家の姿があった。

「あなた……」

「こちらでお仕事だとお聞きしましたので」

「まったく、何て人かしら。仕事だと判っているのなら、遠慮してもいいんじゃない？」

「それが、職務上、そうもいかないもので……」

「どういうこと？」

「今回は正式に令状を取ってきました。所持品を預からせていただきます」

頬がカッと熱くなった。

「こんな場所で何言ってるの？　私は断固拒否します。弁護士がいるときに出直して。そもそも、あの日身に着けていたものは全部自宅に……」

「令状を取ったのは、一点だけです。あなたがいまお持ちになっているブローチ。それをお預かりしたいのです」

福家は手帳を取りだし、ページをめくる。

「あなたは先日のパーティで着ていたドレスを、クリーニングにだされました」

「ええ。もう綺麗になっているはずよ」

「でも、コートはだしておられない」

「あの夜のパーティはタバコを吸う人が多かったの。匂いが気になって、ドレスはすぐクリーニングにだした。コートはクロークに預けていたから、匂いがつかなかった。それだけよ」

「もう一つ、別の見方もできます。あなたが三浦さんをバスタブに落としたとき、コートは脱いでいた。水はかかっていないので、クリーニングにだす必要もない」

「何とでも言うがいいわ」

福家はバッグから写真をだす。パーティでみどりを写したものだ。

「それなら、もう見たわ」

「この写真の、ここを見てください」

福家はみどりの胸許にあるブローチを示した。

「これを見て、私、考えたのです。もしあなたが犯行時、コートを着ていなかったのなら、このブローチにも水がかかったのではないか、と。調べた限り、ブローチはクリーニングや補修にはだされていないようです。そんなとき、あなたから今日の対談のことをお聞きしました。このブローチは細田理恵子先生からの贈り物だとか。ならば、対談の場で付けないわけにはいかない」

「判った、判ったわよ」

みどりはブローチを差しだした。「そんなに欲しいのなら持っていけばいい」

「ありがとうございます」

福家の両手には、いつの間にか白い手袋がはまっていた。

ブローチを掌に載せた福家は、その裏側に見入る。

「何してるの？ あなたがいくら見たって、分析はできないでしょう」

福家はブローチをみどりに差しだした。

「裏側の取りつけ金具を見てください。黄色いテープが貼ってありますよね」

みどりは目を近づける。

たしかに、爪の先ほどのテープが巻かれている。

「これは私が巻いたものです」

「え？」

「細田先生にお願いして、ブローチを付ける前に巻かせていただいたのです」

「そ、そんな……」

福家の携帯が鳴った。

「ああ、二岡君。そう。判ったわ」

携帯を切った福家は、ブローチを証拠品袋に入れる。

「細田先生の胸に付いていたブローチを調べてもらいました。かすかに花の香りがするそうです。鑑定に回せば、バスタブ内の水と同じ成分が検出されるでしょう」

ふと気がつくと、ラウンジ内から人が消えていた。この場にいるのは福家とみどりだけだ。

「あなたが仕組んだことなのね」

福家は小さくうなずく。

みどりは立ったまま、宙を仰いだ。

「真理子が漢方薬を貰ったのは、月曜日だったわね」

「はい」

「バスタブに入れたのは火曜日——。私が火曜日に真理子を訪ねたと証言したらどうかしら？ブローチに水がついたのは、そのときよ」

「指紋認証のことをお忘れですか？　あなた、火曜日はマンションを一歩も出ていないとおっしゃった。そのことは、認証システムが証明しています」

「ダメか……」

みどりは肩を落とした。

ラウンジ内は静寂に包まれていた。入ってくる者もいない。

「細田先生の賞をいただいた夜にね」

このことを人に話すのは初めてだ。

「真理子が電話をくれたのよ。おめでとうって言ってくれた」

みどりは福家を見た。

「そんな言葉をかけてくれたのは、後にも先にも、その一度きりだった……」

おそらくは、泥酔して面白半分にかけただけだろう。かけたことを覚えていたかどうかも怪しい。

「それでも、嬉しかったな」

一人つぶやくと、みどりはドアに向かって歩き始めた。刑事と思しき男二人が立っている。

福家はこちらに背を向け、応えようともしなかった。

少女の沈黙

一

人ごみの中で、軽く肩が触れた。

「おい、おっさん、ちょっと待てや」

若い男が三人、こちらを睨んでいる。菅原巽《すがわらたつみ》は、その視線を受け止めた。色白で細身の、どこにでもいる若者たちだ。

「すまないな」

菅原がそう言った時点で、相手の腰は引けていた。一人が隣の男を小突き、残る一人も怯えた目で後じさりを始める。

菅原が見つめていると、三人は人ごみの中に逃げこんでいった。

この街は、いつからこんな風になってしまったのか。

菅原は火のついていないタバコをくわえたまま、早足で歩いていく。土曜日の午後。これといって行く当てはない。自宅のアパートに戻ったところで、することもない。待っている者もいない。

侘《わび》しいもんだな。

信号が変わるのを待ちながら、菅原は思う。

携帯電話が震えたのは、そのときだ。時刻は三時ちょうど。

金沢肇《かなざわはじめ》の興奮気味の声が響く。

「兄貴、急にすみません」

「おう」

こいつ、また薬をやってやがる。

菅原は直感する。経験で、相手のコンディションは声を聞いただけで判る。

金沢の声は大きく、耳障りだった。携帯を耳から少し遠ざけ、相手の言葉を待つ。

「次郎《じろう》さんのこと、何か聞いてます？」

栗山《くりやま》次郎の名前を聞いて、全身に緊張が走った。菅原は人ごみを離れ、雑居ビルの脇に移動する。

「次郎さんがどうしたんだ」

「あまり大きな声じゃ言えないんですけどね」

「いいから、早く言え！」

「四代目……いや、邦孝《くにたか》さんのお嬢さんを、やっちまいました」

体が浮き上がるような衝撃だった。ビルの壁に片手をつく。

「何だと？」

「ああ、やっちまったと言っても、そういう意味じゃなくて……」

薬のせいで、呂律が怪しい。

菅原は動悸を静めるために大きく息をついた。携帯を耳から離し、周囲をうかがう。通りを行き交う人々は、こちらには目もくれない。ビル横の路地に入り、携帯を耳に当てた。

「もしもし？　兄貴、聞いてるんですか？」

「聞いてるよ。なあ金沢、少し落ち着いて話してくれ。次郎さんが、邦孝さんのお嬢さんをどうしたって？」

「さらったらしいんで」

「つまり誘拐か」

「そういうこってす。俺にも一枚嚙まないかって、さっき連絡があったんでさあ。次郎さん、いよいよやる気みたいですよ。お嬢さん人質にとって、四代目を脅《おど》そうって肚です」

「金沢、四代目じゃねえ。邦孝さんだ」

「細かいこと、言わんでください」

「栗山組は解散したんだ。四代目も五代目もない。みんな堅気《かたぎ》になったんだよ」

「俺と次郎さんを除いてね。兄貴には申し訳ないと思ってんですよ。でも、俺ぁ、堅気って柄じゃ……」

「そんなことはどうでもいい。次郎さんだ。誘拐までして、何を仕掛けるつもりだ？」

「堅気になった若い衆を集めて、でかい花火を上げるつもりらしいっす」

次郎のことだ、いずれは何かしでかすと思っていたが……。恐れていたことが現実になった。

俺が甘かったってことか。

無念を押し殺し、菅原は頭を切り換える。

常に先のことを考えるのは、ヤクザ稼業を通して身につけた術だった。先の先を考え、手を打つ。後のことはそれからでいい。そういう流儀で、菅原は五十間近まで生き抜いてきた。懲役は何度か食らったが、十本の指はいまも揃っている。

「花火の中身は判るか?」

「詳しくは話しちゃくれませんでした。でも、多分、相手は飯森《いいもり》組じゃないかと」

次郎の標的は、組を解散に追いこんだ菅原たち、そして、長年対立していた飯森組の二つに間違いない。元組員に飯森組を襲わせ、ひと泡ふかせようというのだろう。

電話の向こうで、金沢がしびれを切らしたように甲高い声をだした。

「俺としては、どうでもいいんですよ。ただ、次郎さんに動きがあったら兄貴に知らせるってのが、前々からの約束でしたし」

「ああ、助かるよ。俺のところには、もうその手の情報は入ってこねえ。おまえが頼りだ」

持ち上げて、油断させる。金沢を操るのは簡単だった。

「兄貴に礼を言われるなんて、夢みたいっすよ」

「なあ、一つききたいんだが」

「何です?」

「おまえ、いまの組で薬売ってんだろ?」

金沢は押し黙る。

「どうした。それとも何か、俺にも言えないこと、やってんのか？」

「違う、違いますよ、兄貴、やだなぁ」

「いま扱ってるのは？」

「合法ものばっかです。儲けはそれなりですけど、需要が多いんでね」

「次郎さんにも売ったのか？」

「え……？」

「別に怒りゃしないよ。売ったのか？」

「どうしてもって言われて。断るわけにもいかねえでしょう。金はちゃんと払ってくれたし」

「商売に口をだす気はない。確認したかっただけさ。おまえと次郎さんの繋がりをな」

「そういうことなら、上得意ですかね」

「一度、次郎さんと話がしたい。おまえ、間に入ってくれねえか」

相手の声がか細くなる。

「お、俺がですか？」

「おまえ以外に誰がいる。大事な供給先なんだろ？　おまえの言うことなら、次郎さんも聞くさ」

「そんなタマじゃねえですよ。最近はえらく凶暴になっちまって」

「あの人が怒りっぽいのは前からさ。とにかく頼む。俺の名をだせば無下《むげ》にはされねえさ」

「そりゃあ、そうでしょう。あの人も、兄貴にだけは頭が上がりませんからねぇ」

「次郎さんから連絡があったのはいつだ？」

「ついさっきっすよ」

何とか内々に済ませたかったが、もう手遅れだ。いまごろ次郎は、邦孝に脅迫電話をかけているだろう。

菅原は下唇を嚙んだ。問題は、脅迫を受けて邦孝がどう反応するかだ。警察に知らせる可能性は低い、と菅原は読んでいる。

ならば、相手の要求を吞むか。

娘のため、元組員たちを犠牲にするか。

あるいは逆に、娘を犠牲にするか。

確実なのは、要求が容れられなければ、次郎がためらいもなく娘を殺すということだ。

「時間がねえ。おまえ、次郎さんと連絡をつけたら、俺を迎えに来てくれ。車を一台調達しろ。なるべく目立たない、ありふれたヤツだ。おまえならわけねえだろ」

「ええ、まあ」

金沢の不安げな顔が見えるようだった。

「兄貴、何するつもりです？」

「次郎さんをやる」

あまりのことに声も出ないらしい。

「金沢、聞いてんのか？」

「車と一緒に得物《えもの》を頼む。ご自慢のを一本、持ってきてくれ。安心しろ、おまえにやれとは言わない。全部、俺がやる。おまえはちょいと手伝ってくれればいいだけだ」

「は、はい」

「だけど兄貴、いきなりそんなこと言われても」

「時間がねえんだよ。覚悟を決めろ」

「そりゃ、兄貴の命令なら、何だってやりますがね……」

「俺を信じろ。おまえをがっかりさせたことがあるか？」

「いえ」

「礼はする。まだ、それなりに顔は利くんだ。精一杯のことをさせてもらう」

「まあ、兄貴がそう言ってくれるんなら」

金沢は思考力を失っていた。これほど御しやすい相手はいない。

菅原は現在地を教え、通話を切った。

左手の薬指にはまった指輪に目が落ちる。プラチナのリングに、小さなダイヤがついている。ある店の女がくれたものだ。趣味ではないと断ったが、その場を先代に見られてしまった。はめてみろと言われ、渋々はめたのが運の尽きだった。

その夜、因縁をつけてきたチンピラ三人と立ち回りを演じた。全員叩きのめしたが、こちらも左手を痛めた。特に薬指は赤く腫れるほどにひどかった。治りきったとき、指輪は外れなくなっていた。

それを知った女は、陰のある笑みを浮かべた。

『もう人を殴らないで。指輪が傷むから』

『ぬかせ。右腕一本あれば充分さ』

そう強がったものの、以後、人との揉め事が減ったのは事実だ。

喧嘩相手に向き合うと、嫌でも指輪が目に入る。そのたびに、あの女の笑みが瞼に浮かんだ。殴り合いをためらって、危うく命を落としかけたこともある。リングを切ろうかとも思ったが、結局そのままにした。

指輪の女は、その一年後、交通事故に巻きこまれて死んでしまった。いまではもう、顔かたちもおぼろげだ。彼女のくれた指輪だけが、菅原の左手で光っている。

思い出から覚めると、菅原はため息をついた。

こんなときに指輪が気になるなんて、俺も焼きが回ったかな。

時間を確認すると、電話をかけた。

呼びだし音が続く。いつまで経っても留守電には切り替わらない。

「はい」

低い男の声がした。

「邦孝さん、ご無沙汰しています」

「菅原さんか」

語尾がかすかに震えていた。

「用事ってわけじゃないんですがね。お元気でしたか」

不自然な間があって、邦孝の押し殺した声が聞こえた。

「別に変わりはないよ。すまん、いま取りこんでいるんだ」

通話が切れた。菅原は携帯を戻すと壁にもたれ、タバコに火をつけた。

邦孝は一人で事に当たる気だ。どうして頼ってくれないんだ。

菅原は侘しさに肩を落とす。


午後四時、金沢がやってきた。運転しているのは、ハッチバック型のハイブリッド車だ。助手席にデパートの紙袋が置いてある。掃除の行き届いた車内の様子から見て、持ち主は女性らしい。

エンジンを切った金沢は、車から出てドアを開けようとする。それを制して、菅原は自ら後部ドアを開け乗りこんだ。

金沢は申し訳なさそうに頭を下げ、運転席に戻る。

「すみません、兄貴。ご無沙汰していまして」

「気を遣うことはねえ。俺とおまえの住む世界はもう違うんだからな」

「寂しいこと言わねえでください。俺にはまだ信じられないんすよ。兄貴が堅気になったなんて」

「そんな大層なもんじゃない。ヤクザだ堅気だなんてのは、ドラマの中だけの話さ」

金沢はバックミラーでこちらをうかがいながら、シートベルトを締めている。主婦や学生に平気で薬を売りつける男も、交通警察は怖いらしい。

金沢がエンジンをかけると、車内にラジオの競馬中継が響き渡った。

「おい、うるせえぞ、切れ」

菅原が声をあげるや、金沢は「すみません」と叫んでスイッチを切る。

「おまえ、まだやってんのか」

「はあ、ぼちぼちと」

「懲りねえヤツだな」

ギャンブル好きが高じてあちこちに借金を作り、先代に迷惑をかけたことなど、気にも留めていないのか。

車が静かに滑りだした。

「で、次郎さんと連絡はついたのか」

「ええ。兄貴のことも伝えました」

「何て言ってた？」

「話なら聞くと。生意気な野郎ですよ。何様だと思ってんだか」

泡を食った菅原が、自ら出向くと言ってきたのだ。次郎としては、してやったりだろう。

「場所は？」

「不動産屋の保養施設だった廃屋でさ」

「やっぱりな」

「判ってたんですか？」

「次郎さんのお気に入りだったし、あの人がいま使えるのは、あそこくらいしかない」

「違いない。もう誰にも相手にされなくなってますからね」

「だから危ねえんだよ。失うものがないヤツほど怖いものはない」

「やることなすこと裏目裏目で、自棄《やけ》になってたみたいですから」

「おまえが売りつけた薬も、一役買ってんじゃないのか」

金沢は悪びれもせずに笑った。

「俺は売るだけですから。どう使おうと、それは買い手の自由っす」

その言いぐさに、腹の底が熱くなった。

金沢が縄張りにしている盛り場では、安価なドラッグが出回り、高校や大学にも広まりだしているらしい。金沢はこれを資金源に、組織の中枢に食いこもうと画策していると聞く。

菅原の心の動きを、金沢は敏感に察知していた。相手の考えを読み取ることは、ヤクザにとって最も重要なスキルだ。これに長《た》けた者だけが組織の中で大きくなれる。できないヤツは永遠にチンピラのままだ。

金沢は唇を尖らせる。

「俺のやり方、気に入らないんすか」

「俺には関係のないことだ」

「先代は、薬に手をだすなといつも言ってました。でも、このご時世、そんなことじゃあ、左前になるのは明らかで……」

「先代のことをごちゃごちゃ言うんじゃねえ」

菅原の低い声に、金沢は押し黙った。

「俺から見れば、おまえなんざ、どこにでもいる薄汚ねえチンピラだ。こうして話をしているのは、昔のよしみがあるからだ」

金沢の顔から、血の気が引いた。

怒ると赤くなるタイプと蒼くなるタイプがある。金沢は後者だった。

「そんなこと言っていいんですかい？　今回の件だって、兄貴一人じゃ何にもできないんだ。俺の助けがあればこそでしょうが。俺から見れば、いまの兄貴こそ、くだらねえただの人でさあ」

菅原は苦笑して、坐り直した。

「違《ちげ》えねえな」

気の重い沈黙が続いた。道は空いており、目的地へは予想より早く着けそうだ。

頃合いを見て、菅原は言った。

「悪かったな」

「え？」

金沢の肩が震え、ハンドルがぶれた。車が蛇行する。

「そんなに驚くことはねえだろう。俺が謝るのは、そんなに珍しいか」

「い、いや、別にそんなつもりじゃ」

金沢はまだ落ち着かなげである。

「おまえはおまえで、好きなようにやればいい。次郎さんは俺がやる。おまえには、ちょっとした後始末を手伝ってもらいたい」

「手順はできてるんですかい？」

「人をやるのに、手順もへったくれもねえ。要はどうやって相手に近づくかだ。距離を詰めたら、あとは度胸が勝負を決める」

金沢の首筋が汗ばんでいた。

「そんなもんですかねぇ」

「おまえ、人をやったことはあるのか」

「いえ。傷害で何度か食らいましたけど、殺しまでは」

「そうか」

「ねえ兄貴、本当にやるんですかい？　何もそこまでしなくたって……」

「組の解散は先代が決めたことで、逆らえねえ。俺は組員のこれからを考えるだけだ」

「それについちゃあ、判ってるつもりです」

「何とか堅気になってもらいたくて、あちこち当たったんだ。頭下げて回ってよ」

金沢は居心地悪げにもぞもぞと尻を動かした。

「そんなに気を遣うな。おまえのことは、何とも思っちゃいねえ。何度も言わせるな」

「そう言われても……」

「おまえと次郎さんを除く十三人の道筋を決めた。みんな、上辺はきちんとやっている」

「上辺は？」

「骨の髄まで染みこんだヤクザの暮らしだ。そう簡単には抜けやしねえ。毎日、トラブルばっかりさ。そこを何とか、大事になる前に治めている」

菅原は拳を握りしめた。

話しているうちに、ふつふつと怒りが湧いてきた。骨の髄まで染みこんだヤクザの暮らし。それは菅原とて同じだった。いったん湧いた怒りを治めるのは難しい。

肩が触れたといって、因縁をつけてきた三人組の顔。当分、忘れられないだろう。頭の中で、何度も殴りつけ道に転がした。

菅原自身、危ういところで自制しているのだ。

「今度のことに、あいつらを巻きこむわけにはいかねえ。どっちに転んでも、いままでの苦労が水の泡だ」

再び、無言の時間が過ぎた。車は目的地に近づいていく。

俺に次郎がやれるだろうか。

組が解散して一年。その間、ろくに運動もしていない。勝負勘もなまっている。対する次郎は、暴れ回って日々を生きてきた。

金沢がまた尻を動かした。

「どうした、えらく落ち着かないじゃないか」

「え？」

「首筋に汗かいてるぞ」

「そ、そりゃあ……あの、いや……」

金沢はしどろもどろになり、手で首を拭った。

時計は午後四時五十分を指していた。日が暮れるまでが勝負だ。迷っている時間はない。

国道を外れ、山道に入った。人気のない一本道。ここまで来れば、あと五分足らずである。

ようやく金沢も覚悟を決めたようだ。

「兄貴、指示を貰わねえと」

「着いたら言うよ」

曲がりくねった道を五分ほど進むと、木立の中に鉄骨の二階家が見えてきた。窓ガラスはすべて割れ、壁のあちこちにヒビが走っている。クリーム色のペンキもはげ落ち、茶色い錆が浮きだしていた。

かつて不動産会社の保養所だった建物だ。バブル崩壊後も何とか経営を続けていたが、十年前に破綻。その際、菅原たちの組が介入し、不動産を押さえた。会社は跡形もなく解体され、山の中に建つ保養施設だけが買い手もつかずに放置された。

「あのころは、組の羽振りも良かったっすから」

ハンドルを切りながら、金沢が言った。「次郎さん、一目見たときから、あそこが気に入ってましたね」

「射撃練習に使えるって言ってな。俺も何度かつき合わされた」

「音は響かないんですかい？」

「少し下ったところに沢がある。小さい滝もあってな。そこなら、いくら撃っても平気さ。建物が俺たちのものになったことは、地元に知れ渡っている。近づくヤツもいないって寸法さ」

舗装されていない道を、車は砂煙を上げて進む。日は西に傾いており、山間にある建物周辺は、既に闇に包まれていた。

菅原は後部シートに身を横たえる。

「ヘッドライトはつけるな。建物の前に車を駐めろ。そこで降りて、中に入れ」

「兄貴はどうするんです？」

「運転席に得物を置いていけ。後から行く。中に入ったら、人質の居場所を確認しろ。目につくところにいたら、二階へ連れていくんだ。音を聞かれたくねえからな」

「で、でも、顔を見られたら……」

「目隠しくらいしてるだろうさ。見られたところで、邦孝さんに口止めすれば済む話だ」

「わ、判りました」

「おまえは何も心配するな」

「心配なんざしてません。兄貴のことは信頼してますから」

「なら行け」

菅原は、ウインドウ越しに様子をうかがった。車が来たことは、次郎にも判っているだろう。玄関ドアの向こうから、こちらを見ているに違いない。

金沢の歩調に乱れはなかった。何だかんだで度胸はある。場数も踏んでいる。人間としてはともかく、相棒とするには不足のない男だ。

夕暮れが迫る中、菅原はじっと目を凝らした。

金沢のノックに応え、ドアが開いた。濃い影の中に浮かび上がったのは、栗山次郎の顔だった。

ドアが閉まると、菅原はポケットに入れていた手袋をつけ、行動を開始した。

運転席には、鞘に納まったドスが一本置いてある。それを取り、目の前にかざした。久しぶりの感触だった。

金沢が持っているだけあって、重さ、バランスともに申し分ない。

鞘を抜き、刃を確かめる。この薄暗さでも、ギラギラとした光が瞼に残った。

車を出ると、体勢を低くして建物に近づいた。

窓には板が打ちつけられているが、あちこちに走った亀裂から中の様子を見ることができた。

広間の真ん中に、携帯用のランタンが置いてあった。右に次郎、左に金沢が立っている。見たところ、人質の姿はない。

菅原は玄関ドアの前に移動する。ドスは腰に挟んでジャケットで隠し、覚《さと》られぬようにする。

ゆっくりとノブを回し、開けた。埃っぽい空気が、菅原を包む。

広間の奥にすすけた木製のテーブルがあり、床にはパイプ椅子が数脚転がっている。左手、二階へと続く階段の前には、レジ袋に入ったビールの空き缶やウイスキーのボトルがあった。人質は二階にいるのだろう。

次郎がこちらを見て、ぎくりと体を震わせた。

前に会ったときよりかなり痩せていた。頬がこけ、唇も乾いている。顔がほんのり赤いのは、酒のせいではなく、興奮と緊張の産物だろう。

黒いシャツの上に黒のジャケットを着ているが、下は穿き古したジーンズだ。そのちぐはぐさが、次郎の現状を物語っている。

「兄貴、久しぶりです」

頭を下げる次郎をよそに、菅原は金沢に目を向ける。

金沢はさりげなく後ろに下がり、代わって菅原は一歩前に出る。

「話は聞いたぜ。ずいぶん思い切ったことをするじゃねえか」

次郎は歪んだ笑みを顔に張りつかせる。目は充血し、歯は脂《やに》で汚れていた。

「俺が何を考えているか、兄貴なら判るでしょう。組の解散だなんて冗談じゃねえや。こっちが苦労して手に入れたものを、飯森組に全部くれてやったんだぜ。腹の虫が治まらねえ」

「先代だって、考えに考えて決めたことだ。あそこで飯森組とやり合っても、結果は見えてただろう。あちこちに迷惑をかけて、俺たちは当分、臭い飯だ」

「それが弱腰だってんだよ。死ぬ気でやり合えば、ヤツらなんかに負けねえさ」

「もうそんな時代じゃねえんだよ」

「俺は認めねえ」

そう叫ぶ次郎の目には狂気が宿っていた。それでも菅原は会話を続けた。

「ここは俺に免じて、治めてくれないか。邦孝さんのことは俺が何とかする。あんたには、まとまったものを用意しよう。それでしばらく日本を離れて……」

「バカ言ってんじゃねえよ」

次郎が椅子の一つを蹴り飛ばした。壁にぶつかり、大きな音をたてる。

「もう引き返せないぜ。邦孝には昔の仲間を集めろと言ってある。まずは駅前のスナック〈キーラ〉を襲わせる。飯森組の組長代理が使っている店さ。ヤツらに宣戦布告だぜ」

もはやここまでだ。

菅原は階段に目をやった。

「人質は上か?」

「ああ。一番奥の部屋だ。話を聞かれるとまずいんでな」

「どんな様子だ?」

「怯えきって、静かにしてるよ。縛って、目隠しして、床に転がしてある」

「部屋の鍵は?」

「鍵が壊れていてよ。だが関係ねえ、逃げようとしたら、やるまでだ」

「おまえってヤツは……芯から腐ってやがる」

菅原は腰に手を回し、鞘ごとドスを引き抜いた。

次郎の動きは予想した以上に素早かった。身を翻し、奥のテーブルに置いてあったナイフを取ると、ためらうことなく躍りかかってきた。

ドスを抜く間もない。菅原は舌打ちをしながら、鞘に納めたままのドスでナイフの切っ先を払い、相手の突進を止めた。

衝撃でドスがすっぽ抜けそうになる。かろうじてバランスを取りながら、間合いを探る。

次郎の血走った目が、すぐ前にあった。

菅原は相手の下腹を蹴り上げた。

低く呻《うめ》きながら、次郎は後退する。その隙に、鞘を抜き払った。切っ先を相手に向ける。

中腰に構えた次郎は低い唸り声をあげ、じりじりと間合いを詰めてきた。右手のナイフは前後左右に動き続ける。

菅原は一歩も動かず、相手の出方を待った。

激しく動いてはいるが、切っ先の動きには一定のリズムがある。手首から上腕、そして肩。集中すれば、次の行動は予測できる。

次郎が突いてきたとき、菅原は既に半身になって、相手の懐へ飛びこんでいた。

力を入れる必要もない。ドスの切っ先は、次郎の腹にめりこんだ。

叫び声が呻きへと変わり、手にしていたナイフが床に落ちた。

次郎と菅原はほぼ同じ身長だ。白目を剝いた次郎の顔が、すぐ脇にある。荒い息が首筋にかかった。

菅原はドスから手を離し、相手の両肩を軽く突いた。

ドスを腹に刺したまま、次郎は仰向けに倒れた。次郎は痛みに体をよじらせ、苦悶の表情で天井を見上げている。

菅原は、自らが与えた凄惨な死を目に焼きつけようとした。心に乱れはなく、汗一つかいていない。己の冷徹さに、己自身が驚いていた。

「拾え」

前を向いたまま、菅原は言った。

金沢は、完全に放心状態だ。

「早く拾え！」

「え？」

鼻から頭の先に抜けたような声。金沢は間抜け面をさらしていた。

菅原は振り返り、目を合わせた。

「次郎が落としたナイフだ。早く拾え」

木偶《でく》と化した男は、言われるままに動いた。震える手でナイフを拾い上げる。

「寄越せ」

菅原は手を差しだした。

ドスに比べ、ナイフは軽い。柄を握りしめ、切っ先を見る。美しい光沢を持った登山ナイフだ。刃こぼれもなく、使った痕跡がない。

次郎に目を移す。まだ生きていた。淀んだ目が、こちらを睨んでいる。

ドスが刺さったままなので、出血は少ない。それでも、染みだした血でシャツは濡れ、床には点々と黒い染みが残っていた。

菅原は金沢に言った。

「だらしねえ。この程度でびびってどうする」

「そんなこと言ったって……」

「外の空気でも吸ってこい」

金沢はこれ幸いとばかり、玄関ドアに手を伸ばす。

「ついでに、次郎が使っていた車を見てきてくれ。免許証があるはずだ。捜して持ってこい」

金沢は無言でうなずき、よろめきながら出ていった。

再び目を落とすと、次郎は死んでいた。

菅原は板で目張りされた窓に近づく。割れ目から覗くと、車の中にいる金沢が見えた。シートやグローブボックスを探っている。

菅原はナイフを持ったまま、奥のテーブルに歩み寄る。革の財布があった。中を見ると、カード類と一緒に免許証も入っていた。

予想通りだ。

菅原はほくそ笑みながら、窓辺に寄る。ナイフの柄で目張りの板を叩き割ると、素通しになった窓から緑の濃い匂いが入ってきた。

音を聞いた金沢が、車から顔をだす。

菅原は戻れと手で示した。

戻った金沢は、次郎の遺体から目を逸らした。

「すみません。どうしても見つかんなくて」

「すまん、免許証はそこにあった」

金沢は首を傾げながら、

「これからどうするんで？」

「とりあえず、ここを離れる。凶器の始末と、着替えだ」

菅原の服には、微量ながら返り血がついている。

「金沢、そのドスを抜け」

「え？」

「おまえの得物だろう」

「そ、そんなこと言ったって兄貴、俺は見てるだけでいいって……」

「おまえは殺しの片棒を担いでるんだ。見ているだけで済むと思ったのか？」

「き、汚ねぇ……」

「ヤクザに綺麗も汚いもないんだよ」

金沢は恨みをこめた目で、菅原を見る。

「あんたもけっこうえげつないことするんだな」

「いまごろ判ったか。この世界で三十年。おまえとは年季が違うんだ」

菅原は顎で次郎の遺体を示す。

顔面蒼白の金沢がようやく動いた。遺体の脇にしゃがみ、腹の真ん中から突き出たドスに手を伸ばしていく。

菅原は、そんな姿を冷ややかに見下ろしていた。

堅気になることを拒否し、別の組に乗り換えた男だ。命令とあらばどんなことでもすると豪語し、他人の痛みなど顧みない冷血漢でもある。

金沢の売った薬のせいで、どれだけの人間が苦しんでいることか。

ヤクザという虚構の中に生きてきた男は、いま現実と対面している。流れ出る血。体温を失っていく遺体。そして、命を奪ったドス。

菅原は薄笑いを浮かべ、靴の先で金沢の背を小突いた。

「おい、吐くんじゃねえぞ」

さすがの金沢も頭に血が上ったらしい。

奥歯を噛みしめ、ドスを一気に引き抜くと、血が噴きだした。

「ぎゃっ」

金沢は目をつぶり、血を避けようとする。

菅原はその隙を待っていた。

手にしていたナイフを横一線に払う。手応えは充分だった。

喉を切られた金沢は、声をあげることもなく、その場にくずおれた。傷口からは血が猛烈な勢いで噴きだしている。

倒れた金沢の目にもはや光はない。

血は菅原の顔にもべっとりとこびりついた。眉を伝い、目の縁を生温かい液体が落ちていく。

菅原は床に転がる二つの遺体を見た。双方とも仰向けで、目を大きく見開いていた。

それぞれから流れ出た血が広がり、混じり合おうとしている。

菅原は、大の字になって絶命している次郎の前に立つ。ナイフを、右手近くに投げ捨てた。

もう一方の凶器であるドスは、金沢の頭の横に落ちていた。

見た限り、不自然さはない。

菅原は血だまりを避け、階段の下まで移動する。ステップを一段上がり、全景を眺めた。

次郎の頭は奥側を、金沢の遺体は玄関側をそれぞれ向いている。

仲間割れ。菅原が描いた設計図だった。

次郎は金沢と結託して、誘拐を決行する。だが、仲間割れを起こし、相討ちとなった――。

ここまでは、思った通りに進んでいる。予定より五分ほど遅れている以外は。

ふと気配を感じ、振り返った。足がもつれ、手すりに左手をぶつけた。鋭い痛みと痺れが、上体を駆け抜ける。

そのとき、菅原の目は少女の姿を捉えた。

口や目にガムテープを巻かれ、階段の途中に坐りこんでいた。栗山比奈《ひな》だった。

監禁した部屋の鍵は壊れていると、次郎は言っていた。彼女は自力でドアを開け、廊下を這い、階段を下りてきたのだろう。

菅原は凍りついたまま、少女を見つめていた。

グルグル巻きのガムテープは、目だけでなく耳も覆っている。何も見聞きできないに違いない。菅原は音をたてぬよう、ゆっくりと玄関ドアの方へ進んだ。

少女はその場を動こうとしない。

テープの合間から見える肌は蒼白で、かなり疲弊しているようだった。

どうする。

目の前に転がる二つの遺体と階段にいる衰弱した少女。

ドアに辿り着いた。

計画はこのまま遂行する——。

菅原は決断した。

先ほど板を割った窓の前には、煌々と光を放つランタンが置いてある。

すまん。もう少しの辛抱だ。

菅原は心の内で何度もつぶやいた。

外に出て、玄関ドアを閉める。山の空気は、都心に比べひんやりとしていた。葉がさわさわと鳴る音を聞きながら、車を駐めた場所へ急ぐ。

体中に散った血のことは、大して気にならなかった。問題は、現場での確認が中途半端になってしまったことだ。

それでも菅原には勝算があった。あの凄惨な現場は、見る者を怖じ気づかせる。そこに作為を読み取る骨のある刑事が、いまの警察にいるだろうか。

来るなら来てみやがれ。

頭をもたげようとする弱気の虫を、菅原は抑えつける。

道の途中で振り返った。ランタンの光がはっきりと見える。

少女はどうしているだろう。あの場に留まっていてくれればいいが。下手に進んで階段から転落すれば、大怪我では済まない可能性もある。建物から出て、山中に迷いこんでしまったら……。

胃の腑がキリキリと痛み、すぐさま取って返そうという気になった。

それを止めたのは、かつての組員たちの顔だった。いまは彼らのことを第一に考えねばならない。彼らの行く末を案じ、無念のうちに亡くなった先代のためにも。

病床で菅原の手を取り、「頼む」と頭を下げた先代の目には、涙が光っていた。

皆を裏切るわけにはいかない。

車に戻ると、血のついた手袋を外し、新しいものと替える。ドアを開け、後部シートに置いた紙袋を取った。金沢と合流する前に買った着替え一式だ。

闇の中で動くことには慣れている。

新しい靴を履き、顔や手は沢で入念に洗った。

血がついたものを紙袋に詰めこむ。金沢の銃も一緒に入れた。

運転席に坐り、エンジンをかける。静寂の中に、ひときわ大きな音が轟いた。

ヘッドライトはつけず、車を道に戻す。目を凝らしつつ、ハンドルを切った。

はるか遠くに街の光が見える。

五分ほどで舗装道路に出た。車の往来はまったくない。ここで初めてヘッドライトをつけた。

あとは気力の問題だった。

焦らず、慎重に、目的地まで車を運ぶ。途中、警察に止められたら、それまでだ。菅原は法定速度を守って運転を続けた。

車が揺れるたび、後部シートの紙袋がカサカサと音をたてる。


自転車は断続的に、キーキーと耳障りな音をたてた。

油を注さないといかんなぁ。

ペダルを漕ぎながら、寺口豊彦《てらぐちとよひこ》巡査長は考える。タイヤの空気もチェックしないと。ブレーキの利きも悪い。

道は緩やかな上りとなる。暗闇の中、寺口は足に力をこめた。

「ちょっと待ってくださいよぉ」

間延びした声が、後ろから響いてきた。新人の井上巡査である。駅前の交番に配属されて一カ月。おっとりとしたのんびり屋で、常に自分のペースを崩さない。半年もたないか、大物として出世するかのどちらかだろうと、寺口は踏んでいる。

夜間パトロールに二人で出かけるのは、これで三度目だ。

寺口は自転車の速度を緩め、井上を待つ。

「もう少し体力をつけないと仕事にならんなぁ。これしきの坂で参っているようじゃあ」

井上が喘ぎながらやってきた。

「何言ってんですか、寺口さんが速すぎるんですよ」

「そんなことないさ」

「寺口さんの年齢でその体力。僕から見たら、化け物ですよ」

「先輩をつかまえて化け物扱いか」

寺口は苦笑する。一昔前なら先輩にそんな口を利いたとたん、一、二発殴られていただろう。

「管轄区域の地図は覚えたのかい？」

寺口は話題を変えた。井上はあっけらかんとした表情で首を振る。

「区域が広いから、いくらやっても追いつかないですよぉ」

「広いといっても、半分は山だろう」

「廃屋とか鉄塔とか、チェック項目けっこうあるじゃないですか。僕、暗記は苦手なんですよぉ」

「廃屋の位置を把握しておくことは大切だぞ。特に夜間はな。ホームレスが入りこんで火を使ったり、若いヤツらが来たり……」

「若いヤツですか」

たちまち目が輝く。

「まあ、最近じゃ、そんなことは滅多にないよ」

「寺口さん、今年で勤続三十年なんですね」

「ああ」

「大事件を解決したこと、あるんですか？」

「テレビの見すぎだよ。警察学校で習ったろう。俺たちみたいなのが大事件を担当することなんて、あり得ないの」

「夢がないですねぇ」

「長くやってると、夢なんてなくなるさ」

「そんなこと言わないでくださいよぉ」

「おまえさんは、夢があるのかい？」

「そりゃありますよ。殺人事件解決したり、誘拐された女の子を救出して表彰されたり」

「バカバカしい」

「新聞やテレビに名前が出るんです」

「まあ、夢はでっかく持つべきだけど……」

寺口の目が一点で止まった。暗闇の中に、光の瞬きが見える。

「あれは、保養施設の跡地だな」

井上も光に気づいたようだ。

「また誰か入りこんだんでしょうか」

あの保養地跡には、暴力団関係者が出入りしていたことがある。最近は鳴りを潜めており、建物も朽ちる一方だったが……。

「行ってみよう」

寺口は自転車の向きを変える。

「応援を呼ばなくていいんですか?」

井上の顔には、ありありと怯えが浮かんでいた。

「まずは確認だ。我々だけで片づく事案に、応援を呼んでも意味ないだろう」

「それは、そうですけど……」

「嫌ならここで待っていろ、と言いたいが、一緒に来てもらうぞ。もしかすると、夢がかなうかもな」

「バカ言わないでくださいよ。どうせ、ホームレスか何かですって」

「これが俺たちの仕事だ」

廃屋へと延びる道に、寺口は自転車を乗り入れる。井上も渋々ついてきた。

街灯はなく、頼るは自転車の明かりのみ。

ペダルを漕ぎながら、寺口は胸騒ぎを感じていた。根拠はない。長年の勘とでも言うべきものであった。

廃屋から洩れている光はくっきりとしており、ロウソクではない。電気は止められているはずなので、キャンプ用のランタンのようなものか。そんなものを持ちこんで、何をしているのだろう。

正直なところ、寺口の気は重かった。ようやく定年の時期が見えてきた。このまま平穏無事に幕引きといきたいものだ。手柄なんて欲しくもない。

寺口は建物の五十メートルほど手前で自転車を止め、徒歩で玄関に向かった。数メートル遅れて、井上がついてくる。いまだ不服そうな顔をしている。

玄関前で聞き耳をたてるが、これといった物音はしない。壁伝いに歩き、光が洩れている窓に近づいた。そっと中を覗く。

警官人生三十年。寺口の最も長い夜が始まった。

二

巨大な投光器の下で、二岡友成は大きく伸びをした。山の空気は肌寒く、機械の発する熱が心地好い。

そんな二岡の脇に、制服警官が来た。真っ青な顔をして、いまにも倒れそうな様子だ。

「すみません、ここで休ませてもらっていいですか」

二岡は一歩脇にどいて、場所を作ってやった。

警官は「すみません」を繰り返し、その場に坐りこむ。

「気にするなって。君だけじゃない。あの有様じゃあ無理ないよ」

二岡は現場となった廃屋に目を向ける。

複数の投光器に照らしだされたその光景は、どこか現実離れしている。敷地に駐まったパトカーと救急車に、忙しく動く人々の影。悪夢の中に放りこまれたようだ。

室内の様子はさらに凄惨だ。血の海に、二つの遺体が転がっている。

平気でいろって言う方が無理だよな。

けたたましいクラクションが響いた。二岡は音のした方へ目を移す。パトカーが並ぶ向こう側に、未舗装の道が続いている。そこを一台のタクシーが、ヘッドライトをハイビームにしたままやってきた。ハンドルを握る初老の男は、苦虫を嚙み潰したような顔をしている。

「やっとお出ましか」

二岡はタクシーに向かう。

後部ドアが開いたが、乗客は降りてこない。運転手の苛ついた声が聞こえてきた。

「いや、あんたが何者でも俺は構わないよ。でもさ、料金はきっちり払ってもらわないと」

女性の声が応える。

「払うつもりはあるの。でも、一万円札だと思っていたのが千円札だったの」

「頼みますよ。ここまで入ってくるのに、何度も警官に止められてさ。苦労したんだから」

「それにしてもおかしいわ。昨日まではたしかに一万円札だったのよ」

「狸に化かされたとでもいうのかね」

「えっと、いくら足りないのかしら」

「二千円」

「キャッシュカードも忘れてきてしまったの」

「じゃあ、無賃乗車だ」

「あとで取りに来てもらうわけにはいかないかしら。私、警察官なので……」

「俺にはね、そいつがどうにも信じられないんだ。乗り逃げしようったってそうはいかないからな」

「二千円、これで足りるだろ」

二岡は財布からだした千円札二枚をウインドウ越しに突きつけた。

運転手は突然現れた二岡の顔を見上げ、目をぱちくりさせた。

「その人は本物の刑事だよ。はいこれ。領収証を頼むよ」

後部シートでは、スーツ姿の女性がバッグの中身をシートにぶちまけていた。

二岡はため息をつきつつ、

「福家警部補、僕が立て替えておきますから」

「二岡君、ごめんなさいね。たしかに一万円札だと……」

斜めになった眼鏡を直しながら、福家が言った。

「それはもう聞きました。勘違いは誰にもあることですから」

「うーん、そうかなぁ。九千円損した気分」

運転手が怒鳴り声をあげた。

「そんなことはどうでもいいから、早く降りてくれませんか」

「あ、ごめんなさい」

降りると同時にドアが閉まり、タクシーは砂煙を巻き上げながら、道を戻っていった。

福家は乱れた髪を直そうともせず、首を傾げている。

「私の一万円……」

「警部補、そんなことより現場を見てください」

「千円札だと思っていたのが二千円札だったという経験はあるの。そのときはすごく得した気分だったけれど……」

「警部補!」

「あ、二岡君、借りたお金は必ず返すから」

「当たり前です。なるべく早めにお願いしますよ」

「判ったわ。何かに書いておかないと……」

バッグを開け、中を探る。「メモはあるけど、ボールペンが……」

「遠慮なく催促しますから、メモしなくてもいいです。とにかく現場を見てください」

二人が話している間に、また一人、制服警官が蒼い顔で廃屋から出てきた。口許を押さえ、光の輪の外へと駆けていく。

福家はきょとんとした顔で、その様子を目で追う。

「大変な現場だと聞いたけれど」

「ええ。相当にひどいです」

「それじゃあ、見せてもらおうかしら」

「写真撮影が終わったところです。もう自由に歩き回っても構いません」

「助かるわ」

福家はドアを開け、中に入った。

血の匂いがこもっている。壁に沿って、数機の照明器がセットされていた。黄色いテープが張り巡らされ、飛び散った血痕の一つ一つにナンバー付きのカードが置いてある。

動き回る鑑識課員たちの表情も、緊張感に満ちていた。場慣れしていない応援の警官は一様に血の気が引いており、遺体や血だまりから目を逸らしている者が多かった。

そんな中を、小柄な福家が歩いていく。

皆の視線が集中するが、気にする様子もなかった。玄関側に倒れた遺体を見下ろし、顔の脇に落ちているドスの位置を、指さして確認する。続いて、その周囲についた足跡。

「これは、警官のもの？」

「はい。発見者のパトロール警官のものです。少女を連れだすときにつけてしまったと報告を受けています」

「遺体が二つ。それに、縛られた少女がいたわけね」

「はい。警官二名が発見したとき、広間の中ほどに立ち尽くしていたそうです。手は縛られ、顔にもガムテープが巻かれていました」

「足は？」

「テープで固定されていたのが、はがれた模様です」

「警官が来たとき、彼女は一階にいたのね？」

「はい。詳しい調べはまだですが、監禁場所は二階奥の部屋だったようです。ドアの鍵はどれも壊れていました。足のテープがはがれたので、少女は部屋を出たのでしょう。手探りで階段を下り、一階に来た。そこを警官に保護された——」

「ふーん」

福家は二度うなずくと、遺体に再び目を向けた。

「玄関側に倒れているのは、金沢ね。竹内組の」

二岡はメモから顔を上げる。

「ご存じでしたか」

「一度、殺人事件の目撃者として話を聞いたことがあるの」

「首を切られて即死。凶器はあちらに落ちているナイフと思われます」

首筋の傷から飛び散った血は、金沢の全身に赤黒い染みを作っている。

見開いた目、ねじ曲がった指、ベテランの警官でも、思わず目を背けたくなる状態だった。

福家は遺体の脇にしゃがみ、舐めるように検分していく。

「ズボンのポケットに丸めた紙切れ。馬券みたいだわ」

「確認します」

「ここにあるのは一枚だけ。他にもあるかもしれないから、チェックしておいて」

「諒解です」

「血痕のチェックもお願いね。相当飛び散って、階段にもついているわ」

「判りました。採取して、確認します」

「お願い」

腰を上げた福家は、血だまりを避けながら、ゆっくりと移動していく。

「向こうの遺体は、栗山次郎ね」

「はい。腹部の刺し傷による失血死です」

「凶器はあのドスかしら」

「おそらく」

「うーん」

福家は首をわずかに傾げると、遺体を見比べる。

「……同士討ち？」

「ドスには金沢の、ナイフには栗山次郎の指紋がついていました。現場の状況を見る限りそういうことになるかと」

「その他の情報は、どれくらい集まっているのかしら。救出された少女の身許は……」

「栗山比奈、十歳です」

「栗山邦孝氏の長女ね」

「はい。どうやらこの二人は、比奈ちゃんを誘拐、栗山氏を脅迫しようとしていたと思われます」

「比奈さんは病院？」

「はい。父親の栗山氏が向かっています」

「彼女の容体は？」

「ショック状態ですが、命に別状はありません。外傷はなし。ただ、両腕に痺れがあり、検査中です」

「そう」

福家は床の血だまりに目を戻した。

二岡は続けた。

「この廃屋は、かつて栗山次郎がアジトとして使っていました。彼は金沢と組んで比奈ちゃんを誘拐、ここに監禁した。栗山氏を脅迫する計画でしたが、何らかの理由で仲間割れが起きた……」

「脅迫電話の類はあったのかしら」

「それもまだ、確認は取れていません」

「少なくとも、警察に通報はなかったのね」

「はい。この二十四時間に、誘拐に関する通報は一件もありませんでした」

福家は右手を額に当て、考えこんでいる。

「誘拐、同士討ちかぁ……。それにしても、通報がなかったというのは気になるわ」

つぶやきながらも、福家の興味は次郎の遺体へと移った。遺体の脇に立ち、いつものように「うーん」と唸っている。

「ちぐはぐな恰好ね。ジーパンに汚れたシャツ。ジャケットだけが真新しい」

福家は遺体の右手に顔を近づけた。

「爪の間にビニールの切れ端が入ってる」

二岡は壁際の床にあるレジ袋を指した。

「その袋はゴミ入れとして使われていたようですが、中にクリーニング店のビニールが入っていました」

「クリーニングから戻ってきたばかりというわけね。うーん」

再び移動を開始する。今度は、窓際のテーブルにあるランタンに目を向けた。

「これ、どうしてここにあるのかしら」

「建物に電気はきていません。明かりが必要だったのでは?」

「どうして窓際に置くの？　この窓、板が割れているわ。ここに置いたら、外から丸見えよ」

「ええ。実際、警官二人はこの光を見て来たわけですから」

「誘拐犯としてはお粗末すぎるわね。とにかく、遺体は慎重に調べて。先入観は禁物よ」

「諒解です」

メモを取り二岡が顔を上げたとき、福家の目は窓の向こうの車に向いていた。

「あれは、二人が使った車？」

「はい。昨日、盗難届が出ています。埼玉で盗まれたもので……」

福家は足早に建物を出ると、車に向かった。二岡は慌てて後を追う。

「ナンバープレートが付け替えられています。ここまでの足取りは現在調査中で……」

「指紋の採取は終わっているの？」

「はい。数種類の指紋が採取されています。照合には、もう少し時間がかかります」

福家は車の回りを一周する。ドアノブに手をかけた後、サイドミラーを覗きこむ。続いて、ウインドウ越しに運転席の様子をチェックする。

「うーん」

「どうかしましたか」

「運転席側のドアの側面に、傷があるの」

「写真に撮ってあります。調べておきます」

「盗難車だったわね。元の持ち主に確認して。この傷がいつからあったか、知りたいの」

そう言いながら、トランクの方へ回る。

「トランクにも傷がついている」

「比奈ちゃんは、トランクに入れられていたようです。中から彼女のものと思われる毛髪などが採取されています。トランクの外側についた傷も、彼女がつけたものではないでしょうか。犯人に抵抗して」

「鑑識を病院に向かわせて。彼女の爪などから車の塗料が見つかるかもしれない」

「諒解しました。すぐに手配します」

二岡は携帯をだそうとして手を止める。

「ここ、電波が入らないんですよ」

仕方なく、投光器の脇に坐りこんでいる制服警官を立たせ、福家の指示を伝える。警官は蒼い顔のまま、ふらふらと道を下っていった。

二岡は福家のところに戻る。

「舗装道路まで出れば、携帯が使えます。ラジオはもう少し行かないとダメみたいですが」

「女の子のいる病院には誰かついているの?」

「須藤警部補が張りついているはずです」

「それなら安心ね。私も病院へ行こうかしら。彼女から話を聞かないと、どうにもならない」

「気をつけてください。父親が父親ですから」

「組長の実子といっても、もう解散したわけだから」

「それを信じていいものかどうか」

「まあね。でも、そこは組織犯罪対策課の領分よ。さあ、病院へ行くわ」

「でも警部補、タクシーは帰っちゃいましたよ」

「あ……」

「呼べば、すぐに来ると思いますけど」

「でも私、一文無しなのよ」

二岡は肩を竦《すく》めた。

「僕が送りますよ」

本音を言えば、この現場に辟易していたのだ。場所を変えて、違う空気を吸いたかった。

「車を持ってきます」

三

須藤友三《ともぞう》は、待合室の天井を見上げ、大きく息を吐いた。爆発寸前の苛立ちを、何とか抑えこむ。主治医が頑《かたくな》に、比奈との面会を拒んでいるのだ。

事は殺人の絡む誘拐事件だ。少しでも早く尋問して、前後の状況を明らかにしたい。

それを、確たる理由もなく面会を拒むとは。

須藤は歯がゆかった。かつてであれば、医者がどう言おうと、面会を強要しただろう。だが、須藤は捜査一課の人間ではない。ここにいるのは、あくまでも応援という名目だ。医師もそれが判っているから、強く出るのだろう。

腹の中にくすぶる苛立ちは、半ば自分に対するものであった。

「須藤警部補、どうしました。怖い顔をして」

いつの間にか、スーツ姿の女性が立っていた。

「ああ、福家か」

「面会、断られたのですね」

「俺ごときでは、どうにもならんよ」

「そんなことはありません。私が行っても同じです」

「何とかならんかなぁ」

「大丈夫ですよ。そろそろ来るはずですから」

「来るって何が?」

福家は思わせぶりな笑みを見せる。

深夜の待合室に人影はなく、救急用入口に向かって薄暗い廊下が延びているだけだ。

福家はショルダーバッグの位置を直しながら、

「部屋番号は判っているのでしょう?」

「五〇六だ」

遠くで車の止まる音がした。

続いて、複数の足音が近づいてくる。救急用入口から雪崩《なだ》れこんだのは、いかつい顔つきの男が六人。シャツの袖口から入れ墨が覗いている者もいる。

男たちは、須藤と福家に剣呑な目を向ける。

福家がエレベーターを示し、

「五〇六だそうよ」

それを聞いた男たちは、福家に会釈すると、非常階段に向かった。

彼らの姿が見えなくなったところで、須藤はうなずいた。

「なるほどね」

「一分経ったら、行きましょう」

「俺も行っていいのか？」

「当然です」

「現場、ひどいそうだな。発見者の警察官、若い方は卒倒してここに運びこまれたらしい」

「でも、彼らのおかげで人質の発見が早まりました。社長賞ものです」

「それを言うなら、総監賞だ」

「彼らの話を聞きたいのですが、いまどこにいるか判りますか」

「おまえがそう言うと思って、病院に留まるよう頼んでおいた」

「さすが、警部補」

「薄《うすき》みたいなことを言うな」

「彼女、元気ですか」

「元気だよ。昨日もどっかから、ムササビの親子を連れてきた」

二人は並んでエレベーターに乗りこむ。

五階で降りると、そこは怒鳴り合いの修羅場と化していた。先ほどの六人が、白衣姿の医師、看護師とやり合っている。

「おまえらなんかに任せておけるかよ」

「おまえらとは何だ。私は主治医だぞ。言うことが聞けないのなら、強制的に退院してもらうしかない」

「何だとテメエ、ろくな治療もせずに、お嬢さんを放りだす気か？　それでも医者か」

「だから、私は主治医だと言っている！」

「主治医が何だ！」

エレベーターを降りた二人に、目を向ける者はいない。

脇を通り過ぎながら、須藤は苦笑する。

「非生産的な喧嘩だな」

福家はすたすたと歩を進め、五〇六号室をノックする。

か細い返事が聞こえた。福家はドアを開け、中へと滑りこむ。

男たちと医師たちの言い合いはまだ続いており、警備員もやってきた。

須藤も部屋に入り、そっとドアを閉めた。福家はベッド脇に立つ。照明は暗く、白いベッドがぼんやり見えるだけだ。

布団の中で身を縮めるようにして、栗山比奈が不安げな顔をこちらに向けている。

福家は警察バッジを見せ、彼女に何事か囁いた。

須藤はドアの前に立ち、廊下の様子に耳を澄ます。入ろうとする者がいたら、できる限り時間稼ぎをするためだった。

救出されて数時間。まだ動揺している少女に尋問するなど、許されることではない。だが、捜査のためには、ある程度の強引さも必要だ。

かつて捜査官であった須藤には、そのあたりのことがよく判る。

直接捜査に携われなくとも、福家の手伝いくらいは——。聴取が済むまで、一人も通さぬつもりだった。

その一方で、疑問もあった。聞いたところでは、誘拐の犯人は同士討ちで死んだらしい。ならば、事件そのものは終わっている。何も焦って被害者から話を聞く必要はないが。

須藤は身を硬くして、成り行きを見守る。

福家はベッド脇にしゃがみ、少女と目の高さを合わせていた。

「警察の福家といいます。起こったことを話してくれないかしら」

比奈は無言のまま、福家を見つめている。

福家は辛抱強く、そのままの姿勢でいた。

やがて小さな頭が動き、少女が上体を起こす。

外傷はなく、やや顔色が悪い程度だ。怯えた様子もなく、誘拐、監禁によるショックは、外観上はうかがえなかった。

比奈は落ち着かなげに身じろぎをすると、小さな声で言った。

「塾の帰りに……急に後ろから……。トランクに入れられて、目隠しされて……」

福家は言葉を挟まず、メモを取ることもなく、切れ切れに続く証言にじっと耳を傾けていた。

「あとはよく覚えてない」

「塾はどこに通っているの？」

比奈は有名な学習塾の名を口にした。彼女の自宅から歩いて十分ほどのところにある。

「帰り道はどこを通るのかしら」

「塾の前の信号を渡って、坂を下っていくの。その坂の途中で……」

比奈はうつむいたまま、黙ってしまった。

福家は慌てることもなく、

「そのとき、何か見たものはある？」

少女が首を振る。

「目隠しをされたのは、トランクに入れられる前、それともあの建物に着いてから？」

「トランクから出たとき」

「車にはどのくらい乗っていたのかしら」

「判らない」

「車が止まってから目隠しをされるまでの間に、何か見たものはある？」

再び首を振った。

「階段の上の部屋に連れていかれたわ」

「見つかったとき、あなたは一階にいたの。どうして二階から一階へ動いたのかしら」

「足を縛っていたテープがはがれたから、歩けるようになって……」

「部屋に鍵は？」

「かかってなかった」

「それから……」

廊下から足音が近づき、ドアが押し開けられた。

「ここで何をしている！」

白衣姿の男が飛びこんできた。さっきの主治医だ。

「どういうつもりだ。私は面会謝絶と言ったはずだ」

「申し訳ありません。捜査上、どうしても必要でして」

「そんなこと、私には関係ない。さっさと出ていきたまえ」

「判りました」

「この件は、報告させてもらうからな」

ぺこりと頭を下げつつも、福家の目は壁にかかっている比奈の服に向いていた。

「さあ、出ていってくれ」

主治医が福家の手首を摑もうとする。須藤は二人の間に割って入り、医師と向き合った。

「出ていくと言ってるでしょう」

「君たちは、私の指示を無視した」

「ここは病室だぞ、大声をだすな」

医師は口をパクパクさせ、須藤を睨む。

福家はその間に廊下へと抜けだしていた。

「また来る」

そう言い残して、須藤も外に出た。背後でぴしゃりとドアが閉まる。

「ヒステリーめ。あれでよく医者が務まるな」

「仕事熱心なだけですよ」

福家がにこりと笑った。

廊下の喧噪は治まり、ナースステーションには看護師たちが集まっていた。非難めいた視線が、こちらに集中する。エレベーターが来るまでの数秒が、ひどく長いものに感じられた。

「しかし、あの医者、本気で報告する気だぞ」

「構いません」

福家は平然と言い放った。

須藤の口から出るのは、まずため息だ。

「えらいことになるぞ」

「彼が報告してもしなくても、大変なことになると思います」

「どういう意味だ?」

「彼女を見つけた警察官二人がこの病院にいると言いましたね」

「ああ。一階の処置室で待機しているはずだ」

エレベーターに乗りこみ、一階のボタンを押す。

福家は閉まるドアを見つめながら、しきりと首を傾げている。

「何か気になることでもあるのか？」

「ええ、ちょっと」

首を右に傾けたまま、福家は言った。

四

寺口は一階処置室前の椅子に腰掛けていた。ここで待てと指示されてから、ずいぶんになる。

「寺口さーん」

弱々しい声が、処置室の中から聞こえてきた。

「何だ？」

「まだ帰れないんですかねぇ？」

寺口は立ち上がり、処置室に入る。

一番手前のベッドに、井上がいた。制服のまま、蒼白い顔をして横たわっている。

寺口はため息をつく。

「本庁から来た警部補の命令だ。従わんわけにはいかないだろう」

「僕、また吐きそうっす」

「吐きたければ、いくらでも吐け。ここは病院だ。その代わり、パトカーの中でやったら、クビにするよう進言するから、そう思え」

「そんなぁ」

あの凄惨な現場を見た瞬間、井上は気絶してしまった。少女を保護し、関係各所に連絡を入れたのは、寺口だ。

「まったく情けない。警官が現場で目を回してどうするんだ……と言いたいところだが、あの有様じゃ、仕方ない」

「お願いだから、思いださせないでくださいよぉ。これから毎晩、夢に見そうです」

「おまえには、酷だったなぁ」

「だから、夜間パトロールは適当に切り上げようって……」

「バカ言え。俺たちが行かなかったら、あの女の子はどうなっていたと思う？」

「それは、まぁ……」

「おまえの夢だったろう。誘拐された女の子を助けて、ヒーローになる」

「それは言わないでくださいよぉ」

「今回の手柄、おまえにくれてやる。ヒーローはおまえってことにしよう」

「バカ言わないでください。寺口さんこそ……」

「俺は興味ないんだ。女の子が無事だったら、それでいい」

井上が黙りこんだ。

「どうした?」

「僕、寺口さんのこと、尊敬しちゃいそうです」

「やめとけ」

話を切り上げて廊下に戻ると、先ほどまで掛けていた椅子の前に、小柄な女性が立っていた。

「寺口さんですか?」

「はい」

「ちょっとお話をうかがいたくて……」

やっと来てくれたか。寺口は安堵した。

「ずっと待っていたんですよ。私は本当に大丈夫ですから。井上が倒れたのも軽い貧血です。どこか他の場所にいてはいけませんかね。ここはどうも落ち着かなくて」

「他の場所ですか」

「待合室でもどこでもいいんです」

「うーん、いまはやめておいた方がいいと思います」

「どうして？」

「間もなく、マスコミが押しかけるでしょう。捜査の目処がつくまで、情報はできるだけ洩らしたくないのです」

寺口は眉を顰《ひそ》めた。なぜ病院の事務員がマスコミ対策云々のことまで知っているのだろう。

「マスコミへの応対については、諒解しています。何も答えるつもりはありませんよ」

「それなら、いいのですが」

「そうした指示であれば、直属の上司もしくは捜査責任者から受けることになっています。あなたにとやかく言われる筋合いはないと思いますが」

「えっと、捜査責任者」

女性は自分を指さした。

「はあ？」

「ええっと……」

ショルダーバッグを開け、中身を探り始める。「財布と一緒に持ってきたはずだけれど」

「財布？　何のことです？」

「いえ、こちらのことです……おかしいわ」

「身分証を見せる必要はない。とにかく、どこか別な場所に……」

「あ！　私、先週、バッグを新調したのです。横にポケットがついていて、バッジはそこに入れることに決めました。前は紐をつけて首から下げていたのですが、見栄えが悪いと上司に叱られまして」

女性はポケットのチャックを開け、黒い手帳のようなものを取りだした。

「警視庁捜査一課の福家です。一応、捜査責任者なので……」

事態が完全に呑みこめたわけではなかったが、寺口はとりあえず敬礼する。

「失礼しました」

「別にいいのです、よくあることですから」

「マスコミ対策の件は諒解です。しばらくここで待機します」

「車を用意しますので、裏から出てください。少女を助けた警官を特定されたくないのです」

「それは、捜査上、必要なことですか？」

「ええ」

「現場を一見したところ、犯人の同士討ちのようでしたが」

福家は曖昧にうなずく。

「そうだといいのですが」

「何ですって？」

「いえ、こちらのことです。実は一点だけ直接ききたいことがありまして」

「はい。詳細は既に報告しておりますが」

「あなたがたが比奈さんを見つけたとき、彼女はどこに立っていましたか？」

「階段を下りきったところから、少し玄関寄りの場所です。震えながら立っていました」

「そうですか」

福家は目を細めると、「念のため、井上巡査にも同じ質問をしたいのですが」

寺口は返答に詰まる。

「ああ、井上巡査はそのぅ……」

「僕も見ました」

井上が処置室から顔をだして言った。話は聞いていたらしい。

「ちらっと見ただけですが、女の子は階段を下りたところから、玄関側に二メートルほど寄ったところにいました。目と口は塞がれていて、両腕も前で縛られていました。右足にはがれたガムテープがついていて、床まで垂れていました」

福家がにこりとした。

「すごい観察力ですね」

「でも僕、すぐに気絶しちゃって……」

「あの現場ですから、無理のないことです」

「僕、警官に向いてないのかなぁ」

「そんなことありません」

福家は真顔で言った。

「警察官は結果がすべてです。あなたがたは、夜間のパトロールを行い、少女を見つけ、適切な処置をした。誇るべきことです」

井上は口をぽかんと開けたまま、固まっている。

寺口は福家に頭を下げた。

「そう言っていただけると、力が湧いてきます」

「これからも頑張ってくださいね」

廊下を歩いていく福家に、寺口は敬礼した。横を見ると、井上も敬礼をしている。先ほどまで曲がっていた背中が、ぴんと伸びていた。

五

白み始めた東の空を見やりながら、菅原は病院の待合室に入った。受付で名乗ると、すぐに制服を着た恰幅のいい男がやってきた。

菅原は深々と頭を下げ、

「お騒がせして申し訳ありませんでした」

警備員と思しき男は苦々しげな顔を作り、

「いったいどういうつもりかね。ここは病院だよ。深夜に男が六人も押しかけて……」

菅原は腰を曲げたまま、もう一度言った。

「申し訳ありません」

菅原は頭を下げたまま、相手の言葉を待つ。根競べだった。

「判ったから、頭を上げて」

警備員が言った。「地下の警備員詰所にいるから、さっさと引き取ってくれ」

「判りました」

道順をきき、菅原は階段で地下に下りる。

六畳ほどの薄汚れた部屋だった。奥には仮眠用であろう、布団が畳んで積んである。そこに、体の大きな男が六人、胡座《あぐら》をかいて坐っていた。

「おまえら……」

菅原の姿を見ると、六人はぴょこんと立ち上がり、一斉に頭を下げた。

「兄貴、申し訳ありません」

菅原は右側に立つ最年長の男を、平手で張り飛ばす。

「バカ野郎。ちょっとは人の迷惑ってものを考えたらどうなんだ。この間抜け」

残り五人の頭を一気にはたいた。

男たちはうなだれたまま、顔を上げない。

「徒党を組んで押しかけりゃあ言い分が通ると思ってやがる。ヤクザ根性が抜けきってねえ」

「すみません」

菅原は一つ、大きく息をついた。

「しかしまあ、お嬢さんの身を案じて駆けつけた、おまえらの気持ちは判らなくもない」

頬を真っ赤にした最年長の男が、

「次郎さんがお嬢さんを連れ去ったと聞いて、頭に血が上っちまいまして。四代目は出張で留守だったもんで、俺の一存で来ました。事を大きくするつもりはなかったんですが……」

「判ったよ。本音を言うと、おまえらを誉めてやりたいぐらいだ。あの警備員の野郎、虫の好かねえ顔してやがったぜ」

六人の顔に笑みが広がった。

「だが、今日のところは大人しく引き揚げるんだ。あとのことは、俺に任せてくれ」

「判りました」

男たちはぞろぞろと部屋を出ていく。

最後尾の男を呼び止め、封筒を差しだす。

「これで飯でも食って帰れ。酒は飲むな。今日一日ゆっくりして、明日からはきっちり働け。いいな」

「へい」

男は封筒を押し戴くと、皆の後を追いかけた。

菅原は部屋の電気を消し、廊下に出る。

階段を、でっぷりと太った五十過ぎの男が下りてきた。警備員の制服を着ている。

菅原は深く頭を下げる。

「お騒がせして、申し訳ありませんでした」

男は舌打ちをすると、値踏みするような目でこちらを見た。

「まあ、これがお宅さんたちのやり方なんだろうけどね」

「いえ、そんなことは。よく言って聞かせますので」

「そんなことしても無駄なんじゃないの？　いままで、あくどいことしてきたわけでしょ。それを急に、堅気だ何だ言われてもね」

「本当に申し訳ありませんでした」

「謝って済むならね、警察もヤクザもいらないんだよ。あんたにどれだけの覚悟があるか知らないけど、あんな輩を更生させるなんて、無理だと思うよ。ホント、死ぬ気でやんなきゃ」

菅原は頭を上げた。

「死ぬ気でやってますよ」

ドアノブに手を伸ばしたまま呆然としている相手の目を、菅原はまっすぐ睨みながら言った。

「あんたが死ねって言やあ、この場で死んでみせるさ。それくらいの覚悟は、できてるぜ」

相手の顔色が赤から蒼、蒼から白へと変わる。

「こ、これだから……まったく！」

男はドアの向こうに逃げこんだ。慌てて鍵をかける音が、廊下に響き渡る。

菅原は後悔の念に苛《さいな》まれつつ、階段を上がる。

自分のことはともかく、ヤツらのことを言われると、ついカッときてしまう。いちいち的を射ていただけに腹立たしい。

一階の廊下を進み、救急専用の待合室に入った。数人の男女が、不安そうな様子でベンチに腰掛けている。菅原を見て、全員が体を硬くした。

俺の居場所はないか。

踵《きびす》を返したところで、病棟入口から来た男と目が合った。

体重は百キロを超えるだろう巨漢。それでも、太っているという印象はない。短く刈りこんだ髪。切れ長の目。顎の鬚が、前に会ったときより濃くなっている。

「邦孝さん」

栗山邦孝は硬い表情のまま、指で「外に出ろ」と示した。そして、菅原を待つことなく出口に向かう。

菅原は足早に後を追った。

出たところは救急車の搬入口だった。既に日は昇っており、朝の澄んだ空気が周囲を包みこんでいた。

邦孝は強ばった表情のまま、植えこみの傍らに立っている。菅原は、無言で頭を下げた。

「娘に会ってきたよ」

絞りだすように言った邦孝は、続いて深々とため息をつく。

「いつか、こんな日が来るんじゃないかと思ってはいた。家族のためを思えばこそ、なるべく親父たちとは距離を置いていたんだが」

「何と申し上げたらいいか……」

「いや、おまえを責めてるわけじゃないんだ。おまえには、いつも世話になっている。感謝している」

「いえ、そんな」

「次郎のヤツが、まさかここまでやるなんてな」

「警察は、何と？」

「次郎と金沢がホシらしい。二人は、相討ちになって死んだんだとさ」

「そうですか」

「驚かねえんだな？」

「大体の情報は入れてます。まだ、それなりに顔が利くもので」

「さすがだな。俺の方は、これから出頭だ。表向きは被害者だが、あれこれ探りを入れられるのは間違いない」

「私にも、そのうちお呼びがかかるでしょう」

「だろうな。その前に、一つだけ話しておきたいことがある。次郎が娘を誘拐した目的だ」

「目的って、金じゃないんですか？」

「それだったら、どれだけよかったか。あの野郎は、若いヤツらを集めて、飯森組を叩けとぬかしやがった。駅前のスナックや息のかかった店を襲って、飯森組に戦争を仕掛けろって。信じられるか？」

菅原は目を伏せただけで、何も答えなかった。

邦孝は苦笑する。

「まともに話ができる状態じゃなかったよ。薬をやってたんだろうなぁ。言うことも支離滅裂でよ。だけどな……俺、ヤツの要求を呑もうとしてたんだよ」

涙もろくとも、常に先頭に立って決断を下してきた男の目が、宙をさまよっている。

「真っ先に浮かんだのが、菅原、おまえの顔だった。電話をくれたときも、相談しようかと迷ったよ。でも、やめた。こんなことに巻きこむことはできない……いや、違うな。俺は、おまえに反対されるのが怖かったんだ。もしおまえを説得できなかったら、比奈はどうなる？　薬で頭のいかれた男と一緒にいるんだ。要求を呑むしかないだろう。若いヤツらの連絡先は判っていた。俺がひとこと言えば、黙ってついてくるだろうこともだ」

「邦孝さん」

「俺は、俺は……」

「そんなに自分を責めるもんじゃないです。結果だけを見ようじゃありませんか。ヤツらは殺し合い、お嬢さんは無事、助けだされた。もちろん、お嬢さんにとっては災難でしたが、最悪の事態だけは避けられたと思って、ここは……」

「くそっ、次郎のヤツ、この手でもう一度、殺してやりたいぜ」

「邦孝さん、滅多なことを言うもんじゃない。警察は我々のことを色眼鏡で見ている。些細なことでも命取りになります」

「判ってるよ、そんなこと」

そう言ってため息をついた邦孝の顔には、深い疲労が滲んでいた。

「親父が組の解散を決めたときな、一度だけ、俺に電話をかけてきた。組員たちの面倒を見てやってくれと。俺はきっぱり断った。その後、すぐだったよ、親父が入院したのは」

「おおよそのことは、先代から聞いていました」

「結局、おまえに貧乏くじを引かせちまった。申し訳なく思ってるよ」

「そんなこと」

「親父、死ぬ前に何か言ってたか？」

「いえ」

「正直に言えよ。結局俺は、死に目にも会えなかったから」

「残念だとはおっしゃっていました。邦孝さんに後を託せれば、安心なのにと」

「勝手なことを言いやがるぜ。次郎だって、自分の子じゃねえか」

「次郎さんとは、考え方が違っていましたから」

「異母兄弟ってのは面倒なものさ。顔つきも性格もまったく違うのに、血はつながってる」

「ご苦労されていたのは、承知しています」

邦孝は腕を組むと、自分の足許を見つめ、つぶやいた。

「そうか……親父、残念だと言ってたか」

携帯の呼びだし音が響いた。

「ああ、判った」

短く答え、邦孝は携帯を戻した。

「お呼びだ」

「こっちのことは、私がケリをつけます。邦孝さんに迷惑のかからぬように手配しますので」

「そうしてくれるか。警察に、ヤツの要求は言わないでおこうと思う。身代金の要求があったことにするつもりだ」

「判りました」

邦孝は再び、救急用入口へと歩いていく。その後ろ姿は、先代にそっくりだった。

菅原と別れた栗山邦孝は、待合室に向かって廊下を進む。日曜とあって、受付は静けさを保っている。面会時間は午前十時からだ。あと数時間すれば、人でごった返すのだろう。警察関係者と思しき人影はなかった。目につくのは、カウンターの脇で財布を覗きこんでいる、小柄な女性だけだ。

呼びつけておいて、待たせるとは。邦孝は舌打ちをして、カウンターにもたれかかる。娘の無事な顔を見て気が緩んだのか、疲労が押し寄せていた。できれば娘の病室で仮眠を取りたい。

ふと別れた妻の顔が浮かんだが、さっさと追い払った。邦孝から慰藉料をせしめた後、デザイナーの何とかかと再婚、いまはアメリカに住んでいる。

今回の一件については、むろん知らせていない。明日あたり、電話をかけてくるだろうが、娘に会わせるつもりはなかった。

周囲を見たが、誰も来ない。小柄な女性は財布をしまい、腰に手を当ててため息をついている。金でも落としたのだろうか。

苛立ちを抑えきれなかった。タバコを吸いたいが、病院内は禁煙だ。

これだから、警察ってヤツは……。

父親が組長であったからには、当然、警察に対してよい思いはない。今回、次郎から電話が来たときも、警察に知らせるという選択肢は最初に消した。

これからまた、ヤツらの偏見に満ちた目にさらされるわけか。それを思うと、げんなりした。

「あのぅ……」

突然声をかけられ、邦孝は飛び上がった。

財布を見ていた小柄な女性が、気配も感じさせず、邦孝の前に立っている。

邦孝は柔道三段で、護身術もやっている。人の気配には敏感なつもりでいたが……。

「栗山邦孝さんでしょうか」

「ええ」

「すみません、先ほどからいらしていたのに、ちょっと別のことに気を取られていました」

地味なスーツ姿に縁なしの眼鏡。物腰などからして、秘書か何かだろうか。

しかし、警察官僚じゃあるまいし、刑事や警官に秘書がつくなんて話は聞いたこともない。

女性は邦孝の胸許くらいの身長しかない。切れ長の目をキラキラさせながら、こちらを見上げている。

邦孝は一歩下がり、女性との距離を取った。

「申し訳ないんだが、私はここで待ち合わせをしていてね」

「はい」

「君はその……警察官なのか？」

「はい、警察官です」

「だったら、すぐに責任者と会わせてもらいたい。できれば、娘についていてやりたいんだ」

「なるほど、ごもっともです。では、手短に済ませます」

邦孝の体内で、再び苛立ちの虫が躍り始めた。

「いや、私は責任者とだね……」

「その点はもちろん問題ありません」

「何が問題ないんだ？」

「ですから、責任者と話をするということ」

目眩《めまい》がする。誰か助けてくれ。

「それほど時間はかからないと思います」

なおも話し続ける女性に対し、邦孝の怒りは爆発した。

「責任者を連れてこいと言ってるだろうがぁ」

邦孝が一度怒鳴ると、社員が二人辞める。そんな風に言われていることを、邦孝自身も知っていた。

だが、目の前の女性は目をぱちくりさせただけで、飛び上がりも逃げだしもしなかった。

「一応、来ているのですが……あ！」

女は慌てた様子で、バッグのポケットを開く。中から出てきたのは、警察バッジだった。

「福家と申します」

邦孝は思わず、前後左右を見渡した。

自分は誰かに騙されているのか。娘の誘拐もひっくるめて、すべてがイタズラなのか。

だが、レポーターやテレビカメラは飛びだしてこない。

「あんたが、刑事？」

「はい。一応、責任者です」

「いや、しかし……」

「先に身分証をお見せするべきでしたが、つい財布に気を取られてしまって」

「財布？」

「実は一万円札がですね……あ、いえ、それはこちらのことです」

こんな妙ちきりんな刑事に誘拐事件を担当させるなんて、警察の嫌がらせか？

「それでですね……」

福家はバッジをしまうと、表紙のすりきれた手帳をだしてきた。

「二、三、質問をさせていただきたいのですが」

「ああ、どうぞ」

「あなたが比奈さんの誘拐を知ったのは、いつでしょうか」

「次郎から携帯に電話がかかったときだ」

「次郎さんは何と?」

「二億よこせと言ってきた」

「通話記録などを調べたいので、後ほど携帯を預からせてください」

「ああ、好きにしてくれ」

「電話があったのは、何時です?」

「午後三時四十四分。非通知だった」

「接触があったのは一度だけですか」

「ああ」

「その後いままで、あなたはどちらに?」

「昨日の朝から、出張で大阪に行っていたんだ。電話を受け、大慌てで東京に戻ってきた」

福家は、さらさらと手帳に書きこむ。

「警察には通報されませんでしたね」

手帳に目を落としたまま、福家はきいてきた。

「警察には知らせるなと言われたのでね」

「誘拐犯は大抵、そう言うものです。ですが、ほとんどの方は通報なさいます」

「あんたには申し訳ないが、俺は警察をあまり信用していない。その辺の事情は判るだろう」

「はい、判ります」

「腹違いとはいえ、次郎は弟だ。金で済むのならそれでもいいと思った」

「二億円で？」

「幸い、事業は好調だ。集められない金額ではなかった」

「ですが、それだけの金額を支払えば、事業の継続は難しくなるでしょう」

「娘の命には代えられん」

「立ち入ったことをおききしますが……」

「もう充分、立ち入っているだろう」

「申し訳ありません」

福家は頭を下げる。これほど謝る刑事も初めてだ。こんなことで捜査を進められるのだろうか。

まあ、誘拐事件とはいえ、比奈は既に保護されているし、犯人二人は死んでいる。やるべき仕事といえば、犯人の足取りを確認するくらいだろう。頼りにならない女刑事にも、それくらいはできると考えたわけか。

「まあいい。質問を続けてくれ」

「比奈さんは塾帰りに待ち伏せされたと思われます。塾の終了時間を教えていただけますか」

「それが、立ち入ったこと？」

「ええ。それに、とても重要なことです」

「二時半だ。塾に行きたいとせがまれて、去年から通わせている」

「二時半ですね」

「妻と別れて以来、あの子には寂しい思いばかりさせているからな。俺は土日も仕事だし、塾通いもいいかと思ったんだ。だが、こんなことになるとは……」

「あまり、ご自分を責めない方が」

「娘を自宅で一人にしておきたくなかった。だから、人を雇ったりもした。塾への送り迎えも、きちんとするべきだった。車での送迎を、娘はどうしても嫌がってね」

福家は手帳を閉じた。

「ありがとうございました。いまのところは、以上でけっこうです」

「もういいのか？」

もっと徹底した尋問が行われると思っていた。捜査一課だけでなく、組対の人間も来ると覚悟していたのだが……。

福家はにこりとして、

「後ほど、別の者がうかがうかもしれません。ですが、いまはこれで充分です。早く娘さんのところに行ってあげてください」

「あ、ああ……」

邦孝は福家を見下ろす。「あんた、変わった人だな」

「ええ、よく言われます」

「もう行っていいかな」

「どうぞ」

邦孝は刑事に背を向ける。首筋の辺りに視線を感じた。

だが、邦孝は振り向かなかった。もう一度目を合わせたら、負ける。そんな思いに囚われていた。

角を曲がり、視線を感じなくなったとき、邦孝は心底ホッとした。

いったい何なんだ、あいつは。

恐怖にも似た余韻があった。

六

午前七時、住宅街を東西に延びる細道は、物々しい雰囲気に包まれていた。

鑑識課の車が数台、道路を塞ぐ形で駐まり、カメラを持った男たちが、忙しげに行き来する。

二岡は、路上のタイヤ痕に注意するよう言った後、指紋採取用キットを開いた。

規制線の向こうにタクシーが止まった。後部ドアが開き、福家が姿を見せる。慌てた様子で周囲を見回し、二岡に目を留めるや、両手を大きく振った。

二岡は作業を中断して、タクシーに駆け寄る。

「警部補、どうしたんです」

「ごめんなさい、お金を下ろす暇がなくて」

福家は横目で運転席を見る。料金メーターはけっこうな金額になっていた。

「また、立て替えてもらえないかしら」

「警部補！」

「ここが終わったら、すぐに下ろしてくるから」

二岡は運転席側に回り、料金を渡す。中年のドライバーは、そっけなくつぶやいた。

「本物だったんだな」

「え？」

「無賃乗車の言い訳にしちゃあ、突飛すぎるからさ。どうしたものかと思ってたんだけど、あの女の人、本当に警官なんだ」

「警官どころか、刑事ですよ」

「へぇ。警察も変わったね」

タクシーは走り去った。

福家は腰に手を当て、通りの様子を一望している。二岡はメモ帳を開き、タクシー代金を記入した。

「警部補、僕もお金、なくなっちゃいました」

「私も手許にないのよ」

「いや、そういうことじゃなくて……」

「調べはもう終わったの？」

二岡は肩を落とし、

「はい。あとは一方通行標識のポールとガードレールの指紋採取だけです」

「ここには歩道がないのね」

「道が細いので、車は一方通行。車道と歩道を区分けするため、緑色のガードレールが設置されています」

「ガードレールが設置されているのは、道の一方だけ」

「はい。歩行者はガードレールの内側を通るように決められています」

「なるほど。車は西進していくから、ドライバーは常に、向かって右側に歩行者を見ることになる」

「そうです」

「ガードレールの検分は済んだのね」

「はい。警部補の言われていた、塗料痕も確認できています」

「それはどの辺り？」

「十字路から二十メートルほど西に下ったところです。通りのちょうど真ん中くらいですね」

「塗料痕の分析は？」

「正式な結果が出るまでには、もう少し時間がかかります。ただ、専門家の話では、ドイツ製二〇〇一年型、シルバーの二ドアセダンで、九分九厘、間違いないとのことでした」

「二人が死んだ現場にあった車と一致するわね」

「被害者の少女から、証言は取れたんですか？」

福家は首を振る。

「ほとんど何も覚えていないみたい。はっきりしているのは、塾の帰りに後ろから襲われ、車のトランクに放りこまれたことだけ。ただ、彼女のおぼろげな証言を総合すると……」

「やはり、ここが誘拐現場」

「おそらくね」

福家はガードレールに沿って、道を進んでいく。

やがて、一番のカードが立つ場所でピタリと止まった。ガードレールに車輛の塗料片が付着していたところだ。

福家はしゃがみこみ、自分の目で確認している。

「うーん」

首を傾げながら、前を向いたり、後ろを向いたり、片時も止まっていない。あちらに顔をだし、こちらに首を伸ばし、ふと気がつくと、元の場所に戻っている。

福家は昨夜、栗山比奈に面会した後、朝早くには父親である邦孝とも会ったらしい。それを終え、一睡もせぬまま、ここに来た——。

「警部補はたしか、コンビニ強盗事件を解決したばかりでしたよね」

「ええそう。店員の投げたカラーボールが別の人に当たったの。もう大変だったのよ。報告書やら何やらで徹夜続き」

「そのまま、今回の事件の担当に？」

「まあね。あら、考えてみれば、ゆうべも徹夜ね」

そうつぶやきながら、福家は通りの上手と下手を眺めやっている。

「何か問題でも？」

「あの車はドイツ製なのよね。ということは、左ハンドル。えーっと」

ショルダーバッグの中を漁り、写真を取りだす。廃屋で撮った車の写真だ。その一枚、運転席側のドアを写したものを、福家は凝視する。

「犯人は何人いたのかなぁ」

福家はガードレールについた、かすかな銀色の塗料に目を移してつぶやく。

「一人？　二人？　それとも三人？」

「三人？」

「そう。三人目がね、すごく気になるの」

七

「本当に、申し訳ない」

菅原は立ち上がって頭を下げた。

向かい側にいた黒柳《くろやなぎ》が慌てて立ち上がる。

「そんなことしてもらっちゃ困るよ」

菅原は無心で頭を下げ続ける。

「なあ、頼むよ。顔を上げてくれ」

黒柳にそう言われ、ゆっくりと腰を伸ばす。

豊島区内にある黒柳印刷の事務所だった。古びた工場の二階。窓際に社長用の小さなデスクがあり、その手前には経理、事務用のパソコンが一台。黒柳と菅原は社長用のデスクを挟んで向き合っていた。

「とにかく坐ってくれ」

黒柳に促され、菅原は折り畳み椅子に腰を戻した。

この二年ほどでめっきり老けこんだ黒柳は、はげ上がった頭を右手でぺたりぺたりと叩く。言いにくいことを言うときの癖だ。

「うちで働いているのは、一度は道を踏み外したヤツばっかりだ。退学食らったヤツとか鑑別所帰り、ムショ帰りもいる。だから、あんたのとこの若い衆を引き受けてくれと頼まれたときも、二つ返事だった。実際、うちに来てくれた三人は、とてもよくやってくれてる。まあ、荒っぽいところもあるけど、そいつはお互いさまだ。いい関係を築けていると思ってるよ」

「ありがとうございます。何とお礼を……」

黒柳はさっと右手をだし、菅原を制した。

「礼はやめてくれ。俺がつらくなる」

その言葉に、黒柳の決意が感じられた。

「ということは、もう……」

今度は黒柳が頭を下げた。

「すまん。何とか面倒を見てやりたいが、こっちももう限界だ。彼らは悪くない。だがね……」

黒柳は窓の外を指さした。

「今日も二人来ている。警察だ。近所への聞きこみもしてやがる」

膝に置いた両拳に自然と力がこもる。

「他の従業員への影響は少なくない。近所からも苦情が出てるんだ。加えて、昨日からは、飯森組を名乗るヤツらが電話してきている」

「飯森の？」

「そうだ。女房がびびっちまってね。俺にも家族があるし……」

「判りました」

菅原は立ち上がった。これ以上、黒柳に語らせるべきではない。「三人は今日限りで引き揚げさせます。本当にお世話になりました」

「本当に申し訳ない。工場の経営もギリギリで……」

「何も言わんでください。社長に迷惑かけちまって、謝るのはこっちの方です」

「菅原さん、あんたって人は……」

「俺の力不足で、本当に申し訳ない」

菅原は黒柳に背を向けると、部屋を出た。鉄の階段を下り、工場の裏手へ回る。

三人の男が、シャツ一枚でタバコを吸っていた。

一人が菅原に気づく。慌てて全員、脇に置いてあった作業着をはおる。タバコを消す余裕まではなかった。皆、決まり悪そうに、立ち上る紫煙を見つめた。

「遠慮するな。吸いきっちまえ」

誰も動こうとはしなかった。

「ここは今日限りだ。いったんアパートに戻れ」

菅原が言うと、右端にいた阿東《あとう》が真っ先に反応した。二十一歳。三人の中で一番若い。

「やっぱり、クビですか」

「そういうわけじゃない」

真ん中にいる富士宮《ふじのみや》が低い声で言った。

「じゃあ、どういうことなんです？」

その富士宮の頭を小突いたのは、左端にいた三十二歳になる遠山《とおやま》だ。

「菅原さんにそんな物言いするんじゃねえ」

「でも……」

菅原は二人を制して、

「俺の言い方が悪かった。言葉を換えてみたところで、どうにもならねえ。かえって、おまえらを傷つけるだけだな。はっきり言おう、おまえらはクビだ」

「ちっ」

阿東が舌打ちをして、吸い殻を投げ捨てる。

菅原はゆっくりとした足取りで進み、吸い殻を拾い上げた。火がついたまま、手で握り潰す。

「短気を起こすんじゃない。おまえらはよくやってたと社長も言っていた。退職金もだしてくれるそうだ」

富士宮が遠山の制止を振り切って言った。

「じゃあ、何で？」

「いままでやってきたことの、報いを受けてるんだ」

「サツの野郎ですか」

言ったのは、遠山だ。

菅原はうなずく。途端に、阿東、富士宮がいきりたった。

「許せねえ。俺たちに張りついて、近所にあることないこと言いふらして……。ぶっ殺してやる」

　駆けだそうとする阿東の肩を菅原は押さえた。

「やめとけ。向こうの思うつぼだ」

「でも……」

「やめとけって言ってんのが、判らねえか」

　阿東に顔を近づけ、目の奥を覗きこむ。たちまち阿東は牙を抜かれ、大人しくなった。

　菅原は遠山に言った。

「この二人はおまえに任せる。バカな真似をさせるんじゃねえぞ」

「判りました」

「俺は他を回ってくる」

「菅原さん」

　遠山が改まった調子で言った。

「俺はあんたを尊敬している。言われたことには従うつもりです。ただ、若いヤツらの気持ちも考えてくださいな。もう限界ですぜ」

「判ってるよ」

「俺じゃあ、抑えきれないかもしれません」

「ああ、判ってる。とにかく、今日のところは黙って引き揚げてくれ」

「はい」

三人は工場の中に戻っていく。一階奥に従業員のロッカーがあり、そこで作業着から私服に着替えるのだ。

一人になった菅原は、少し先の路地に駐まっている車を見た。中には男が二人いる。警察の人間であることは明らかだった。

胃がキリキリと痛んだ。

これしきのことで、情けねえ。

車から男が一人、降りてきた。恰幅がよく、鍛え上げた筋肉がスーツの上からでも判る。

「よう、菅原さん」

男は目の前に立つ。身長はほぼ同じ。菅原は肩の力を抜いて、相手の威圧を受け流した。

「どちらさん？」

男は大きな声をあげて笑う。

「名前、覚えていてくれなかったんだ。寂しいなあ。半年前も会っただろう？」

男はポケットから警察バッジをだす。組織犯罪対策課志茂《しも》巡査部長とある。

「思いだしてくれたか？」

菅原は首を傾げる。

「さてね」

志茂は鼻の穴を膨らますと、菅原の耳許に囁きかけた。

「おまえのところの二人、とんでもないことをしでかしたな」

「二人?」

「栗山と金沢だよ」

「組は解散した。あの二人とは、もう何の関係もない」

「へっ、都合のいいこと言うんじゃねえ。散々あくどいことした挙げ句、解散して堅気になるだ? そんな勝手、俺たちが許すと思ってんのかよ」

「あんたらがしているのは、ただの弱い者虐《いじ》めじゃないのかい?」

「弱い者虐めは、おまえらヤクザの専売特許だろうが」

「警察の看板背負ってるからって、無茶がすぎるんじゃないか」

「そんなこと言っていいのかなぁ? 俺たちは忠実に職務を遂行しているだけだ」

「何が職務だ」

「組の解散なんて、俺たちは信じていない。そのうちまた、悪さを始めるに決まってる」

「俺はともかく、あいつらは真面目にやろうとしている。頼むから、邪魔しないでくれ」

「一度染みついたものは、簡単に抜けやしないのさ。何かあってからでは遅いからな。市民を守るため、俺たちは動いているんだ」

「頼む」

菅原は頭を下げた。

志茂の含み笑いが降ってきた。

「あんたも堕ちたもんだな。栗山組なんて泥舟に乗っちまったのが、運の尽きさ」

「ええっと……」

この場にそぐわない、間の抜けた声が聞こえた。

顔を上げると、志茂の後ろから小柄な女性が顔をだしている。

志茂がぎょっとした顔で振り返った。

「な、何だ、あんた？」

「こちら、黒柳印刷さんですよね」

「ああ」

「あなた、社長さん？」

「俺が社長に見えるか」

「見えません」

「だったらきくなよ。社長なら二階にいる」

「いえ、社長に会いに来たわけではないのです。こちらに菅原巽さんがいらっしゃると聞いて……」

「菅原だぁ？」

志茂の目が素早く動いた。女の素姓を探っているらしい。

「あんた、菅原に何の用なんだ」

志茂は警察バッジをだす。

「私はこういう者でしてね。あなたのお名前は？」

バッジを突きつけられても、女性は驚いた様子もない。

「福家といいます」

「住まいは？」

「そんなことまで言わないといけないのですか」

「ええ。我々は職務中でしてね。身分証の呈示を求めます」

「身分証かぁ……」

福家はショルダーバッグのポケットを開ける。

「これでいいかしら」

だしてきたのは、志茂が手にしているのと同じ、警察バッジだった。

志茂はあんぐりと口を開け、身分証と女性の顔を見比べている。

「そ、捜査一課？　福家……警部補？」

「実は、私も職務中なのです」

「一課の刑事が、何でこいつに」

志茂は菅原を指さした。

「あなたに言う必要はないと思いますけれど」

福家は手帳をバッグに戻しながら言う。

とたんに、志茂の顔が赤くなった。

「そりゃ、何て言いぐさだ」

「私、殺人事件の捜査中なのです」

志茂は沸騰寸前の薬罐《やかん》のようだった。

「もう一度、言ってみろ」

「あそこに駐まっている車、あなたのですよね」

福家は車を指す。「通報があったそうですよ。ここは通学路ですし、駐まっている場所は横断歩道から二メートルしか離れていません。ご近所の方が不安がっています」

「……な」

「飯森組の動きが活発化しているようです。こんなところで遊んでいていいのかしら」

「あ、遊んでだと？」

「今回の事件を受けて、元栗山組構成員に聞きこみをしています。そうすると、必ずあなたの名前が出てくるのです。これは、どういうことでしょうか」

「そんなこと、あんたには関係ない」

「一応、報告書には書かなければなりません。上司にも報告します。遠からず、あなたの上司の耳に入ると思いますが」

「もういい。このままじゃ、済まさんからな」

志茂は怒鳴り声をあげ、小走りに車へ向かう。

走り去る車の音とともに、福家は改めて警察バッジをだした。

「菅原さんですね。捜査一課の福家と申します」

「そんな名前のやり手警部補が一課にいると聞いてはいたが、まさか女性だったとは。しかも……」

「しかも？」

「いや、何でもない。とにかく、助かりましたよ」

「少しお話をうかがってもよろしいですか？」

「ええ」

工場のドアが開き、遠山たち三人が出てきた。それまで腕にかけていたジャケットをはおり、揃って菅原に頭を下げる。

「お先に失礼します」

菅原が会釈するのを待って、三人は歩きだす。脇に立つ福家に怪訝な目を向けたが、何も言わず、その場を離れた。

「こちらの工場で何か？」

福家の問いに、菅原は軽い調子で答える。

「ちょっとした揉め事でね。しょっちゅうあることです」

「そうですか」

菅原の答えに納得した様子はないが、踏みこんではこなかった。志茂とのやり取りを聞いていても、菅原たちの置かれている状況を、彼女は既に理解しているようだ。

「捜査一課の刑事さんが来られたということは、次郎さんたちの件で？」

「そうなのです」

「おおよそのところは邦孝さんから聞いています。仲間割れの挙げ句、相討ちになったとか」

「ええ」

福家は表紙のすりきれた手帳をだした。パラパラとページをめくり、

「ひどい現場でした。人質を無事、救出できたのが、せめてもの救いです」

「まったくです。比奈ちゃんは大丈夫ですか？」

「まだ入院していますが、おそらく問題はないと思います」

「邦孝さんもホッとされたでしょう」

「その邦孝さんに、あなた、昨日電話をしていますね」

通話記録を調べたわけか。

刑事の来訪は当然、予測していた。まさか、妙な女刑事が来るとは思わなかったが。

「ええ、かけました」

「どういった用件で？」

「いろいろと相談したいことがありましてね」

福家は無言で、菅原を見上げている。詳しく話せという意味らしい。

「うちの組がどうなったのか、刑事さんもご承知でしょう」

「栗山組についてなら、少々」

「解散して一年になります。先代、つまり邦孝さんのお父上のひと言で決まりました」

「先代というのは、栗山啓三郎《けいざぶろう》。栗山組三代目。あなたは、その三代目の右腕だった」

「昔の話です」

「啓三郎氏は一昨年末、癌で亡くなられましたね。七十八歳。組の解散は、啓三郎氏が宣言されたわけですね」

「ええ」

「啓三郎氏には、子供が二人。先妻の子である邦孝氏と後妻の子である次郎氏」

「刑事さん、うちの組のことは知っています。いちいち聞かされるまでもありませんや」

「これは失礼。異母兄弟とはいえ、兄の娘を弟が誘拐するのは滅多にないケースなので」

「組の解散と簡単に言うが、実情は生やさしいもんじゃありません。どっかに歪みは出るもんです」

「次郎氏は最後まで解散に反対だった」

「当時の構成員のうち十三人は説得しましたが、次郎さんと金沢だけは……」

「そう、金沢肇。あなたは彼とも親しくしていたとか」

「親しくというか、まあ、腐れ縁みたいなもんですかね。根っからのヤクザ者で、足を洗うことを拒みやがった。でもまあ、それも生き方ですから、別に遺恨はありません。そんなこんなで、話をする機会も多かったもんだから、情が移るっていうか、何ていうかね」

「判ります」

「判る？　本当に？」

「ええ」

福家の物腰に作り物めいたところはなく、それがかえって菅原を戸惑わせた。

「で、刑事さん、その話と今度の事件に、関連でもあるんですか？　事の成り行きをすべて聞いたわけじゃないが、誘拐犯の二人は、仲間割れして死んだとか」

「現場を見る限り、その線が強いと思います。ただ……」

「ただ？」

「構成員の絡んだ事件ですので、こちらとしても、神経質にならざるを得ないのです」

「それは当然でしょうな。各担当部署も動くでしょうし。一方で、捜査一課としては主導権を握らねばならない」

「さすが、よくお判りです」

「我々のことは放っておいていただきたい。警察官がみんな志茂のような輩だとは言わないが、世間も含め、我々は色眼鏡で見られがちです。そりゃあ、そうされても仕方のないことをやってきた自覚はあります。しかし元栗山組の十三人は、足を洗って再出発しようとしている。何とかしてやりたいじゃないですか」

「先ほど、あなたに挨拶していった三人ですが」

「ここの工場でお世話になっています」

「あなたの姿を見ると、手に持っていた上着を着ましたね」

「あれは礼儀の一環です」

「実を言うとですね……」

福家がスーツのポケットから何やら取りだした。数枚の写真である。

「現場で撮ったものを、ちょっと見ていただきたいのです。ただ、遺体の写真なので……」

「構いませんよ。そういうものには慣れている」

冗談めかして言ったつもりだが、福家には通じなかったようだ。大真面目な顔で、「そうですよねえ」とうなずいている。

菅原は苦笑して、写真を見た。苦悶の形相で血だまりの中に倒れている次郎が写っていた。

「いつか、こんなことになるのではないかと心配していたんだが……」

「見ていただきたいのは、彼の服装なのです」

「シャツにジーンズにジャケット。別に変わったところはないと思うが」

「ジャケットを着ていますよね」

「ああ」

「次郎氏は、車の中に数日分の着替えを用意していました。その中には、クリーニングしたてのものが何着かありましてね」

福家は新たな写真をだす。クリーニング店の受け取りだった。

「現場のゴミ袋にありました。次郎氏が着ているジャケットは一昨日都内の店にだされたもので、受け取ったのは昨日、それも、比奈さんをさらう直前でした」

「次郎さんはさほど身なりに構う方ではなかった。それでも、最低限の金はかけていたな。ヤクザは見た目も大事だ。外見で舐められては、勝てる喧嘩にも勝てない」

「ただ、次郎氏は生活費にも窮する有様だったらしく、そこまでの余裕はなかったようです」

「薬か」

「その疑いがあります」

「だから誘拐なんてことを……」

「そんな状況でも、このジャケットはきちんとクリーニングにだしていた。大切なものだったのでしょうか」

「おそらく、邦孝さんと会うときの用意だろう。身代金の受け渡しの際、顔を合わせることになる。そのときに着ようと思っていたんじゃないか」

「礼儀として？」

「礼儀というか、身に染みついた習慣のようなものだな」

「そのためのジャケットを、なぜ着ていたのでしょう？　現場の建物には、人質の比奈さんと共犯の金沢氏しかいなかったのに……」

「さあ。山の方だから、寒かったんじゃないか」

「着替えの中には、セーターやパーカーもありました。防寒ならそちらを着るはずです」

「これ以上のことは、俺には判らんねぇ。次郎さんは薬に蝕まれていたと聞く。幻覚を見たりしていたのではないかな」

「遺体の爪に、ビニールが挟まっていたのです」

唐突に話が飛んだ。

「何だって？」

福家は自分の右手人差し指を示す。

「爪の間に、ビニールが残っていました。調べたところ、クリーニング店が衣類を包むのに使ったものでした。つまり次郎氏は、殺害される直前にジャケットのビニールをはがし、着用したことになります」

「なあ、福家さん、俺にはあんたの言っていることが……」

「ここへ来るまでに、何人かの方に会って、次郎氏について聞きました。かなり問題のある人物のようで、評判は芳《かんば》しくありません」

「短気で荒っぽい人だ。それに、先代の息子だという驕《おご》りもある」

「そこです。次郎氏はいつも居丈高で、人に頭を下げることは滅多になかった。彼を知る人のほとんどが、そう答えています」

福家は、遺体の写真をもう一度掲げた。

「でも、そんな次郎氏ですら、頭の上がらない人が二人いたと聞いています。一人は実の父親である栗山啓三郎氏」

「先代はもう亡くなっている。もう一人は？」

「あなたです」

菅原はふんと鼻を鳴らし、鼻の頭を搔いた。

「それは買いかぶりというものだ。いまの次郎さんには、俺なんか取るに足らない存在だろう。街ですれ違っても、無視したはずさ」

「そうでしょうか」

「ああ。俺は潰れた組のナンバーツーで、後始末に駆けずり回っているポンコツだ」

福家は写真をしまう。

「お時間を取らせてしまって申し訳ありません」

「もう、いいのかい」

「はい」

「まあ、俺にできることがあったら、いつでも声をかけてくれ」

「ありがとうございます」

奇妙な女刑事は、菅原の心にさざ波を起こして帰っていった。

俺が来ると知って、次郎はジャケットを着た。

妙なところだけ、義理立てしやがって。

八

榎木《えのき》牧夫《まきお》の足は重かった。尻ポケットの財布には、あと二千円しかない。榎木は足を止め、通りの向かいにあるパチンコ屋を見る。問題は手持ちの二千円をどう使うかだ。今日の宿と食事代にあてるべきか、一か八か突っこむべきか。

この一週間、榎木はツキに見放されていた。過去にスランプは何度も経験していたが、これほどひどいのは初めてだ。

まったく、金沢の野郎に、全部持っていかれちまったのかなぁ。

競馬仲間の金沢は、ここ数カ月、馬鹿ヅキだった。パチンコでは大当たりを数回引き当て、馬でも連戦連勝中。笑いが止まらないようだった。

しかし、いくらついていても、死んでしまっては何にもならない。

「あのう……」

スーツ姿の小柄な女性が声をかけてきた。

その立ち居振る舞いから、榎木は女の素姓を読み取った。

「いや、その気はないね」

「は？」

「だから、俺には構わないでくれって言ってんの。生活保護とかさ、教えてくれるのはありがたいけど、俺は俺でちゃんとやってんだから」

「生活保護ですか」

「そりゃ、たしかに金はないよ。泊まるところもねえ。でも、風向きはコロコロ変わるもんさ。

そのうち俺にだって……」

「お金なら、私もないのです。一万円だと思っていたお札が千円だったのです」

榎木は目を瞬かせる。

「役所の人間のくせに、文無しなのか」

「文無しどころか、仕事仲間に借金まであって」

「気に入ったぜ、姉ちゃん。人間、借金くらいないと、一人前とは言えねえ」

「恐れ入ります」

「名前は何ていうんだい？」

「福家といいます」

「福家さんか。まあ、人生、山あり谷ありだ。頑張んな」

「ありがとうございます」

「じゃあ、またな」

「あ、ちょっと待ってください。一つだけ、おききしたいことがあって」

「だから、生活保護は……」

「保護じゃなくて、金沢さんのことなのです」

「金沢？　ヤクザの？」

「ええ。昨日の昼間、ご一緒だったと聞いたものですから」

「金沢も生活保護かい？」

「いえ、そうではないのですが……」

「そうだろうなぁ。あいつ、羽振りがよかったもん。俺と違って馬鹿ヅキでよ。パチンコやれば大当たり、馬券を買えば万馬券」

「金沢さん、お金に困っていたわけではないのですね」

「ああ。本業も上手くいってるとかで、相当、持ってるみたいだったよ。馬券も荒っぽい買い方してた。だけど、そっちの方が当たるんだよな。不思議なもんでさ」

「昨日の昼間は、どちらに？」

「馬だよ、馬。場外馬券売り場にいたよ」

「金沢さんも一緒に？」

「昼過ぎくらいまで一緒にいたかな。あいつは途中で帰っちまったけど」

「それは何時ごろですか」

「さあなぁ。第七レースが始まる前だから、一時半ごろかな。携帯に連絡があったんだよ。あいつ、血相変えて飛びだした」

　女はバッグから手帳をだし、何やら書き始める。

「ちょっと、何だか知らないけど、俺が喋ったって言わないでよ。妙なことに巻きこまれたくないから」

　福家は手帳をしまうと、微笑んだ。

「ご心配なく。申し訳ありません、お時間を取らせてしまって」

「いや、それならいいんだけど。じゃあ、もう行っていいかい？」

「どうぞ。あ、榎木さん」

「何だい？」

「ツキ、戻るといいですね」

福家はそう言い置くと、すたすたと歩き去っていく。

妙な女だな。結局、生活保護については何も言わなかった。

榎木は通りを渡り、ファミリーレストランに入った。パチンコに直行するつもりだったが、あの女と話をしているうちに腹が減ってきた。

とりあえず定食でも注文して、粘れるだけここで粘ろう。

「一人、喫煙席」

係員にそう告げたとき、鐘が鳴り響いた。

「おめでとうございまーす」

タキシードを着た中年男が奥から飛びだしてきた。

「お客様は、当店一万人目のお客様です。本日は無料でお食事をお楽しみください。別に五万円の賞金をさしあげます」

金沢、俺にもツキが回ってきたぜ。

九

思い詰めた表情の遠山がやってきたのは、行きつけのマッサージ店に入ろうとしたときだった。

「兄貴、すみません。ちょっといいですか」

菅原は隣にある喫茶店に誘った。コーヒーを頼み、奥の席に坐る。

「どうした?」

「阿東たちに、飯森組の池尻《いけじり》が接触してるらしいんで」

「何だと?」

「阿東、今池《いまいけ》、梅園《うめぞの》の三人です」

「若手に絞って切り崩しにきたか」

「今度の件で、ほとんどの人間がクビか自宅待機です。向こうもその情報を摑んだらしくて」

ある程度覚悟はしていた。だが、ヤツらがこれほど素早く動くとは。

遠山はため息をつく。目の下に隈《くま》ができ、疲れが表れていた。

「どうします?」

「池尻に会う」

菅原が開店前のスナックの前に立つと、ノブに手をかけるまでもなくドアが開いた。鼻の曲がった男が、菅原を睨んでいる。

「どなた？」

「菅原だ」

「え？」

「菅原だ」

「どちらの菅原さん？」

「おい、それくらいにしておけ」

店の奥から、乾いた声が響いた。男は舌打ちをして、身をよける。

菅原は目を合わせたまま、その脇を抜けた。狭い店内は薄暗く、タバコの匂いが漂っていた。

池尻の姿は、カウンター奥のスツールにあった。病的なまでに痩せた体、長い手足。青白い顔には、見下したような笑みが張りついていた。

「菅原さんからご連絡いただけるとは、恐縮ですな」

タバコを灰皿に置くと、腰を上げることもなく、菅原を見た。

「で、ご用件は？」

「若いヤツらに手をだすな」

「何のことだか」

「とぼけるのか?」

「そんなつもりはねえよ。だけど菅原さん」

池尻はわざとゆっくりとした口調で話しているようだった。

「あんた、若いヤツらのこと、真剣に考えてるのかよ。あんな掃きだめみたいな場所で働かせてさ」

「それは、あいつらも納得の上だ」

「どうかなぁ」

「とにかく、いまは大事な時なんだ。妙なことはしないでくれ」

「おう、それはどういう意味だ?」

出入口を塞ぐ恰好で、先ほどの男が立っている。奥の厨房からも、スーツ姿の若者二人が顔を覗かせた。

池尻は余裕だった。

「一度この道の味を覚えると、もう元には戻れねえのさ。そのことは、あんたが一番判ってるはずだぜ」

これには、菅原もうなずくしかなかった。

「悪いことは言わねえ。義理とか人情とか、カビくせえものは捨ててさ、どうだ、うちに来ないか。あの生きのいいの三人とあんた、四人まとめて面倒見ようじゃないか。悪い話じゃないと思うぜ」

菅原は笑った。池尻の表情が凍りつく。

「ここ、笑うところかよ」

「見くびられたもんだぜ。おまえみたいなチンピラに、俺が扱えると思ってんのか」

「な……」

背後から、男が襲いかかってきた。予想通りの動きだ。菅原はカウンターに置いてあったグラスを取り、振り返った。怒りに歪む形相と振り上げた拳が見えた。顔面にグラスを叩きつけ、動きが止まった相手の股間を蹴り上げる。

崩れ落ちる男を目の端に捉えつつ、右手でスツールを持ち上げた。男二人が厨房から飛びだしたところだった。牽制の意味もこめ、スツールを放り投げる。狙いは逸れ、ガラス製のキャビネットに当たった。粉々に砕けたガラスが、男たちに降りかかる。

菅原は腰を下ろしたまま呆然としている池尻の胸ぐらを摑む。

「誰に口を利いているのか、よく考えろ。俺ならいつでも相手になるぜ。ただし、若いヤツらには手をだすな」

池尻を突き放すと、菅原は返事も待たず、店を出た。携帯で遠山に連絡を入れる。

「しばらくは時間が稼げるだろう。無茶はしてねえよ。とにかく三人から、いや、他の連中からも目を離すな。判ってる。早いうちに何とかする」

続いて、邦孝の携帯にかけた。

「邦孝さん、こんなときにすみません」

「おう、何だ」

そっけない調子だったが、菅原は続けた。

「例の話です。うちのヤツら十三人、邦孝さんの店で引き受けてもらえないでしょうか」

沈黙があった。菅原は足を止め、返事を待つ。

「いまはそんな話をしてる場合じゃないだろう。比奈に起きたことを考えてみろ。みんな、あんたらのせいじゃないか」

「はい」

「親父の尻ぬぐいをする気はない。もうかけてこないでくれ」

一方的に通話は切れた。

顔を上げることができず、歩道の端で、しばし立ち尽くした。打つ手なし。これから行くべきところ、するべきことを、思いつかなかった。

俺は何をやっているんだ。

「菅原さん」

聞き覚えのある、鈴のような声がした。顔を上げると、福家が立っていた。

「まだ何か?」

人気のない公園のベンチに坐り、菅原は言った。

福家は立ったまま、ちらりと目をやった。

「入口の陰に三人、道路の向こうに二人います」

「気づいていたのか」

「飯森組の人間ですね」

「いろいろあってな。脅すわけじゃないが、あんまり俺に近づかない方がいい」

「大丈夫です。飯森組であっても、警官がいるところでは何もしないと思います」

「あんたが警官に見えないから、心配しているんだ」

「あら、そんなに警官らしくないですか」

福家は首を捻りながら、肩を落とす。

「困ったわ」

「まあ、いくら何でも、白昼堂々、事を起こすとは思えないが」

「次に来るときは、もう少し警察官らしい恰好をしてきますね」

「そんな心配はしなくていい。で、今度は何の用なんだ」

ショルダーバッグから手帳をだし、

「実は、金沢さんのことで」

「金沢か……。足は洗えなかったが、ヤクザなりに筋の通った男だと思っていた。まさか、あんなことをしでかすとはな」

「金沢さんと最後に会われたのはいつですか」

「四日ほど前じゃないかな。偶然、道で会ったんだ。若いのを一人連れて、すっかり兄貴分気取りだったな」

「お金に困っている様子はありましたか」

「さあね。だがあいつは根っからのギャンブラーだ。パチンコ、馬、競輪、違法なものも含めて、何でもやってた。金に余裕があったとは思えねえな」

「金沢さんの口座を調べたら、この数カ月、かなりの入金がありました。賭け事をやっていたとすれば、かなりついていたのですねぇ」

「ほう、珍しいこともあるもんだ」

そう言いながら、心の内で悪態をつく。いつもピーピー言ってたくせに、こんなときだけ貯めこみやがって。

福家は「うーん」と唸り、ボールペンの先っぽを見つめている。

「金沢さんは、栗山次郎の誘いを受けて誘拐の共犯になったとされています。ですが、経済状態を見る限り、危ない橋を渡る必要はなかったと思うのです」

「それはあくまで表向きの話だろう。死んだヤツのことを悪く言いたくはないが……」

「無理にとは言いませんが、事は誘拐です。何かご存じでしたら、ぜひ」

「組を移ってから、金沢は薬の売買にのめりこんでいた。ホームレスやらを雇って、心療内科回りをさせていたらしい」

「精神安定剤ですか」

「医師に処方させた薬を集めて売るんだ。手広くやれば、かなりの儲けになっただろう。だが、自分の手許に残るのは、ごくわずかだ。内情は自転車操業だったはずだぜ」

「なるほど」

福家は真剣な表情で手帳にメモしていく。先輩の教えを受ける新入社員のようだった。

その姿に、菅原は思わず吹きだした。

福家は目をぱちくりさせる。

「何か？」

「すまん。しかし、あんた、面白いな」

「そうでしょうか」

「あそこに隠れているヤツらも、さぞ困惑しているだろう。菅原と話している女は何者だ、ってな」

「いえ、もう誰もいないと思いますよ。いまごろ、飯森組の事務所に四課が踏みこんでいるはずです。あなたの監視どころではないでしょう」

「飯森が手入れを受けてるってことか」

「はい。事件捜査の過程で、飯森組構成員の犯罪事実がいくつか浮かびまして。その情報を四課に渡しましたから」

「ほう、そいつはいい気味だ」

菅原は改めて、目の前にいる小柄な女刑事を見た。薄ぼんやりとした外見をしているが、頭は相当切れる。噂は本当だった。

福家が飯森組の情報を摑んだのは、偶然ではあるまい。たまたまを装いつつ証拠を集め、四課に渡す。それによって志茂の注意は菅原たちから逸れ、同時に飯森組の注意も菅原たちから離れる。その間に、一課はゆっくり栗山比奈誘拐事件の捜査ができるというわけだ。

それはつまり……。

「刑事さん、あんた、次郎さんと金沢の死を、単純な同士討ちとは見ていないんだな」

福家は再び、目をぱちくりさせる。

「それはどういう意味です？」

「とぼけなくてもいい。あんたは面倒なヤツらを上手いこと退場させた。そこまでして一課が狙うものは何だ。被疑者死亡で送検する誘拐事件か？　違うな。狙っているのは、もっと大きな獲物だ」

「例えば？」

「例えば、同士討ちに見せかけて二人を殺した犯人」

福家は表情を変えない。

「図星だろう？」

わずかな間を置いて、福家は熱でも計るように、額に手をやった。

「いくつか、判らないことがありまして」

「ヤクザ二人が金目当てに誘拐を企み、挙げ句、仲間割れで死んだ。判らないことなどないと思うが」

「引っかかるのは、車なのです」

「車？」

「次郎が使っていた車です。運転席側のドアがへこみ、塗料片がついていました」

「どこかにぶつけたんだろう」

「塗料がどうやってついたのか、それはすぐに判ったのです」

福家はバッグから写真をだした。一方通行の標識が立つ、細い道路が写っている。

「比奈さんが誘拐された場所です。ここは道幅が狭く、歩道がありません。片側に歩行者用の区画があり、車道とは緑色のガードレールで分けられています」

福家は写真を脇に挟み、ハンドルを握る仕種をした。

「ドライバーから見て、進行方向右手に、歩行者用の区画がくるわけです」

「それくらいは、俺にも判る」

「車についていた塗料は、このガードレールのものと一致しました。おそらく、比奈さんを連れ去る際についたものでしょう」

「そこまで判っているのに、いったい何が疑問なんだ」

「彼は、どうやって比奈さんを拉致したと思いますか？」

「話が飛んでついていけないな」

「比奈さんは、塾の帰りに連れ去られました。本人の話では、背後から抱え上げられ、車のトランクに押しこめられたと」

「白昼堂々、素早くやろうとすれば、そうなるだろうな」

「犯人は二人組です。一人は運転席、もう一人が実行ということになります」

「金沢が運転役、次郎さんが実行役。そう考えるのが妥当だろう」

「私もそう思います。その場合、実行犯は助手席もしくは後部シートに坐ります」

「徐行してターゲットに近づき、外に飛びだす。相手は少女、抱え上げるのは簡単だ。トランクに入れ、実行犯が助手席に戻ると、車は走り去る」

「ならばどうして、運転席側のドアに、ガードレールの塗料片がついたのでしょう」

菅原は返答に窮した。

「問題はそれだけではないのです。誘拐に使われたのは外車で、左ハンドルでした」

「となると、ますます妙なことになるな。ガードレールは右側、運転席側にはない」

「いくつか考えられることがあります。まず、犯人の車は一方通行を逆走していた」

「これから誘拐をやろうって人間が、わざわざ目立つことをするかな」

「そうせざるを得なかったとしたら?」

「意味がよく判らないが」

「犯人が一人、つまり次郎だけだったら、運転役と実行役を両方やらなければなりません」

「ちょっと待ってくれ……」

だが、福家は一気に続けた。

「車は左ハンドルです。一方通行に従うと、運転席は歩行者区画と逆の側にきます。比奈さんを拉致する場合、車を回りこまなければなりません。一方通行を逆に入れば、運転席を出てガードレールを乗り越え、すぐに比奈さんを捕まえることができる」

「ドアの塗料は、次郎さんが飛びだした際、ドアが勢いよく開いてついた。そう言いたいんだな」

「ええ」

「その間、金沢は何をしていたんだ」

「そこが判らないのです。二人が共犯関係にあったとして、なぜ次郎は拉致を一人で実行したのでしょう。あなたも言ったように、白昼堂々、大胆な犯行です。一人より二人の方が成功する確率も上がる。なのに、次郎は一人で決行した可能性が高いのです」

「理由はいくらでも考えられるさ。最終的には、仲間割れして殺し合った二人なんだ。チームワークはないに等しかっただろう」

「実を言うと、気になる点はもう一つあるのです。車のトランクの外側についていた引っかき傷です。誘拐されたとき、比奈さんが抵抗してできたものと思われます。彼女の爪の間から、車と同種の塗料が見つかっています」

「連れ去られるときに抵抗するのは当たり前だろう」

「犯人が二人組だったら、もう一人がトランクを開けて待っているはずです。白昼の犯行、手際よく運ぼうとするのではないでしょうか」

「つまり、トランクの外側に傷がつくはずはないと？」

「そうなのです。考えれば考えるほど判らなくなってしまって。あなたはどう思われます？」

「そんなこと、俺に判るわけないだろう。調べるのは、あんたたちの仕事だ」

「たしかに、そうですね」

納得したのかしていないのか、福家の表情からは読み取れない。

この女、いったい何を考えているんだ。

菅原の眼力をもってしても、福家の本心は見通せなかった。そのことが、菅原を余計にイライラさせる。

「そろそろ行っていいか？　寄るところがあるもんでな」

「あ、すみません、あと一つだけ」

福家は手帳を開き、ページをめくる。手からボールペンが落ち、それを拾おうとして、今度は脇に挟んでいた写真を落とす。

「あらあら……」

菅原は苦笑しつつ腰を上げ、拾うのを手伝った。

「本当にすみません」

写真とボールペンをバッグに入れると、福家は頭を下げた。

「礼はいい。ききたいことがあるのなら、早くしてくれ」

「ああ、失礼しました」

手帳のページをめくる作業が繰り返される。

「えーっと」

もはや腹も立たなかった。

「まあ、ゆっくりやってくれ」

「申し訳ありません、どこに書いたのだったかしら……あ、これだ！　窓際にランタンを置いたのはなぜか」

「邦孝さんから聞いたよ。ランタンの光を見て、警官が比奈ちゃんを見つけたって」

「判らないのは、なぜ犯人がそんなことをしたのかです。人質の監禁場所ですよ。光には細心の注意を払うと思うのですが」

「現場がどういう状態だったのか、俺には判らないから何とも言えないが……。まあ、金沢か次郎さんか、どちらかの不注意だろう」

福家は手帳を閉じる。

「どちらにしても、ランタンのおかげで比奈さんの救出が早まったわけです」

「ランタンに感謝しないといけないな」

福家は何も言わず、菅原を見上げた。

目の奥に潜む真意を読み取ろうとするが、それ以上、踏み入ることができない。

菅原は目を逸らした。自分から視線を外すなど、ヤクザにとっては敗北に等しい。

「結果として、比奈ちゃんが助かった。それで充分じゃないか」

福家はかすかにうなずく。

「もう、行ってもいいかな」

「はい」

菅原の体には、重い疲労がまとわりついていた。

菅原が挑んでいるのは、およそ勝ち目のない戦いだ。だが、負けるわけにはいかない。先は見えていないが、決して悲観してはいなかった。これまでの人生、何度も窮地をくぐり抜けてきた。いま以上に悪いときだってあった。

それでも、俺はいま、ここにいる。俺が負けるはずはない。

十

海からの風を受けながら、二岡友成は倉庫の壁にもたれかかった。

昨今の不況のせいか、埠頭に人気は少なく、十五棟の倉庫も空きが多い。

海沿いに並ぶ巨大なクレーンを見上げていると、埠頭に続くゲートをくぐり、一台のタクシーがのろのろと走ってくるのに気がついた。

倉庫の前で車が止まり、福家が姿を見せる。

「あら、二岡君、待っていてくれたの？」

「警部補、お金を持っていないんでしょう？　心配だったので」

福家はにこりと笑い、

「それがね、交番の巡査が少し貸してくれたの」

「はぁ？」

「いま乗ったタクシーの運転手さん、どう説明しても私が警察官だと信じてくれなくて。無賃乗車の疑いで、交番に連れていかれたのよ」

「それはまた……」

「で、交番の巡査に事情を説明したら、お金を貸してくれたの。それも一万円。助かったわ」

「……よかったですね」

「明日、すぐ返しに行かなくちゃ」

「それより警部補、物《ぶつ》を見てくださいよ」

「ああ、そうだったわ。ごめんなさいね、そんなこんなで遅くなってしまって」

「検証はだいたい終わっています。鑑識も引き揚げました」

十五号倉庫の先は、コンクリート打ちの広大な荷揚げスペースだ。そこの真ん中に、車が一台放置されていた。車を挟むようにパトカーが二台駐まり、制服警官が立ち番をしている。

「見つかったのは、あれね」

福家はすたすたと歩いていく。

二岡は後を追った。強烈な海風が吹きつけ、一瞬、息が詰まった。

「警部補に言われた通り、一昨々日から一昨日にかけて都内で盗まれた車を、すべて当たりました。そのうちの一台です」

「二時間ほど前です。見回りに来た職員が通報してきました」

福家が振り返る。風にあおられて、髪は乱れ、眼鏡も斜めになっている。

二岡は前方を指さした。

「発見時のままにしてあります」

福家の後ろに立ち、国産の小型車に近づいた。

「被害届は出ているのね」

「はい。一昨日の午後四時半に。都内に住む女性です。詳しいデータは後ほど」

「お願い」

福家は腰に手を当て、目の前の車をしげしげと見た。「ひどいことになっているわね」

タイヤは四つともなくなり、ボンネットが開いている。運転席側のドアは、外れて地面に転がっていた。内部はさらに悲惨だ。ハンドル、前部シートはなくなり、シートベルトが虚しく風に揺れている。サイドミラー、バックミラーの類も、きれいになくなっていた。

二岡は言う。

「いまごろは、部品ごとに売り捌かれているでしょう」

「所在を確認するのは難しそうね」

「一応、手配しておきましたが」

「ラジオは……残っていない。走行距離も当てになりそうもないわね」

「警部補は、この車が誘拐事件に関わっているとお考えですか」

「うーん、確証はないけれど、盗まれたタイミングは合うのよねぇ」

「こうなることを予想して車を放置したとすれば、犯人は相当、頭の切れるヤツですよ」

「そうねぇ、たしかにねぇ、よく切れるわよねぇ……」

「警部補?」

「グローブボックスも空」

「何か探しているものがあるんですか」

福家は答えなかった。トランクに片手を置いて、黙考している。

二岡の携帯が鳴った。名乗る前に、石松警部補のだみ声が耳許で轟いた。

「福家はいるかぁ?」

「あ……いま、一緒にいます」

「携帯の電源を入れろと、いつも言ってるだろうが」

「ぼ、僕に言われても困ります。ちょっと待ってくださいね」

福家に呼びかけると、ナンバープレートをチェックしていた福家が、こちらを見た。

「警部補、携帯、持ってます?」

福家はぴょこんと飛び上がった。

「いけない、電源、入れていなかったわ」

慌ててバッグに手を突っこむが、その動きはすぐに止まった。「待って。たしかに入れた記憶がある。電源は入っているはずよ」

「石松警部補が、連絡取れないって怒ってますけど」

「そんなことはないと思うけれど……あっ！」

「どうしました？」

「自宅に忘れてきたみたい。電源は間違いなく入れたのよ」

「それじゃあ、同じですよ。とにかく、これ」

二岡は携帯を福家に渡した。

「ありがとう……えっと」

ぎこちない手つきで携帯を耳に当てる。「福家です。すみません。またやってしまいました」

真っ赤になって怒る石松の顔が、目に浮かぶようだった。

「はい。え⁉」

福家の顔が輝いた。

「判りました。すぐ行きます」

福家は通話を終えると、

「二岡君、この先にある警察署まで連れていってくれる？　車の窃盗に関わった男が任意同行されたの。ちょっとした収穫があったらしいわ」

「諒解です」

二岡の車は、埠頭の入口に駐めてある。

「あの、警部補」

歩きだした福家を呼び止める。

「僕の携帯、返してくださいい。いま、バッグに入れましたよね」

十一

立入禁止と書かれた巨大な看板が、柵で囲われた更地の真ん中に立っている。

菅原は看板の前で、やり場のない怒りを何とか抑えこんでいた。

次郎を片づけ、最悪の事態だけは防いだものの、状況は悪くなる一方であった。元構成員十三人のうち、退職を求められた者は四人、自宅待機を命じられた者は六人にのぼる。組解散後、やっとのことで見つけた就職先は、ほぼ全滅だった。

若い者たちは既に自棄《やけ》を起こしており、いつ爆発してもおかしくない。

すべて元の木阿弥《もくあみ》だ。次郎の一件が表沙汰になれば、多少の波風が立つのは当然だった。何人かがクビになることも覚悟していた。だが、これほどとは……。

自分たちが周囲からどう見られているか、いかに畏怖され嫌われているかを、改めて思い知った。

それでも菅原は引くわけにいかなかった。ツテを求め、全員が再就職できる道を模索した。

ふと気づくと、ここに来ていた。

かつて事務所があった場所だ。三階建てのビルで、右隣は雀荘、左隣はラーメン屋だった。いまは三棟とも取り壊され、更地になっている。再開発の名目で、マンションの建設が計画されていた。だが、日照権などの問題がこじれ、地元住民の反対運動が起きた。いまも、建設反対を訴える幟《のぼり》が、何本も風にはためいている。

「これじゃあ、何のために事務所を出たのか判りませんなぁ」

しゃがれた声に顔を上げた。

浜田《はまだ》晴彦《はるひこ》が、缶ビールを片手にやってきた。菅原が面倒を見た構成員の中で、最年長の男だ。今年で五十九歳になる。

浜田は感慨深げに更地を見渡した。

「こうなってみると、呆気ないですなぁ」

「同じことを、俺も思っていた」

「俺が組に入ったのは四十年前だ。いまとは何もかも違っていた」

「そのころは、うちも羽振りが良かったんだろうな」

「ええ。事務所には色んなヤツが出入りして、とにかく活気がありましたよ。先代、先々代ともに元気でねぇ」

菅原は浜田を見る。こけた頬に染みが浮かび、開襟シャツにはほつれが見える。ビールを握る右手の指は三本しかなかった。

浜田は照れたように笑みを浮かべる。

「まあ、こんなになってまでご厄介になるのも、お恥ずかしい限りですがね」

「いや、そんなことはない。あんたには、いろいろと世話になった」

「年の劫《こう》ってやつでね。いらねえ知識だけは、持ってますから」

「謝りたいのはこっちの方さ。あれだけ組のために尽くしてくれたのに、家一軒用意できねえ。情けない話だよ」

「気にしないでくださいよ。そんなこと言われたら、罰《ばち》が当たる」

「俺たちはみんな罰当たり者さ。何といっても、元ヤクザだ」

「違えねえ」

浜田は声をあげて笑った。

「それでもねえ、みんな、菅原さんには感謝してるんですよ。着の身着のまま放りだされても、おかしくはなかったんだ。それを、あなたが……」

「先代の頼みだったんだよ」

浜田が真顔に返って、

「菅原さん、そろそろやめにしませんか」

「何だ、いきなり」

「これ以上、俺たちの面倒を見る必要はないってことですよ。いい加減、俺たちのことは忘れて、そろそろ菅原さんも……」

「うるせえ」

浜田の右手をはたいた。ビールの缶が宙を舞い、道端に転がる。中身が白い泡とともに流れ出た。

「余計な心配、しなくていい」

浜田に背を向けて歩きだす。

まっすぐに続く道。その向こうから、既に見慣れたシルエットが近づいてきた。

菅原は足を止める。

「やあ、福家警部補」


「あのう、お取り込み中ではなかったのですか」

福家は言った。彼女の前にはオレンジジュースの入った巨大なコップがある。

道路沿いにある、ハンバーガーショップの一階席だった。狭い店内は、女子高生であふれている。その中で、菅原と福家のコンビはあまりにも異質だった。立ち話はしたくなかったので、手近の店に飛びこんだのだが……。

窓際の二人席で、菅原はコーヒーのカップを引き寄せる。

福家はジュースの入ったコップを見つめ、

「喉が渇いていたので一番大きいのを頼んだのですが、こんなのが来るなんて……」

「そう言いながら、あんた、けっこう飲んでるぜ。もう半分くらいなくなってる」

「あら、そうですか？」

福家はけろっとした顔で答える。

まったく不思議な女だ。何を考えているのか、まるで掴めない。

高校生の声高なお喋りに苛立ちを覚えつつも、菅原は抑揚を抑えた声で言った。

「今日はどんな用件で？」

「菅原さんは、競馬をやりますか」

「まあ多少は」

「金沢さんは、相当、熱心だったようです」

「ヤツのギャンブル好きは昔からだ」

「都内の埠頭で、乗り捨てられた車が見つかりました」

また話題が飛んだ。

「あんたのところは盗難車の捜索までやるのか」

「捜査に必要とあらば、何でもやります」

「あんたの担当は誘拐事件だろう。盗難車は関係ないと思うがね」

「私の担当は、誘拐と殺人です」

「それはそうだが、二人は相討ちで死んでいる。どちらがどちらを殺したかなんて、どうでもいいだろう」

「現場にいたのは、本当に二人だけでしょうか」

そう言って福家はストローでジュースを飲む。「あら、もうなくなったわ」

菅原は、手つかずのコーヒーを脇にどけると、

「それはどういう意味だ」

「私には、死んだ二人が共犯関係にあったとは思えないのです。特に、金沢さんがなぜ誘拐に荷担したのか、そこのところが判りません」

「金沢も、組の解散を快く思っていなかった一人だ。次郎さんと手を組んでもおかしくはないだろう」

「金沢さんは新しい組に入り、商売もそこそこ上手くいっていました。ギャンブルではここ数カ月、つきまくっていたという証言があります。実際、口座には、それなりのお金がありました」

「ヤツは根っからの博打好きだ。ツキがいつまでも続かないことは判っていたはずだよ。まとまった金が欲しくなっても不思議はない」

「そこで、もう一つ引っかかるのです」

福家は人差し指を立てた。

「次郎氏が比奈さんをさらった目的は、本当に身代金だったのでしょうか」

「それ以外の目的があるっていうのか」

「栗山邦孝氏の証言によれば、脅迫電話がかかってきたのは午後三時四十四分。これは通話記

録で確認済みです。邦孝氏は二億円を要求されたと言っています。ただ、その後の動きがどうにも腑に落ちません」

「というと？」

「金策をしていないのです。二億という大金が手許にあったとは思えません。にもかかわらず、銀行に連絡するわけでなし、取引先にかけ合うわけでなし」

菅原は己の迂闊さを呪った。前後の対応も含め、もっと口裏を合わせておくべきだった。

「邦孝さんにきいてみたのかい？」

「明確な返答はいただけませんでした」

「福家さん、ここだけの話にしてもらいたいんだが、栗山の家は代々、組の長としてやってきた。組は解散したが、それなりの影響力は裏の世界に残っている。ある程度の金は、その場で集められるんだよ」

「邦孝氏にもその力があると？」

「本当なら三代目の跡を継いでいたお人だ。一方で、次郎さんの行いは目に余るものがあった。事と次第を打ち明けられれば、力になる組長だっていただろう」

「うーん、いまのところ、そういう動きは摑めていないのですが」

「こっちもプロだ。警察なんぞに……おっと失礼、尻尾を摑ませないくらいの知恵は回る」

「なるほど」

納得したのかしないのか、福家は空になったコップを恨めしそうに見つめている。

「もう一杯飲むかい？」

「え？」

「ジュースだよ。さっきは割り勘だったが、今度は奢ってもいいぜ」

「いえいえ」

福家は大仰な身振りで手を振った。

「そんなことをされては、叱られます」

「容疑者に奢られるのは、立場上まずいってことか」

「容疑者ですか」

「とぼけなさんな。あんた、俺のことを疑ってんだろう」

菅原は腕組みをして言った。

「いままでに色んな刑事を見てきたけど、あんたみたいなタイプは初めてだ」

「私、そんなに変わっているでしょうか」

「人に言われたことないか？　変わってるって」

「よく言われます」

「じゃあ、そういうことだ」

「うーん」

福家も腕を組み、首を傾げる。

菅原は吹きだした。

「あんたを見ていると、飽きないな」

菅原は笑いながら、窓の外を見やった。

本当のことが言えたら、どれほどいいだろうか。何もかも擲《なげう》って、すべてを終わりにしたい。そんな衝動が突き上げてきた。

「菅原さん？」

福家がこちらを覗きこんでいた。「どうかしましたか」

「いや」

一瞬、首をもたげた弱気の虫を抑えこむ。

まだだ。ここで、くじけるわけにはいかない。

菅原は椅子に坐り直す。

「話を戻そうじゃないか。とにかく、一億だろうが二億だろうが、その程度の金なら何とか動かせる。そういう世界なんだ。まあ、調べるのは勝手だが、何も出てこないと思うな」

「おそらく、そうでしょうねぇ……」

福家は、さして残念そうな様子もない。まだ別のカードを持っているわけか。

「疑問が解決したのなら、俺は失礼しようかな」

「実は、もう一つあるのです」

福家はいつもの手帳を開いた。

「競馬の件なのです」

「馬券がどうかしたのか？」

「いえ、券ではなくて、件。まあ、券のことでもあるのですが」

「何？　あんたの言うことは、さっぱり判らん」

福家は慌ててバッグを漁り、証拠品袋を取りだした。ところどころ染みのついた馬券が入っている。

「これは、金沢さんが持っていたものです。一昨日、つまり、亡くなった日のレースでした」

「あいつはギャンブル狂だった。さっきも言っただろう」

「これ、当たり馬券なのですよ」

福家が意味ありげに微笑む。「五万八千円。大穴とは言いませんが、かなりの高配当です」

「金沢のヤツ、いつの間にか腕を上げていたんだな」

「不思議なのは、馬券がこれ一枚しかないことです。この番号を一点買いしたわけではないと思います。残りはどこへ行ったのでしょう」

「何が不思議なものか。ハズレ馬券は捨てたんだろう」

「どこに？」

「どこにだって捨てられる」

福家は証拠品袋を示す。

「これは、一昨日の午後三時十五分に行われた、第十レースの馬券です」

菅原はハッとした。福家が言わんとしていることが、おぼろげながら見えたのだ。

「金沢さんが誘拐事件の共犯だったとしたら、午後三時十五分には、車の中にいたはずです。トランクに比奈ちゃんを押しこみ、あの隠れ家に向かっていた時間です」

「カーラジオがあるだろう」

「誘拐の真っ最中に競馬ですか」

「金沢はそういう男だった」

「となると、やはり残りの馬券が気になります。当たったのか、外れたのかは判りませんが、残りはどこにあるのでしょう」

「途中で捨てたんだろう」

「誘拐の途中に？」

「だから、金沢はそういう男だったとさっきから言っている」

つい声が大きくなった。周囲の高校生たちが、はっとした表情でこちらを見る。

ただでさえ異質な二人だ。あちこちで囁きが交わされ、クスクス笑いも聞こえてきた。

「この店は、失敗だったかな」

だが福家は、周囲の状況も菅原の言葉も無視していた。

「埠頭で車が見つかりました。一昨日の午後三時から四時の間に、都内で盗まれたものです」

「馬券の次は盗難車か」

「深夜、埠頭に乗り捨てられていました。発見時には、タイヤをはじめ、多くの部品が持ち去られていましたが」

「車の部品は、高く売れるらしいからな」

「ええ。その埠頭は走り屋などが集まる場所で、付近では盗難被害が多発していました。車を盗んだ犯人は、証拠湮滅も兼ね、そこに乗り捨てたと思われます」

「その盗難車は、今回の誘拐事件とどう関係するんだ？」

「ホームレスが一人、交番で保護されまして」

「今度はホームレスか！」

「茂木《もぎ》という名前なのですが、元スリでして……」

「そんなことは、どうでもいいだろう。あんたは何の話をしているんだ」

「茂木さんがですね、面白いものを持っていました」

福家はバッグから写真をだす。

いろいろなものが次から次へと出てくる。バッグの中は、いったいどうなっているのだろう。興味を覚え、菅原は首を伸ばす。福家はそれに気づいて、

「どうかなさいました？」

「いや、そのバッグ、中はどうなっているのかと思ってね」

「同僚に怒られてたまに整頓するのですが、いろいろなものが入っていて、びっくりします。この間は、ボールペンが二十六本出てきました。どうしてそんなことになったのか、自分でも判らなくて」

「ボールペンを捜している人が、二十六人いるんだろうよ」

「なるほど」

「納得するところではないと思うが」

菅原は苛立ちも忘れ、笑ってしまった。

「気をつけないとダメですねぇ」

「それで、面白いものというのは？」

「ですから、ボールペンです」

「違うだろう」

「あっ、これでした」

福家が示したのは、ピンクの紙袋を撮った写真だった。

「茂木さんがこの袋を所持していたのです。警察官による職務質問の結果、埠頭に駐まっていた車の中から盗んだことを認めました」

上野にあるデパートの紙袋だった。ピンク地に金文字でブランド名がプリントされている。

菅原はその袋に覚えがあった。金沢が盗んだ車の助手席に置いてあったものだ。車を乗り捨てる前、金沢の痕跡は慎重に消したが、紙袋はそのままにした。走り屋のハイエナどもが持ち去ると思ったからだ。

「この袋の中にありました」

福家はもう一枚の写真を示した。くしゃくしゃになった馬券が数枚写っている。

「ハズレ馬券です。一昨日の第一レースから第十二レースまで。うち、第十レースだけが抜けています」

菅原が車に乗りこんだとき、ヤツはラジオで競馬中継を聴いていた。馬券が当たったことはおくびにも出さず、ハズレ馬券は手近の袋に突っこんだというわけか。

福家は写真をしまいながら、言う。

「埠頭に駐まっていた車には、金沢さんが乗っていた可能性があるのです」

「車が盗まれたのは、午後三時から四時の間と言っていたな」

「盗んだのが金沢さんだとすれば、誘拐事件の見方そのものが変わってきます。比奈さんが襲われたのは午後二時半。そこから、あの廃屋まで一時間。脅迫電話が午後三時四十四分。一方で、共犯と思われる男は三時過ぎに車を盗み、車内で競馬中継を聴いていたことになります」

菅原は沈黙を守った。下手なことは言わない方がいいと思ったからだ。

福家はぐいと顔を近づけ、

「やはり、金沢さんが栗山次郎と共犯関係にあったとは考えられません」

「だが、金沢は次郎さんのアジトにいたわけだろう。そして、相討ちになった。事実はそうなんだから……」

「金沢さんはどうやって、あの廃屋まで行ったのでしょうか」

「次郎の車で行ったんだろう」

「埠頭の車はどうなります？　車が乗り捨てられた時間は判りませんが、金沢さんが廃屋へ行く前に乗り捨てたとしたら――」

「なあ、ちょっと待ってくれ。話を進めるのは勝手だが、その車を金沢が盗んだと決めつけるのは早計じゃないか。車と金沢を結びつけるのは、馬券だけだろう。車を盗んだ別の人間が、同じ馬券を持っていた可能性だってある。馬券は何千枚も売れているんだ。馬券から金沢の指紋が見つかったのか？」

福家は肩を落とす。

「残念ながら、鮮明な指紋は採取できませんでした」

「他の物証はあるのかい？」

「いいえ」

「それじゃあ、話にならんだろう」

菅原は坐り直した。

「あんたは、あの二人の死に疑問を持っている。相討ち説にも納得していない」

「ええ。腑に落ちない点が多すぎます」

「そこまで言うのなら説明してもらおう。あの現場で一体、何があったというんだ？」

福家はまた、人差し指をぴんと立てた。

「もう一人いたのです」

「……つまり、三人目がいたと？」

「はい。その人物が、二人を殺害したのです。相討ちに見えたのは、偽装です」

「そんな無茶な」

「金沢さんは犯人に仕立て上げられただけです。誘拐は、栗山次郎単独の犯行でしょう」

「簡単に言うが、金沢は筋金入りのヤクザだ。あいつが簡単に騙されるとは思わんね」

「金沢さんにだって、頭の上がらない人がいたはずです。そして、栗山次郎にも」

「例の上着の件か？」

「はい。どうしても引っかかります。彼がなぜ、上着を着ていたのか」

「次郎さんが一目置いていて、なおかつ、金沢を思い通りに動かせる人物」

福家は菅原を見つめた。

菅原はその目を見返して、

「だが、動機は何だ。あの二人を殺す動機は」

「人質となった栗山比奈さんを助けるため」

「本気で言ってるのか？」

「凶悪な誘拐犯から、少女を助けだす。動機になりませんか」

「そんなことができるのは、親くらいのものだ。あんた、まさか邦孝さんを疑っているのか」

「いいえ。邦孝氏にはアリバイがあります。身代金の件については納得できませんが」

「それは、さっき説明したじゃないか」

「邦孝氏から、もう一度、話を聞こうと思っています」

菅原は肩を竦め、背もたれに体を預けた。

「好きにすればいい」

「会ってくれるといいのですが……」

「比奈ちゃんに付き添っているんだろう」

「はい、そう聞いています」

「一人娘だしな。あいつのためなら死ねるっていうのが口癖だ」

福家は腰を上げた。

「お時間を取らせてしまって、申し訳ありませんでした」

菅原も合わせて立ち上がる。

「なあ、福家さん、あんたが今回の事件について、何を考えようと知ったことじゃない。だが、少しは比奈ちゃんや邦孝さんのことも考えてやってくれ」

いつものように、福家は素直にうなずくものと思っていた。

だが、答えはない。福家はやや険しい顔で、こちらを見上げるだけだった。

「福家さん？」

「それについては、お約束できません」

「犯人逮捕のためなら、何でもするってことか」

「はい」

頭に血が上った。怒声が口を衝《つ》きかけたが、熱い想いは一瞬にして冷め、菅原の意識は虚しい現実に立ち返った。

「あんたのやってることは、ヤクザと変わらないじゃないか」

福家に動揺は見られない。小さくうなずくと、答えた。

「刑事の仕事なんて、そんなものかもしれません」

「結局、あんたも志茂と同じだな」

「私は現実を見ているだけです」

福家は眼鏡の奥の目を細め、言った。

「二人を殺した動機、窓辺に置かれたランタン。すべては、犯人の優しさだと思うのです」

「何だって？」

「犯人は、とても優しい人間だと思うのです」

菅原は動きを封じられた。福家の顔から、目を離すことができない。

福家は続けて言った。

「あなたのように」

十二

パチンコ屋を出た檜原剛《ひのはらごう》は、ゆっくりとした足取りで駅前の商店街を歩いていった。身長一メートル九十二、髪を金色に染めた檜原を見ると、道行く人は素早く道を空ける。

そうした反応に喜びを覚えたときもあったが、近ごろはもう何も感じない。

飯森組に入って十三年目、今年で四十の大台に乗った。組の中では兄貴だの頭《かしら》だのと呼ばれ、実質ナンバースリーの地位にいる。駅前一帯の繁華街に睨みを利かせているのは檜原だし、揉め事があれば、いの一番に駆けつけるのが檜原だった。

組事務所に手入れがあったとの情報には驚かされたが、警察はめぼしい収穫もなく引き揚げたらしい。常日頃の備えがあれば、足をすくわれることもない。

物足りない思いを抱えつつ、駅前通りをさらに進む。右側に行きつけのスナックがあった。ゴミを捨てていた若い男が、こちらを見て頭を下げた。

檜原は無視する。

物足りなさは虚しさへと姿を変え、檜原を苛立たせた。虚しさの原因は判っていた。栗山組がなくなったせいだ。

もう、この界隈で飯森組に楯突くヤツはいない。檜原が歩けば、自然と道ができていく。

つまらねえ。

傲然と立ち塞がるヤツらが懐かしかった。名前は忘れてしまったが。

覚えているのは一人だけだ。菅原巽。檜原が心底、恐ろしいと思った数少ない男の一人だ。どれだけこちらが優勢であっても、菅原が現れた瞬間、場の空気が変わる。ヤツのひと睨みで、若い者は腰が引けてしまう。

あんな風になりてえもんだ。

口にこそださないが、檜原は常々そう思ってきた。ヤクザとして、しっかりした形でケリをつけたかった。

それが――まさか、解散しちまうとはよ。

前方に人影が見えた。檜原の行く手を塞ぐ恰好で立っている。

檜原は目を細めた。視力の低下で、最近は数メートル先がよく見えない。仲間からは眼鏡やコンタクトを勧められるが、眼鏡なんぞしていては相手に舐められる。コンタクトは……少し怖い。目玉に異物を入れるなんて、考えただけで背筋が寒くなる。

ぼんやりとした人影が、徐々に形を結び始めた。どうやら、小柄な女のようだ。

俺の行く手に立ちはだかるとは、いい度胸だ。女だろうと子供だろうと、容赦はしねえ。

「邪魔……」

怒鳴ろうとした瞬間、焦点が合った。

「ふ、福家さん！」

反射的に腰を折り、深々と礼をしていた。「ごぶさたしております」

「こちらこそ」

檜原は頭を下げ続ける。直れと言われるまで姿勢を変えないのが、礼儀というものだ。

だが、期待している声は一向にかからない。腰がきつくなってきた。

上目遣いに前を見ると、福家はその場にいなかった。こちらに背を向けて、歩き始めている。

「ちょっと、福家さん！　黙って行くことはないでしょう」

福家はきょとんとした顔で、こちらを見返す。その表情で、檜原は「礼儀」の説明をあきらめた。

「かなわねえな、福家さんには」

「あら、どうして？　そういえば、私の顔を見たとき、あなた何か言いかけたわね。ジャマとか何とか」

「いえ、こっちのことです。気にせんでください。で、今日は何の用です？」

福家はすぐには答えず、歩き続ける。

いつもこうだ。人に聞かれたくない話は、歩きながら。それが彼女の流儀らしい。檜原は黙って従うことにした。

一方通行の路地に入ったところで、福家は口を開いた。

「栗山次郎の件、聞いているわよね」

「そりゃあ、もちろん」

「飯森組の中はどう？」

「変わりはありませんや。栗山組はとっくに解散してますから」

福家は足を止め、横目で檜原を見る。

「社交辞令を聞きに来たわけじゃないの」

「い、いや、別に、そんなつもりは……」

檜原は動揺をごまかすため、大きく咳払いをする。

「何か動きがあったでしょう？」

福家は歩き始める。

「それほど大げさなものじゃないんですよ。ただ、栗山のヤツらの動きがね、急に激しくなったらしくって」

「監視していたのかしら。元栗山組の構成員を」

「そりゃあ、ガチでやり合った仲ですから。解散したからって、油断するわけにゃいかねえです」

「でも、あなたの組も決して楽ではない。監視に人手を割いてはいられないはず」

檜原の胃の辺りがむずむずし始めた。自分がひどく微妙な立場にいると、判ってきたからだ。

「あの、福家さん……」

「情報提供者がいるのかしら。例えば組対の巡査部長とか」

「勘弁してくださいよ。いくら福家さんでも、そこまで白状させるのは酷ってもんですぜ」

福家はにこりと笑う。

「この件であなたに迷惑はかけないわ。それより、栗山組にどんな動きがあったか聞かせて」

二人は十字路を右に曲がる。人通りのほとんどない、閑静な住宅街だ。

檜原は観念した。

「一昨日の午後だったかな、栗山のヤツらが急に動きだしたって連絡がありました。雰囲気が普通じゃないって」

「それで、あなたがたは？」

「念のため、若いのに招集をかけました。盛り場を中心に守りを固めて、万一のときは……」

「返り討ちに？」

「まあ、そういう心構えでいないと……」

「結局、何も起こらなかったのよね」

「ええ。夜になると、嘘みたいに静かになりましてね。出入りがあるなら夜だと思ってたのに、完全な肩すかしですよ。みんなで店に繰りだして、酒飲んで寝ちまいました」

「そう。そういうこと」

福家は初めて、満足そうな表情を見せた。

それに勢いを得て、檜原はきいてみた。

「例の件、何かあるんですか。誘拐絡みの同士討ちって話ですけど」

「そんなことをきいて、どうするつもり？」

福家の目が眼鏡の奥で光っていた。

「いえ、別に、何でもないです」

十字路を右に曲がり、元の通りに戻ってきた。

「いろいろありがとう。助かったわ」

檜原は背筋を伸ばす。背中に汗をかいていた。

「福家さんのためなら、これくらい」

「そんなに恩義を感じることはないのに」

「福家さんがいなければ、俺はあのとき死んでいました。あなたは命の恩人です」

「大げさね」

「あれは地獄でした。いまでも夢に見ます」

「そうだったかしら」

「福家さんがいなかったら、あと何人死んでいたか。ホント、感謝しています」

「昔のことだから。あ、そろそろ行かなくては」

「お送りしましょうか」

「いいわ。立場上、あなたにお金を借りるわけにもいかないし」

「は?」

「いえ、こちらのこと」

「俺にできることがあれば、いつでも言ってください」

「うーん、借りは作りたくないわね」

そう言い残し、福家はすたすたと歩いていった。

小さな背中を見ながら、檜原は大きく息をついた。

こんなに緊張したのは、久しぶりだ。

十三

栗山邦孝は、手の震えを抑えきれずにいた。あまりの怒りで、自分を制御できない。叫びながら、ひと暴れしたかった。

だが――。

戸口に立つ、禿頭の刑事に目をやった。警視庁から来た須藤とかいう警部補だ。邦孝が病院に来て以来、つかず離れず監視している。

年齢は邦孝より一回りは上だろう。背は頭一つ分低い。その気になれば一発で倒せる。

そう思っていた。先ほどまでは。

比奈の病室に鑑識が来たのは、一時間ほど前だ。調べたいことがあるという。

部屋にいた邦孝は、当然、抗議した。だが、リーダーと思しき若い男は、令状を示し、主治医の許可も得ていると主張した。邦孝の抗議は封じられ、廊下へ追いやられた。

弁護士に連絡することも忘れ、邦孝はなおも抗議を続けようとした。

それを押し止《とど》めたのが須藤である。病室のドアの前で仁王立ちとなった。押しのけようとしたが、びくともしない。

思い余って拳を振り上げると、足を払われ、利き腕を見事にねじり上げられていた。

結局、何をすることもできず、一階にある「医療相談室」に放りこまれた。

それから一時間。須藤は無言で戸口に立っている。

「いったいどういうつもりだ」

無駄とは知りつつ、邦孝は須藤に嚙みついた。

「比奈には安静が必要だ。ショックを受けているんだよ。そんなときに、何の検査だ」

「申し訳ないが、私からは何も言えない」

「さっきからそればっかりじゃないか。なら、話のできる人間を連れてこい。絶対に許さないぞ。訴えてやるからな」

「もうすぐ責任者が来る。それまで黙っていろ」

「責任者って、あのちっこい女だろ。あんなヤツに、捜査なんてできるわけがない」

「人を見かけで判断するな。おまえもいっぱしの経営者だろう。その辺はよく判っているんじゃないのか」

「うるせえ」

怒鳴ってはみたものの、刑事の言うことにも一理あった。もう少し、冷静になるべきだ。

それでも、腹の奥底から湧いてくる怒りは抑えようがない。

ドアがノックされた。須藤が開けると、例の女が飛びこんできた。

「遅くなってごめんなさい」

「おまえ！」

一歩踏みだした邦孝の前に、再び須藤が立ち塞がる。

かなわない相手であることは判っていた。

それでも……。拳を固めたとき、女刑事の鈴のような声が響いた。

「無理を言って申し訳ありませんでした。すべて終わりましたので、病室に戻っていただいてけっこうです」

「けっこうです……だと？」

拳を緩め、須藤の背後にいる福家を見下ろした。

「比奈に何をした？　いくら何でも、横暴じゃないか」

「本当に申し訳ありません。ただ、犯人逮捕のためには、これしかなかったのです」

「犯人？　どういうことだ、犯人の二人は相討ちで……」

「細かいことは後日、お話しします。ただ、現場にはもう一人いて、その人が犯人である可能性が高いのです」

邦孝は戸惑った。いままで聞いていた話とは、あまりに違いすぎる。

「その、犯人というのは……」

「大体の目星はついています。あとは証拠だけです」

「誰なんだ、犯人は」

「すぐに判ると思います」

福家の携帯が鳴った。

「あら二岡君。全部終わった？　結果は？」

携帯を持つ福家の顔が、わずかに綻んだ。

「そう。これで決まりね」

携帯をバッグに戻すと、福家は真顔に返って言った。

「目撃者が見つかりました。これから面通しを行います」


菅原は予感めいたものを覚えながら、エレベーターを降りた。

ナースステーションの前に、思い詰めた表情の邦孝が立っていた。こちらを見ると、ホッとした様子で近づいてきた。

「菅原、あの刑事が……」

「落ち着いて。何があったんです？」

「比奈の病室に鑑識が来た。何か調べていったらしい」

「比奈ちゃんを？　いったいなぜ？」

「それが判らないんだ」

比奈の部屋は廊下の中ほどだ。ドアの前には制服警官が立っている。

「で、福家はどこに？」

「判らない。ここで待てと言われただけで……。だが菅原、おまえこそ、どうしてここに？」

「福家に呼びだされたんですよ。すぐ病院に来いって」

「何を考えてるんだ、あの女」

比奈に関することとなると、邦孝は制御不能になる。栗山次郎が比奈の誘拐を告げたときも、こうだったのだろう。頭に血が上り、冷静な判断ができなくなった――。

「とにかく、私から話をしてみましょう」

そう言ったとき、福家の声がした。

「あぁ、すみません」

ナースステーションの隣にある部屋から、姿を見せる。医師と患者の家族が話をするための小部屋だ。

いきりたつ邦孝を抑え、菅原は前に出た。

「福家さん、これはどういうことだ。説明してもらおうじゃないか」

「お呼びたてして申し訳ありません。実は、事件に大きな進展があったものですから」

「説明になっていないな」

菅原はさらに一歩、福家に近づいた。

「比奈ちゃんに何をした？　勝手なことをすると、俺が黙っちゃいないぞ」

「本当に申し訳ありませんでした。検査はすべて終わりました」

「いったい、何の検査をしたんだ？」

「血液反応を確認していました」

「血液……反応？」

「比奈さんの体に血液が付着していないか、再度確認したのです」

「比奈ちゃんは無傷だったんだろう？」

「調べたのは、目に見える血液だけではないのです。血液というのは、たとえ拭き取っても痕跡が残ります」

「それくらいは俺でも知っている。ルミノールを使うんだろう？」

「その確認作業をさせてもらいました」

「何のために？」

「それは、これから説明します」

福家は、先ほど自分が出てきた小部屋を示した。

菅原は邦孝を伴い、中に入る。会議用のテーブルが二つ、向かい合わせに置いてあった。折り畳み椅子が三脚ずつ。大きな窓があるが、ブラインドに遮られて室内は薄暗い。

邦孝は向かって右側手前の椅子に、菅原はその隣に腰を下ろした。福家は菅原の向かいに坐る。

「なあ、福家さん」

菅原は言った。交渉事では、自分から口火を切ることが重要だ。相手のペースに乗せられたら、負ける。

「一つ確認しておきたい。あんたは何の捜査をしているんだ」

福家の答えには淀みがなかった。

「殺人です」

「次郎さんと金沢は仲間割れして死んだ。それで捜査は終わりだろう」

「いいえ、犯人は死んでいません。現場には、もう一人いたのです」

「まだ、そんなことを言っているのか」

「比奈さんの誘拐は、栗山次郎の単独犯行。金沢さんは共犯の濡れ衣を着せられただけと考えています」

「だが二人は相討ちで……」

「それが偽装なのです。犯人は次郎と金沢さんを殺害、相討ちに見せかけたのです」

「おいっ」

邦孝が拳でテーブルを叩いた。

菅原は耳許で囁く。

「落ち着いて。警察相手に面倒事はいけません」

「挑発してるのは、あっちだろうが！」

「ここは私に任せてください。頼みます」

邦孝は充血した目をこちらに向けた。菅原がうなずくのを見て、ようやく肩の力を抜く。

菅原は福家に向き直る。

「あんたが何をほざこうと勝手だ。殺人だと思うなら、好きなだけ捜査するがいいさ。だが、あれが殺人だったとして、誰がやったっていうんだ」

「それをこれから、確認しようと思っています」

「犯人の目星はついているということか」

「そう取っていただいてけっこうです」

邦孝が、菅原の肩を叩いた。

「いったい何の話をしているんだ?」

「この刑事さんは、私を疑っているんですよ。あの二人が相討ちで死んだのは偽装で、それを仕組んだのが私だと」

「そんなバカな」

邦孝は身を乗りだす。「なあ刑事さん、あんた本気でそんなことを考えているのか?」

福家は答えない。

「まさか、菅原もぐるだと言うつもりか? こいつが誘拐の片棒を担いだって……」

「そこまで言うつもりはありません」

「菅原を疑うのはお門違いだ。そもそも、こいつはもう足を洗った人間だぞ」

「だからこそです。足を洗ったからこそ、菅原さんは行動した」

邦孝は肩を竦める。

「話にならん」

「邦孝さん、あなたは、次郎が電話で二億円を要求したと言いましたね。それは本当ですか」

白を切るには、邦孝は熱くなりすぎていた。

「ああ、そうだ」

「それをあなたは、お受けになった」

「娘を人質に取られたんだ、仕方ないだろう」

「二億円は大金ですよ。簡単に集められるのですか」

「簡単ではないが、何とかなる金額だと思った」

「金策は、具体的にどのように？　確認したところ、銀行には連絡されていないようですが」

「いや、それは……」

口ごもり、ちらりと菅原を見る。

最悪の反応だった。堅気としてどれだけ実績があろうと、こういう場では通用しない。福家の方が一枚も二枚も上手だ。

「なあ、福家さん」

菅原は割りこんだ。「身代金のことは、この際どうでもいいだろう。現実に誘拐は起こったんだ」

「ええ、たしかにそうですね」

意外にも福家は、誘いに乗ってきた。

「あんたが俺を疑っているのは判った。別に構やしない。こういう目に遭うのは慣れっこなんでね。だが、人を疑う限りは、それなりの根拠がなくちゃならねえ」

菅原は平手でテーブルを叩いた。

「証拠はあんのかい？」

「目撃者がいます」

菅原は口をつぐんだまま、福家を睨みつけた。相手は、こちらがミスをするのを待っている。ひと言でも下手を売れば、そこから攻めこまれてしまう。

菅原は、ひと呼吸置いてから言った。

「そんな人間がいるのなら、会わせてもらいたいものだな」

福家は静かに言った。

「これから会っていただきます」

「面白い。呼んでもらおうじゃないか。で、目撃者というのは誰なんだい？」

「比奈さんです」

そんなバカな。心の内でつぶやいた。

あのとき、たしかに比奈は現場にいた。だが、目や耳はガムテープで塞がれていたはずだ。胃が縮み上がり、背中にはじわりと冷たい汗がしみ出ていた。

それでも、何とか持ちこたえる。追い詰められ、どうにもならなくなったとき、最後に頼るべきは、虚勢だ。ヤクザの度量は虚勢の張り方で測られる。

「比奈ちゃんがそう言っているのかい？」

「いいえ、正式な証言が得られたわけではありません。何しろ、主治医の許可が下りないものですから。ただ、先ほど鑑識の結果が出まして、比奈さんが犯人を目撃した確信を得ました」

もはや、邦孝の存在など頭から消えていた。菅原の目に映るのは、小柄で華奢《きゃしゃ》な女刑事の姿だけだった。

「比奈ちゃんは監禁中、目隠しをされていたそうだ。そんな状態で、何を目撃するっていうんだ」

福家は淡々と答えた。

「比奈さんが発見されたとき、彼女は一階にいました。血みどろの現場の真ん中に立っていたそうです」

菅原は顔を顰《しか》めてみせる。

「目隠しがあってよかった」

「それがそうとも言い切れないのです」

「というと？」

「鑑識に、比奈さんの足を調べてもらいました。傷の有無や血液反応などを」

「目立った外傷はないと聞いているが」

「はい。ガムテープを貼られていた皮膚に若干の炎症が認められますが、それ以外に外傷はありません。問題は血液反応です。彼女の足には、血がまったくついていませんでした」

「外傷がないんだ。反応がなくて当然だろう」

「でも、彼女は現場の真ん中にいたのですよ」

福家が人差し指を立てた。

「現場はまさに血の海でした。床には血だまりができ、奥の壁にまで血しぶきが飛んでいました。そんな中を、目隠しされたまま歩いたのです。どうして、ただの一度も血だまりを踏まなかったのでしょう。壁に手をついたり、遺体につまずいたりしなかったのでしょうか」

足払いをかけられた気分だった。倒れていくのが判るのに、体を支えることができない。

福家は、こちらの反応をうかがっている。虚勢が崩れつつあった。

「……比奈ちゃんが血だまりを避けたということか」

「はい。彼女には見えていたのです。ガムテープで覆われていたとはいえ、粘着性は次第に失われていきます。一見、目隠しをされているようでも、実は見えていた。そういう状況にあったのだと思います」

菅原は比奈と向き合った瞬間を思い返していた。

あのとき、血まみれで立つ俺を見ていたのか？

横に坐る邦孝は、狼狽していた。

「どういうことだ？　菅原、おまえ……」

「邦孝さん、少し黙っていてください」

邦孝に、こんな口を利いたのは初めてだった。なおも口を開こうとする邦孝を封じるため、菅原は福家に向かって言った。

「比奈ちゃんの目が見えていたとしても、犯人を目撃したとは限らないだろう？」

「最初に病院で比奈さんの服を見たとき、袖口の血痕に気づきました。検査の結果、金沢さんのものと判明しています。頸動脈が切断されたため、血は広範囲に飛び散っていました。飛沫の形などから見て、比奈さんの袖についていた血は、階段の真ん中辺りでついたと思われます。つまり、金沢さんが殺害されたとき、彼女は階段にいたわけです」

いよいよ、観念するしかないようだった。福家は、菅原の言葉をじっと待っている。

ここで折れるべきなのだろう。それは判っていた。だが、菅原にはしなければならないことがある。組からも、社会からも放りだされた男が十三人。その行く末を何とかするまでは、捕まるわけにはいかないのだ。

無様であっても、あがけるだけあがくしかない。

菅原の沈黙を、福家は答えと受け取ったようだ。悲しげに肩を落とし、ゆっくりと立ち上がる。ドアを薄く開き、廊下の方に合図をした。

すぐにドアが大きく開かれ、車椅子に乗った比奈が入ってきた。椅子を押しているのは須藤刑事だ。

比奈は顔色が悪く、頬もこけていた。

「比奈……」

邦孝が腰を上げた。

「栗山さん、少しの間ご辛抱を。すぐに済みますから」

福家の口調は穏やかだが、有無を言わせぬ迫力があった。福家は車椅子の脇にしゃがみ、比奈に語りかけた。

「あの日、あの建物で、あなたは犯人を見たわね。この部屋の中に、その人がいるかしら。もしいたら、指さしてくれない？」

比奈の視線が、菅原の顔で止まった。潤んだ目が、鋭い光を放ちながら、こちらを見ている。

菅原の気力は半ば崩壊していた。

これは福家の計略だ。彼女は俺の性格を見抜いている。比奈を使って、俺の口を割らせようとしているのだ。

もう耐えられそうもなかった。

「なあ、福家さん」

そう言いかけたとき、少女が首を左右に振った。

その場の空気が凍りついた。

邦孝が言った。

「どういうことだ、比奈。おまえは犯人を見たんじゃないのか？」

少女はもう一度、首を振る。

「何も、見なかったんだな？」

今度は、首を縦に振った。そして、泣き始めた。

十四

いまだ死臭の漂う建物の中で、二岡は歩き回る福家を見つめていた。

立入禁止を告げる黄色いテープは張られたままで、床の血だまりも生々しい痕跡を留めている。外は薄曇りで、雲間に覗く日の光が、か細い筋となって窓から射しこみ始めた。

福家は階段の中ほどに立ち、一階の広間を見下ろしている。

かける言葉もなく、二岡はただ立っていた。

今朝、出勤するなり、福家から車をだすように頼まれた。

病院での一件以来、捜査本部はひっくり返るような騒ぎとなった。

栗山邦孝は警察を訴えると怒鳴り散らし、比奈の主治医は警察の横暴をなじった。

福家は捜査一課長や管理官たちから説明を求められ、桜田門に呼び戻された。唯一の救いは、当の菅原が何ら騒ぐことなく病院を後にしたことであった。

警部補、ゆうべも徹夜だったんだろうなぁ。

階段を上ったり下りたりしている福家を見つめながら、二岡はため息をつく。

階段を下りきったところで、福家が足を止める。視線は手すりに向いている。

「二岡君、この手すりは調べたのよね」

「はい」

「栗山次郎と、比奈さんの指紋が検出されたのよね」

「はい」

「ここに小さな傷があるけれど……」

「検証済みです。比較的新しい傷でした。ただ、詳細は不明です。申し訳ありません」

「あなたが謝ることはないわ。うーん」

福家は手すりを離れ、広間の真ん中に進み出た。腰に手を当てて、左右に首を傾ける。首の凝りをほぐしているようなポーズだった。

「これから、どうするんです？」

二岡が言うと、福家はきょとんとした顔で振り返った。

「どうするって？」

「捜査ですよ」

「別にどうもしないわ。犯人は判っているわけだし」

「菅原巽ですか？」

「ええ」

「もう一度、比奈ちゃんに話をきいてみたらどうでしょう。何か、思いだすことが……」

「無駄だと思う。彼女は何も話さない」

「どうして判るんです？」

「かばっているのよ、自分を助けてくれた人を」

「まさか、そんな……」

「彼女は当てにできない。方針を変えるしかないわね」

「待ってください。それなら、なおさら彼女から話を聞くべきです。正式に取り調べを……」

福家はさっと右手を上げる。

「これ以上、彼女に負担をかけたくないわ。それに、頼んでも許可されないでしょう」

福家の言うことは当たっている。父親である邦孝が許さないだろうし、それ以上に心配なのは上層部の動きだ。これだけの騒ぎになったのだ、福家が担当を外される可能性もある。

だが、当の福家は、いつものペースを崩していない。うーんと低く唸りながら、頭の後ろを掻いている。髪は乱れ、眼鏡は斜めになっていた。

「犯人は玄関から堂々と入ってきた。どこでドスを抜いたのか……」

福家はドアの前に立ち、鞘を抜き払う仕種をする。

「違うわね。鞘があったのは広間の中ほどだし」

日の光が入って、室内はかなり明るかった。福家は広間の真ん中に戻ると、しゃがみこんで床に手を置いた。

「足跡が乱れている。二人は正面から向き合った。犯人がドスを抜き、次郎は応戦する……」

福家はしゃがんだまま、動かなくなった。

二岡は一歩進み出て、きいた。

「どうかしました?」

「ドスの鞘は調べてくれた?」

「はい。血だまりに落ちていたので、多くの物証が失われてしまいましたが」

「そう……」

「ちょっと気になったのは、ドスは新品同然なのに鞘に多くの傷があったことです」

福家は立ち上がる。

「もう一度、調べてくれる?」

「もちろんです」

二岡の携帯が鳴った。応援組の須藤からだ。

「福家の居場所を知っているか?」

「僕と一緒ですが。現場になった建物にいます」

派手な舌打ちが聞こえた。

「どうかしたんですか」

「大至急戻るよう、伝えてくれ。犯人が自首してきた」

「へ? 犯人ってどの犯人です?」

「バカ野郎。栗山次郎と金沢を殺した犯人だよ」

十五

池袋東警察署の取調室で、石松は途方に暮れていた。

机を挟んで坐るのは、浜田晴彦と名乗る男だ。髪は灰色になり、染みだらけの顔には深い皺が刻まれていた。ぴんと背筋を伸ばして椅子に坐り、微動だにしない。頑固そうな目が、じっと正面の壁を見つめていた。

石松は人差し指で机を叩いた。

「もう一度きく。あんた、何をやったんだ」

「栗山次郎と手下の金沢を殺した」

署の受付に出頭した浜田は、刑事たちの質問にも淀みなく答えたという。殺害の時間、場所、凶器。要請を受けて駆けつけた石松に対しても、浜田は素直に供述を繰り返した。

まいったね、こりゃ。

昨日、容疑者の面通しが行われたことは、石松も聞いていた。それが不発に終わったことも。

ドアが開き、福家が顔を覗かせた。石松は立ち上がり、彼女を招き入れる。

「遅かったな」

「すみません、ご面倒をおかけして」

「まったく、非番だったのに、急な呼びだしだ」

福家は浜田の前に坐った。

「二人を殺したの？」

「ああ」

「なぜ？」

「決まってんだろう。比奈ちゃんをさらうなんて、とんでもないことしやがったから……」

「誘拐のこと、どうやって知ったのかしら。邦孝さんから聞いたの？」

「そんな必要ねえ。足を洗ったって俺たちには横の繋がりがある。情報はすぐに入ってくる」

「隠れ家はどうやって知ったのかしら」

「次郎のバカが使う場所といったら、あそこしかねえ。誰にでも判る」

「あなたは一人で乗りこんだのね」

「そうさ」

「現場まではどうやって行ったの？」

「車を盗んだ」

「二人を刺した状況を教えて」

「あんまりよく覚えちゃいねえ。乗りこんでいって、叩き殺した。それだけさ」

「凶器はどこで手に入れたの？」

「ドスの一本くらい、持ってるさ」

「犯行を終えた後は、どうしたのかしら」

「盗んだ車に乗って、都内に戻った」

「着替えは？」

「前もって用意しておいた。車の中で着替えたんだ」

「あなたが押し入ったとき……」

「なあ」

浜田が拳で机を叩いた。

「細かいことはどうでもいいだろう。俺がやったって言ってんだから」

「そうはいかないわ。新聞やテレビを見ていれば、大体の状況は判る。細かい点について、きっちり供述してくれないと」

浜田は舌打ちをして、横を向いてしまった。

福家は相手の顔を覗きこむようにして言う。

「こんなことをしても無駄よ。あなたにも判っているでしょう」

浜田の目に凶暴な光が宿る。石松は思わず身構えた。この男には山のような前科がある。暴行傷害で二度、逮捕、起訴されており、十年以上刑務所に入っていた。胆の据わり方は半端ではない。

「あんたこそ、やばいんじゃないのか。昨日の件、聞いてるぜ。菅原さんを疑うなんて、とんでもないこった」

福家は平然として言い放つ。

「このままお帰りいただこうかしら。それとも、一晩泊まっていく?」

「俺がやったって言ってんだろうが」

勢いよく立ち上がったため、椅子が音をたてて後ろに倒れた。

福家に詰め寄ろうとする浜田を、石松は押さえこんだ。

「大人しくしろ!」

「兄貴はやっちゃいない。俺がやったんだ。俺を逮捕しろ!」

右腕をねじ上げられ、床に膝をついてなお、浜田は叫び続ける。その気迫には、石松もたじろいだ。

一方、福家はどこからともなく取りだした書類を、浜田に示す。

「あなた、先月まで工事現場で働いていたでしょう。そのとき、足場から落ちて肩を怪我したわね。これはそのときの診断書。利き腕の右手に力が入らないとある。そんな手で、どうやって二人も殺せるというの?」

浜田の全身から力が抜けていった。石松が腕を緩めると、そのまま床に崩れ落ちた。

福家は書類を机に置くと、取調室を出ていこうとする。その背中に向かって、浜田は叫んだ。

「こんな腕になったら、もう現場では働けない。みんなのお荷物になるばかりなんだよ。これ以上、迷惑はかけられねえ。なあ、頼むよ、俺を捕まえてくれ」

「お引き取りいただいてください」

福家は振り返ることもなく、廊下に出ていった。

十六

久しぶりに飲むバーボンは、ひどく苦かった。

銀座にある雑居ビルの七階。カウンターだけの小さな店だ。小柄なバーテンダーが、リズミカルな動きで氷を作っている。

一口飲んだだけのグラスを脇にどけ、菅原は両腕に顔をうずめた。

バーテンダーは何も言ってこない。

そういうところが好きだ。

この店に来るようになって十年以上、菅原にとって心の休まる数少ない場所の一つだった。

店内に客の姿はない。菅原は愛用のタバコを取りだし、火をつけようとした。

カランとベルが鳴って、ドアが開いた。

バーテンダーがちらりと目を向ける。その瞬間、すべてを覚ったように氷を作る手を止めた。

福家が隣に坐った。

バーテンダーが、水の入ったグラスを福家の前に置く。一礼すると、奥の扉を開け姿を消した。

「あのバーテンダー、優秀だろう？　あんたを刑事と見抜いたんだ」

「しかも、勤務中であることまで」

福家は水の入ったグラスを掲げた。

「浜田はどうした？」

「帰ってもらいました」

「手間をかけたな」

「いえ」

「それで、あんたはどうしてここへ？」

「一つ、判らないことがありまして」

「ほう」

「あなたがどうして、罪を認めないのか」

「おいおい」

「十三人の元組員のためですか」

「ノーコメントとしておこう」

「先代とは、長いおつき合いだったそうですね」

福家は不意に話題を変えた。

「あんたは、恐ろしい刑事だな」

菅原の言葉に、福家は目をぱちくりさせる。

「そのすっとぼけたところが、くせ者なんだ。何も判らないふりをして、いつの間にか懐深くに入りこむ。実際は、すべて判っているのにだ」

「私がですか?」

「それは買いかぶりです」

菅原は薄くなったバーボンを一気に流しこんだ。グラスを置き、口に入った氷を嚙み砕く。

「だが、今回ばかりはあんたの見こみ違いだ。内輪揉めの相討ち。それが結論だろう」

「状況を見る限りはそうです。ただ……」

「いくつか疑問がある。そうなんだろう?」

「はい」

「あんたが指摘しているのは、ごく些細な点ばかりだよ。次郎さんがジャケットを着ていたとか、馬券がどうしたとか」

「身代金の件もそうです。次郎の目的は、本当に金だったのでしょうか」

「金以外に何がある?」

「組の再興です。彼は最後まで、組解散に反対でした」

「組のために誘拐したっていうのか」

「栗山組と飯森組は、遺恨を残したままです。もし、組の残党が飯森組を攻撃すれば……」

「バカバカしい」

「飯森組の人たちは、そう思っていないようです」

「あんたに何が判る」

「四課の情報によれば、飯森組はいまだに警戒を緩めていません。栗山組の解散自体、疑問視する者もいるほどです」

「勝手に思わせておけばいい。栗山組は消えたんだ」

飯森の名をだされると、冷静ではいられなくなる。先代の意志で解散を決めたとはいえ、実質的には飯森組に白旗を掲げたも同じだ。

堅気と事を構えず、薬には手をださない。古い気質のままだった栗山組とは違い、飯森は時流を上手く取り入れてきた。組員もいまや七十人を超える。明暗ははっきりと分かれていた。

「一番くやしい思いをしているのは、あなたなのでしょうね」

福家のひと言が、菅原の心を揺さぶった。

「利いた風な口、叩くんじゃねえ」

声が荒れた。それでも福家に怯んだ様子はない。

まったく、やりにくい相手だ。頭にまで駆け上った血が、一瞬で引いた。

「先代には、恩があるんだよ」

気づいたときには、問わず語りを始めていた。

「俺は親の愛情ってものを知らない。母親は俺が生まれてすぐ、家を出ちまった。親父は飲んだくれの塗装工でな。日銭を稼いでは、酒ばかり飲んでいた」

こんな話をするのは、何年ぶりだろうか。

菅原は指輪に目を落とす。そういえば、これをくれた女とも昔話をしたっけ。場所もこのバーだった。結局、あのときから何も変わっていないんだ。

「学校には、ほとんど行かなかった。中学になるころには、お決まりのコースだ。少年院にも行った。十六のとき、盛り場でヤクザと揉めた。怖い者知らずだったからな、ヤクザ相手に威勢のいいところを見せちまったのさ。あっという間に簀《す》巻きにされて、事務所に連れていかれた。そんとき助けてくれたのが先代だ。俺のどこが気に入ったのか知らないが、出入りを許してくれた。それから何年か経って、気がついたら、テメエが兄貴って呼ばれてた。あんとき先代に拾ってもらわなかったら、いまごろどうなってたか」

「あなたにとっては、育ての親のような存在なのですね」

「そういうことだ。生みの親がいまどうしているのか、皆目判らねえ。知りたいとも思わん。俺の親は先代だと思っている」

「あなたは、先代から組員を託された」

「ああ。遺言みたいなもんだ。頼む、と言われた。結局、先代の恩に報いるようなことは、何一つできなかった。だから、これだけなんだよ。判るかい、刑事さん」

福家は、何も答えなかった。両手を膝の上に乗せ、うつむき加減で、テーブルに置かれたグラスを見つめている。

菅原がカウンターを指で叩いた。すぐに扉が開き、バーテンダーが姿を見せた。

「もう一杯、作ってくれ。濃いめで頼む。それから、刑事さんにも一杯」

「いえ、私は……」

「一杯、奢らせてもらえないか？」

福家は一瞬、考えるそぶりを見せたが、首を振った。

「やめておきます」

「勤務中だから？」

「いえ、あなたのお酒を飲むわけにはいかないのです」

「そうか……そいつは残念だ」

「私も」

福家はスツールを下り、出口に向かいかけて立ち止まる。

「西新宿署に寄っていただけませんか」

「どうして？」

「阿東という若者が、取り調べを受けています。栗山次郎と金沢を殺したのは自分だと、自首してきたそうです」

「あのバカ野郎……」

菅原は頭を抱えた。

「すぐに帰れるよう、話は通しておきます」

「すまねえな」

菅原は携帯をだし、遠山にかけた。

「阿東の件、知ってるか」

「はい。さっき警察から連絡がありました」

「バカ野郎！　若いヤツ一人、抑えておけねえのか」

謝罪の言葉を期待したが、返ってきたのは沈黙だった。

「おい、遠山！」

低い嗚咽が聞こえてきた。福家の目を気にしながら、声を落とす。

「おまえ、どうしたんだ」

「兄貴、俺たち……これからどうしたら……」

「おまえが狼狽《うろた》えてどうするんだ。しっかりしろ。いいか、悪いようにはしねえ。大丈夫だ」

菅原は携帯を切ると、金をカウンターに置き、立ち上がった。

「福家さん、判ったろう。俺はまだ、捕まるわけにはいかねえんだよ」

十七

人通りが減り薄暗くなった警視庁一階、桜田門口の脇で、須藤は大きく伸びをした。待ちぼうけになる可能性は高いが、何もせず帰る気にはなれなかった。

こんなことなら、二岡か石松を巻きこんでおけばよかった。

そう思いつつ顔を上げると、目的の人物が身分証をかざしながら入ってきた。

「福家！」

須藤は歩み寄る。

「須藤さん！　どうしました、こんな時間に。家に帰ってちゃんと寝た方がいいですよ。体が資本なのですから」

「おまえにだけは言われたくない。今日のところは、このまま帰れ。それだけ言おうと思ってな」

「そうしたいところですが、書類が溜まっていまして」

「そんなもの、少々遅れたっていいだろう。おまえはよくやっている」

「もはや少々というレベルではないのです。あと、二岡君にお金を返さないと……あ！　お金、下ろしていないわ」

「これ以上、借金を増やさないうちに帰れ」

「そうですねぇ」

だが、時すでに遅し。須藤の背後から近づいてくる足音があった。

「福家警部補殿」

嫌みったらしい声をかけてきたのは、四課の志茂だった。須藤は奥歯を噛みしめた。

大柄な志茂と福家の身長差は三十センチほどある。まさに、大人と子供だ。

志茂は福家を見下ろし、優越感に浸っているようだった。

「警部補殿は、ヘマをやらかしたようですなぁ」

須藤が前に出た。

「やめろ」

志茂は人差し指で、須藤の胸板を小突いた。

「あんたは黙ってろ。内勤でグズグズしているヤツに用はない」

頭に血が上ったが、悲しいことにそれは事実だった。須藤の所属は、警視庁総務課である。一線に出ることもない閑職だ。

志茂は福家に向き直る。

「面通しが不発だったそうですな。一課長はおかんむりでしたよ。もちろんうちの課長もね」

福家はポカンとした顔で、志茂を見上げている。

「栗山の残党については、うちも注意を払っていた。何かあったら、すぐ行動を起こせるように。それなのに、あんたが来て、メチャクチャにしちまった」

「えっと……」

福家が人差し指を立てる。それを志茂は制する。

「大人しく聞くこった。あんた、出頭してきた浜田を、独断で返したらしいな。阿東もだ。なぜ、俺たちに連絡しない。情報隠しか?」

「いえ、そのぅ……」

「俺が菅原に職質していたときも、邪魔してくれたよな。俺は全部、報告する。一課には正式に申し入れるから覚悟しておけ」

「申し入れの件は判りました。ただ、ただ……」

「ただ、何だ？」

「あなた、どなたでしたっけ？」

志茂は意味不明の唸り声をあげ、目を吊り上げた。卒倒するのではないかと、須藤は心配になった。

「志茂だぁ。組対のしもぉぉ」

福家が手を打ち鳴らす。

「あぁ、志茂巡査部長。私の方も、あなたに話があるのです」

「詫びを入れても、もう遅いぜ」

「いえ、そうではないのです。先月行われた風俗店への一斉手入れ、飯森組関係の店については、不発に終わったそうですね」

「あん？」

志茂の勢いが、するするとしぼんでいった。

「違法賭博の摘発も上手くいかなかったと聞いています。末端の数人は逮捕できたものの、肝心の首謀者には行きつけなかったとか」

「あ、ああ」

「情報洩れを疑う声もあったそうですね」

形勢は逆転していた。

「あなたが栗山組の元構成員にこだわるのは、飯森組への義理があるからかしら」

「め、滅多なこと、言わんでくれ」

「飯森組の池尻、知っているわね」

志茂は直立不動になり、目を白黒させる。

「あなたは彼と何度か会っている」

「いや、そんなこと……」

福家はショルダーバッグから封筒をだし、志茂の胸に突きつけた。

「釣りが趣味で、いい車にも乗っているみたいね。あまりハメを外さない方がいいわ」

志茂の顔は汗にまみれていた。

「この書類、あなたに預けておくわ。これに懲りたら、池尻とは手を切りなさい。それから、栗山組の元構成員への嫌がらせもやめること」

「わ、判りました」

「もう一つ。あなたがたは元栗山組の構成員を監視していた。菅原も監視下にあったのよね」

「はい」

「事件当日の彼の動きを教えて。いまのところ、彼のアリバイは確認できていないの」

「午後三時過ぎまでは捕捉していたんですが、そこで撒《ま》かれてしまいました」

「犯行時刻と重なるわね」

「ああ、今日も徹夜だわ」

封筒を志茂の手に握らせると、福家は何事もなかったかのように歩きだす。

「これからは、よろしくね」

「申し訳ありません」

「報告してほしかったな」

「ええ」

十八

救急用の出入口を抜け、深夜の待合室を横切る。菅原に目を留める者はいなかった。急患が運びこまれたところらしい。看護師も医師も忙しく動き回っていた。

廊下を抜け、病棟に通じる階段を上った。目的の階に着くと、ドアを薄く開いて、ナースステーションをうかがった。夜勤の看護師は二名だが、確認できたのは一名だけだ。ナースコールを知らせるランプが点灯し、看護師は早足で廊下を進んでいった。誰もいなくなったナースステーションの前を通り、菅原は比奈の病室の前に立つ。

中にいるのは比奈だけだ。昨夜は邦孝が泊まりこんだらしいが、つきっきりというわけにはいかないのだろう。

枕許のライトが、白いベッドをうっすらと照らしている。比奈は布団に顔をうずめていた。

だが、目を覚ましていることは判っていた。

「驚かせちゃったかな」

菅原が言うと、比奈は左右に首を振った。

「具合はどうだい？　痛いかい？」

また左右に首を振る。

「そうか。よかった」

自然に笑みが浮かんだ。

比奈とは年に数度、顔を合わせていた。誕生日には邦孝の自宅を訪れ、プレゼントを渡していた。邦孝は組員の出入りを固く禁じていたが、菅原だけは例外だった。比奈も、菅原のおじちゃんと呼んでくれていた。

菅原はしゃがんで、比奈と目の高さを合わせた。

「怖い目に遭わせて、すまなかったな」

比奈は潤んだ目で、こちらを見つめるだけだった。

彼女はこの目で、俺の姿を見たのだろうか。その上で、俺のことを黙っているのだろうか。

「なあ、比奈ちゃん。あのとき、何か見たんだったら、そう言っていいんだぜ」

少女の表情に変化はなかった。

「秘密を持つってのは、大変なことだ。比奈ちゃんにはきついかもしれない。きつかったら、いつでも言うんだよ。福家って女の刑事がいるだろう。あの人に言うといい」

少女は口をつぐんだまま、首を横に振った。それが何に対する否定を示すのか、菅原には判断がつかなかった。

菅原は立ち上がる。

「じゃあな」

もう彼女に会うことはないだろう。もしかすると、彼女は本当に何も見ていないのかもしれない。そうであったなら……。

菅原は静まり返った病院の廊下を進む。


池尻は待ち合わせ場所の喫茶店で、タバコを吸い続けていた。

約束の時間を十分も過ぎている。この数年、人を待たせたことはあっても、待たされたことはない。それだけにイライラは募る。

くそっ、何様だと思ってやがる。

深夜営業の喫茶店は、行き場をなくした者たちで混み合っていた。斜め前にいるのは若いカップルだ。女は男の膝の上に乗っていた。斜め後ろは、中年男が一人、暗い顔でコーヒーをすすっている。

右頰に蝶のタトゥーを入れた男性店員が、いらっしゃーいと気の抜けた声をだした。

スーツ姿の地味な女が入ってきた。就職活動中の大学生のようだった。周囲の雰囲気から、浮き上がっている。

生真面目な学生が、こんなところで何をしてるんだ？　さっさと家に帰りやがれ。

だが、学生は物怖じすることもなく店内に入りこみ、辺りを見回している。

へえ、待ち合わせか。あんな女とこんなところで待ち合わせるなんて、相手の顔が見たいぜ。

女は、池尻の方に向かってきた。視線は池尻の目にぴたりと合っている。

何だ、こいつ。

凄みを利かせて睨み返した。

女はテーブルの前でぴたりと止まり、許可を求めることもなく向かいに腰を下ろした。

「何だ、テメエ」

呆気に取られつつ、条件反射的に怒鳴り声が出た。大抵の者は、このひと言で怖じ気づく。

だが、女は怯む気配すらない。アイスクリームの載ったデザートメニューを睨んでいる。

「おい、聞いてるのか」

女ははっとした顔で、「えっ」と言った。

「え、じゃねえんだよ。おまえは何だ」

「あ、私、福家といいます」

池尻は腕を組む。

「で、福家さん、あんた、何でここに坐ってるんだ。相席を認めた覚えはないぞ」

「ああ、すみません。そのアイスクリームが美味しそうだったもので……。あら、昼間から何も食べていないわ」

「おまえの腹具合なんか、どうでもいいよ」

「そのアイスクリーム……八百円！　ダメだわ。今日はお金を持っていないから」

池尻は拳でテーブルを叩く。

「俺を食い逃げの相棒にするつもりか？」

「食い逃げ？　とんでもない。犯罪ですよ」

「俺の前に坐って訳の判らんこと言ってるのも、犯罪に近いぞ。少なくとも、俺にとっては」

「あら、呼びだしたのはそちらですよ。すぐに来いとおっしゃるから、飛んできました。ですから、お金を下ろす時間もなくて」

「あん？」

「あなた、捜査本部に電話をかけてきて、責任者をだせと怒鳴った池尻さんですよね。犯人に関する情報が欲しければ指定の場所に来い。そう怒鳴った池尻さん」

「そうだよ、その池尻だ。だが俺は、責任者と言った。事務員を寄越せとは言ってない」

「私、一応、責任者です」

福家はバッグから警察バッジをだし、テーブルの下でそっと見せた。

「げっ」

「情報をいただけますか。私、お腹が減ってしまって」

「いや、その……。何ならアイス奢ってやろうか？」

「いえ、職務上それはまずいと思います」

「そうか、そうだよな」

俺はいったい何を言ってるんだ。

思わぬ先制パンチに、池尻のガードはガタガタになっていた。

「とにかくだ、タダで情報をやるわけにゃあ、いかないんだ」

「何が欲しいのです？」

「金だ」

福家は無言で席を立った。

「待て、待った。金っていうのは冗談だ」

福家が席に戻る。

「まあ、今回はタダでいい。菅原の野郎をムショに叩きこめるんなら」

「情報というのは、菅原氏に関することですか」

「あいつ、やばいんだろう？　栗山次郎の事件に関係しているとかで」

「あなたがたは、独自の情報網を持っています。大体のことは摑んでいるのでしょう？」

「まあな。だが、菅原は一筋縄じゃいかねえ。捜査は上手くいってないらしいな」

手応えありだ。ようやく、自分のペースに持ちこめた。

「事件が起きた日に、菅原と金沢が会っているところを見たヤツがいる」

福家の表情に変化はない。まるで人形を相手にしているみたいだ。

まったく、気味の悪い女だぜ。

「午後四時ごろ、金沢が運転する車に、ヤツが乗りこむところを見たらしい。車種も判ってるぜ」

「目撃者本人に会えますか？」

「もちろんだ。どうだ、決め手になるか？」

「いまのところは、何とも」

胸のつかえが取れた。あの野郎はこれでおしまいだ。

店の入口付近からざわめきが聞こえた。顔を上げた池尻は、凍りついた。

飯森組幹部の檜原が入ってきたのだ。店内の空気が一変していた。俺が来たときは、誰も見向きもしなかったのに……。

檜原もまた、池尻に視線を固定させると、まっすぐ向かってきた。

「よお池尻、こんなところで何してる」

日に焼けた細面の顔が綻んだ。真っ白な歯が覗く。檜原が朗らかなときは、要注意だった。

池尻は立ち上がり、気をつけの姿勢をとった。

「あ、兄ぃ」

檜原は肩を軽く叩き、

「まあまあ、そう硬くなるなって」

池尻を脇に押しやると、福家に向かう。

「刑事さん、こいつは奇遇ですな」

「あなたがわざわざ出張ってくるなんて、大ごとなのね」

「とんでもない」

檜原は、いままで池尻が坐っていた場所に腰掛ける。

池尻はその場に立ち続けるしかない。何とも間の抜けた状況だった。

「あのぅ、兄ぃ……」

檜原はさっと左手を上げた。何も言うな、身動きもするなという合図だ。

池尻は直立不動に戻った。

檜原は福家の様子をうかがいつつ、

「福家さん、ちょっと困ったことになってるようですね」

「そうでもないけれど」

福家の目は、再びデザートメニューに吸い寄せられている。

池尻の頭はますます混乱した。

何なんだ、この女は。

同士討ちという大方の意見に異を唱え、菅原を容疑者扱いし、医者の意見を無視して面通しを強行した。その結果が不発。一課内でも、責任を問う声があがっているはずだ。

そんな中、本庁を抜けだし、アイスクリームに目を奪われている。飯森組の大物、檜原を前にしているにもかかわらずだ。

しかも、怒りっぽいことで有名な檜原が、腹を立てるでもなく、ニヤニヤしながら大人しく坐っている。

池尻は、ここに来たことを心底後悔していた。ろくでもないことが起きるに違いない。本能がそう告げていた。だが、逃げだすには遅すぎる。

檜原が福家に言った。

「俺の立場でこんなことを言うのは何なんだが、ヤツはやってないと思いますぜ」

「根拠があるの？」

「事件が起きた日なんですけどね、午後三時過ぎからヤツと一緒にいたんですよ」

驚きの声を、池尻は何とか呑みこんだ。

そんなはずはない。兄ぃはあの日、川崎の仲間と飲んでいたはずだ。

福家は冷たい視線をこちらに向けた。

「私も、菅原氏の情報を摑んだばかりなの。事件当日、金沢さんと一緒にいたらしいという」

「そりゃガセだ。誰が言ったか知らないけど」

池尻は気を失いそうだった。いったい、何がどうなっているんだ。

福家は、檜原の言葉を吟味しているようだった。

「そう。菅原さんには、アリバイがあるということね」

「はい」

「裏を取らせてもらってもいいかしら」

「もちろんです。一緒にいたヤツのリストを差し上げます」

「手回しがいいのね」

「恐れ入ります」

「それから、目撃者の件だけれど……」

「そいつはガセです。見たヤツなんていません。そうだよな、池尻」

喉がカラカラで、池尻は即答できなかった。かろうじて「へい」という間抜けな声が出た。

「そういうことだ、福家さん。無駄足を踏ませちまったみたいで、申し訳ない」

「いえ。捜査に無駄足はつきものだから」

福家は立ち上がった。小柄な背中が、自動ドアの向こうに消えていく。

その後もしばらく、檜原は動かなかった。

「あの、兄ぃ」

恐る恐る、声をかける。「どうして、菅原のヤツを助けるんです?」

飯森組にとって、栗山組は目障りな蠅《はえ》だった。中でも菅原には手を焼かされた。

それは、檜原とて同じだった。

ヤツを刑務所にぶちこむ、絶好の機会なのに。

「菅原の野郎には、散々な目に遭わされたよなぁ。だけどよ……」

檜原は口をつぐむと、立ち上がった。「出るぞ」

池尻は慌てて勘定を済ませる。

檜原は店の前に出ていた。

「お待たせしました」

「池尻、ちょっとつき合え」

先に立って歩きだす。池尻は黙って従った。

最初の路地に入る。ビルの間の薄汚れた空間だ。

檜原が言う。

「菅原のヤツ、なかなかやるじゃないか。敵ながらあっぱれだ」

「はあ？」

「あれだけの男をさ、サツに突きだすなんてできねえや」

「いや、しかし……」

「何だ？　文句あるのか？」

檜原は暗がりの中で、拳を固めていた。

「……兄ぃ？」

「おまえは本当に、薄汚い野郎だよ」

巨大な拳が唸りをあげて飛んできた。

十九

菅原は携帯を置き、ため息をついた。手数《てかず》は尽きつつあった。元組員たちの引き受け先は、いまだ見つかっていない。

午前八時。駅前の通りは会社員であふれ返っていた。追われるように、菅原は裏通りに入った。腰を下ろせる場所を求め、近場の公園に向かう。

その途中で携帯が鳴った。邦孝からだ。

比奈の面通し以来、会っていない。出るべきか否か。少し迷った後、通話ボタンを押した。

「調子はどうだ?」

邦孝の声は低く重かった。

「まああと言いたいところですが……」

「ダメか」

「木更津で昔馴染みが運送屋をやっています。何人かは面倒を見てもらえると思ったんですがね」

「いまは、どこも厳しいからな」

「ええ。身に染みています」

「おまえは？　大丈夫か？」

「問題ありません。ピンピンしてまさあ。それより、比奈ちゃんの具合はどうです？」

「元気にしてるよ。食欲も出てきたみたいでな。医者も一安心だと言っている。カウンセリングはしばらく続けることになりそうだが」

「それはよかった」

「学校に行きたがっていてな。来週から登校させようと思っている」

「子供にはそれが一番だ」

「ところで、今朝、若い衆が何人か報告に来た」

「え？」

「おまえにばかり苦労はかけられないって、自分らで仕事先を探したそうだ。二人、決まったらしい。バイトだがな」

「いや、しかし……」

「おまえの言うことは判る。決まったといっても、一時的なものだ。前歴が判ればすぐクビになるだろう。何より、あいつらは性根がなっちゃいない。揉め事を起こしてクビになるのが関の山だ」

「おっしゃる通りです。ヤクザの垢は簡単には落とせません」

「阿東はまだ、警察にいるのか？」

「いえ、引き取ってきました」

「まったく、揃いも揃ってバカばっかだな」

「返す言葉もありません」

「俺が、全員、引き受けてやる」

「は？」

「負けたよ、おまえらには。十三人、今日からうちの見習いだ。びしっと鍛え直してやる」

「邦孝さん……」

「もっと早くこうするべきだった。全部、俺の責任だ」

「いや、そんな……」

「おまえには苦労かけちまったな。すまん」

「そんな、もったいない」

「一つ、言《こと》づてがある。この番号に電話しろ。すぐにだ」

邦孝の言う番号を記憶する。

「それじゃあな、元気でやれ」

通話が切れた。

余韻に浸る間もなく、菅原は教えられた番号にかけた。

「待ってたぜ」

檜原の声だった。

「何だってテメエが？　まさか、うちの若い者に……」

「勘違いするな。もうおまえらには手だししねえよ。いままでのことは、全部チャラにしてやる。おまえに免じてな」

「信じられるかよ」

「違えねえ。いろいろあったからな。邦孝から話は聞いたか？」

「その件だが、テメエ、邦孝さんに何か……」

「慌てんじゃねえ。連絡してきたのは向こうだ」

話の方向が見えなくなっていた。

「これから言うことは、邦孝の言葉だと思って聞くんだ。すぐ、成田へ行け。出発ロビーにうちの若い者がいる。そいつから航空券を受け取れ。金とパスポートも入っている。行き先はひとまず上海だ。そこから先は、好きにしろ」

「待て、これはおまえの一存か？　解散したとはいえ、俺は栗山組の人間だぞ」

「俺を誰だと思う。飯森組の檜原だ。ごちゃごちゃ言うヤツがいても、捻り潰してやる」

「おまえ……」

「一度くらい、ゆっくり飲みたかったぜ」

「恩に着る」

「礼なら邦孝に言うんだな」

「達者でな」

「おまえも」

菅原は携帯を切り、駅に向かう。

達成感はあった。先代の遺言に、ある程度ではあるが、応えることができた。

それでも、菅原は孤独だった。

結局、誰もいなくなっちまったな。

左手の指輪が、鋭く光った。

二十

空港の出発ロビーは、比較的空いていた。

シャツにジーンズ、トランクも持たない菅原の姿は、嫌でも目立つ。

外見だけでも、整えておくかな。

旅行用品などを売っている店に、足を向けた。

上海行きの便が出るまで、かなり時間がある。檜原の使いが接触してくるのは、おそらく出発直前だ。それまで、どこかから監視しているに違いなかった。

一番小さいトランクを手に取った。どうせ長く使うものではない。何でもよかった。

「もう少し大きいものの方がいいと思います」

鈴のような声が聞こえた。

自然に笑みが浮かぶ。

「福家さんか。こんなところで会えるとは思わなかったな」

「ご旅行ですか」

「まあな」

「どちらへ？」

「内緒」

「どのくらい、行かれるのですか」

「実を言うと、決めていない。少し長くなるかもしれん」

「そうですか……」

「別に構わんだろう？」

「ええ、もちろんです。あなたは容疑者でも何でもないのですから」

「事件は解決かい？」

「いいえ」

福家はきっぱりと言い切った。

「それはあんたの個人的見解か？　それとも、警察の総意か？」

「責任者は、私ですから」

「今回の件では、相当絞られただろう？」

「ええ。いろいろと大変でしたわ」

「そいつは、すまないことをしたな」

菅原は手にしていたトランクを元の場所に戻す。

「コーヒーでも飲まないか？　もちろん、割り勘で」

「トランクはいいのですか」

「あとでいい」

吹き抜けになった待合スペースにある、コーヒースタンドに移動する。注文の前に、福家は革の財布をだし、小銭を数え始めた。

「足りそうかい？」

「ええ」

「刑事さんの暮らしってのは、そんなに大変なのか」

「いえ、自宅にカード類を忘れてきたもので、お金が下ろせないのです。自宅にはしばらく戻っていませんし、これ以上、人に借りるわけにもいかなくなりまして」

菅原は自分の代金を払い、コーヒーの入った紙コップを取る。

右前にある柱の陰に、目つきの鋭い男がいた。ひと目でその筋の者と判る。

菅原は目顔で、その場を動くなと指示する。男は柱の向こうに消えた。

「どうかしました？」

いつの間にか、福家が脇に立っている。気配を一切感じさせない。まるで猫だ。

「いや」

菅原は飲食スペースに入り、一番手前の椅子に腰を下ろした。脚を組み、向かいに坐った福家を見つめる。

「で、用件は？　まさか、見送りに来たわけでもないだろう」

「あなたにお見せしたいものがあったのです」

福家はいつものショルダーバッグからクリアファイルを取りだす。中には写真のほか、数枚の書類が入っている。

「それは楽しみだ。だが、手短に頼むぜ。飛行機の時間がある」

「承知しています」

「しかし、あんたの執念にも恐れ入るよ。どうして、そこまでできるんだ？」

「あなたこそ、どうしてそこまでできるのですか。元構成員のために。もう組は解散したのですよ。見返りがあるわけでもないのに」

「金なんて問題じゃねえ。これは、俺がやるべきことなんだよ」

「私もです。これは、私がやるべきことなのです。答えになっていますか？」

菅原は苦笑した。

「ますます気に入ったよ。それで、見せたいものっていうのは？」

福家は現場写真を示す。大きな血だまりが写っていた。

「これは、建物の一階、ほぼ中央の床を写したものです。この血だまりを挟むようにして、二人の遺体がありました」

「ひどいな」

「見ていただきたいのは、これ」

福家が指さしたのは、写真の左隅だった。

「判りにくいのですが、ここに鞘があります」

菅原は目を凝らす。言われてみれば、鞘が血にまみれて転がっていた。

「金沢はドスで次郎さんを襲ったんだろう？　なら、鞘があっても不思議はない」

「鞘は凶器のものと一致していますし、ドスも金沢さんの持ち物であると確認できました」

菅原は写真をテーブルに戻す。

「それなら、何の問題もないだろう？　いや、そうか、あんたは金沢犯人説に疑問を持っているんだったな」

「実は、最初から気になっていたことなのです。二人はどういう状態でやり合ったのか」

「そんなことは、この血の海を見れば判る。お互いにドスを振るい、相討ちになった」

「襲撃者は、いつドスを抜いたのでしょう。鞘は広間中央にありました。つまり犯人は、次郎に相当接近してから、ドスを抜いたことになります」

「不意を衝こうとしたんだろう。次郎さんは、あれでけっこう腕がよかった」

「そこでやはり疑問が出てきます。次郎には敵が多かった。周りがみな敵のような状態でした。そんな彼に接近できたのは誰か」

「相棒の金沢だろう」

「彼は相棒じゃありません。はめられただけです。金沢さんが相手ならば、次郎はわざわざ上着を着たりしません」

「またその話か。上着を着ていたのは、たまたまだよ。山だから寒かったんだろう」

「どうして相対してやったのでしょう。後ろから刺すことだってできたのに」

「口論になってカッとしたんじゃないか？　二人とも短気だったしな」

「どちらにしても……」

福家は写真を入れ替えた。続いて出てきたのは、鞘のアップである。

「次郎と襲撃者は、かなり接近した状態で向き合っていた」

「それについては認めよう。おそらく二人は分け前か何かをめぐって喧嘩になった。金沢がカッとして愛用のドスを抜いた。次郎さんもすかさず反撃に移る」

「次郎の反撃は、襲撃者の予想より素早かった。鞘を抜く暇もなく、組み合うことになった」

「揉み合いになり、鞘を抜いた金沢が次郎さんを刺し、次郎さんは金沢の頸動脈を切った」

菅原は肩を竦める。「それで、何の問題もない」

福家は写真の一部を指し、

「鞘にはいくつも傷がついていました。次郎のナイフでついたものと思われます」

「福家さん」

菅原は写真を強引に脇へどける。

「いい加減にしてくれないか。あんたは、何としても俺を犯人にしたいみたいだが……」

「犯人はあなたです」

菅原と福家は間近で睨み合った。

「なら証拠を見せてみろ。俺にはアリバイがある。目撃者もいない」

「鞘の傷を確認したら、一つだけ溝の形が違っていたそうです。刃物ではなく、硬い石のようなものでついたのだろうと」

福家の視線は、菅原の左手に移動していた。天井からの光を受け、指輪は輝きを放っている。

菅原は大きく息を吐いた。あの女の青白い顔が、脳裏に浮かぶ。

——だから言ったのに。もう危ないことはやめてって。

福家が言った。

「ダイヤでついた傷は照合できるのです。左手の指輪、見せていただけますか?」

「断ったら?」

「法的手続きを踏んで、押収します」

「だが、いますぐにはできないだろう?」

菅原は立ち上がった。空になったカップを取ろうとした瞬間、指輪のダイヤが外れた。

小さな光が床に落ち、乾いた音をたてた。

菅原は、光を失った指輪を見つめた。ダイヤを留めていた台座が、砕けていた。

自然と笑みが湧いてきた。

「ここまでみたいだな」

柱の陰に目を移す。男はまだ、そこにいた。

行けと顎で示した。

一瞬、戸惑った表情を見せたものの、男は逃げるようにその場を離れていった。

菅原は福家を見る。

「福家さん、拾わなくていいのか？　重要な証拠品だぜ」

だが、福家は動かなかった。

「もともと逃げ切れるなんて思っちゃいないさ。ただ、檜原の手前、簡単に白旗を揚げるわけにはいかなかった」

「それは、自供と取ってよろしいのですか」

「何とでも、好きに解釈してくれ。俺には、もう逃げ回る理由もない」

福家は手袋をはめると、床の宝石をつまみ上げた。

「福家さん、一つききたいんだが」

「何でしょう？」

「比奈ちゃんをもう一度使おうとは思わなかったのか？　もしあんたが比奈ちゃんへの尋問を繰り返していたら、俺は折れていたと思う」

「なるほど、その手もありましたね。気がつきませんでした」

菅原は苦笑する。

「あんたは、大した刑事だよ」

「比奈ちゃん、週末に退院だそうです」

「邦孝さんから聞いたよ。本当によかった」

「カウンセリングはしばらく続くでしょうが、いつか乗り越えられると思います」

「ああ。そうであってほしい」

菅原は飲食スペースを出る。

「あんたが連行するのか？」

「はい」

「そいつは嬉しいね」

菅原は福家と並んで歩き始めた。

後悔はなかった。心は軽く、晴れ晴れとしていた。菅原は、台座だけになったリングに向かってつぶやいた。

やっと終わったよ。

女神の微笑《ほほえみ》

一

男は五メートル前を歩いている。

後藤秀治《ごとうしゅうじ》は、杖にすがるような歩き方をやめた。杖なんぞなくても、本当は平気なのだ。ホームから下りるときもそうだ。若いヤツらは、のんびりエスカレーターに乗っている。なぜ階段を使わない。そんなことだから……。

モヤモヤと広がり始めた愚痴を押しやり、後藤は男の動きに神経を集中させた。

タイミングは一瞬だ。

往来は激しいが、人の目をごまかすのは簡単だ。自然な動きでやれば、彼らの記憶には残らない。

男は、広場の隅にある公衆電話コーナーに向かった。緑色の電話機が二台設置されている。仲間との定時連絡のため、男がここで電話をかけることは、前もって調べてあった。万一のことを考え、自分の携帯ではなく、公衆電話を使うことも。

手にした工具箱を足許に置き、男は電話機にカードを差しこむ。後藤は相手の背後に回り、もたれかかるように倒れこんだ。不意を衝《つ》かれた男は受話器を離し、仰向けにひっくり返った。

後藤は素早く体勢を立て直すと、持っていた紙袋から工具箱をだし、男が持っていたものとすり替えた。

「ああ、どうもすみません」

なるべく哀れな声をだし、倒れている男に近づいた。

男は顔を顰《しか》め、悪態をつきながら身を起こす。後藤は彼の前で、頭を深く下げた。

「本当に、申し訳ありません」

男は一つ舌打ちすると、再び受話器を取った。

「いや、何でもない。じじいにぶつかられてよ」

話しながら、工具箱を足で引き寄せる。すり替えにはまったく気づいていない。

工具箱は、どこにでも売っている大量生産品だ。重さは同じになるよう、調整してある。気づかれる心配はほとんどなかった。

後藤は身を低くした。年を取ると、簡単に気配を消せる。社会の主流たり得ない者は、存在自体を軽んじられるようになるのだ。些細な出来事は、既に誰の記憶からも消え始めていた。

充分間隔を空けると、後藤は再び、電話を終えた男の跡を尾《つ》け始めた。


都心のオフィス街は閑散としていた。平日の昼間だというのに、この活気のなさはどうだろう。後藤が知る東京は、こんなではなかった。もっと活力があり、人々には生気があった。

杖で歩道をコツコツ叩きながら、男の後ろ姿を見つめる。邪魔な杖など捨ててしまいたかったが、そうもいかない。

男は工具箱を右手に提げ、ビルの間を進んでいった。左右には銀行や雑居ビルが並ぶ。時刻は午後二時十三分。

町並みは碁盤の目のように整然としており、二車線の道路には、街路樹がみずみずしい緑を見せている。ただ昨今の不況のせいか、空きテナントが目立った。人工的に整備された街ゆえに、空室は余計に侘《わび》しく映る。

いまの日本はどこもかしこもちぐはぐだな。

そんな思いの後藤をよそに、男は濁った目を前に向け、波間にたゆたうように歩いていく。後藤は元来せっかちで、歩くのも速い。相手のペースに合わせるだけで、イライラしてくる。杖の持ち手に仕込んだボタンを、つい押したくなった。

いかんいかん、そんなことをしたら、喜子《よしこ》に大目玉を食らうぞ。

デパートや宝石店の並ぶ一角を過ぎ、ビル建設の続く再開発地区に来た。

予定の場所が近づいてくる。

人通りのない、都心のエアポケットのような場所だ。左右には、工事中と書かれた鉄の壁が続いている。

道端に白色のワンボックスが一台、駐まっていた。運転席と助手席に男が坐っている。

工具箱の男は、信号のない交叉点を渡った。足を止め周囲を確認すると、うつむき加減になってワンボックスへ向かう。

それを見届けた後藤は、交叉点手前にある雑居ビルの一階に入った。そこは古くからの煙草屋だ。自販機でも買える一般的なものから高級な葉巻まで、何でも置いている。

店内は薄暗く、他に客は一人だけ。カウンターの向こうでは、髭を生やした初老の男がケース内の葉巻をチェックしていた。

後藤自身はタバコを吸わない。この店に入るのも初めてだ。後藤は商品を見るふりをしながら、窓ガラス越しにワンボックスを観察していた。

工具箱を提げた男が、ワンボックスの後部座席に乗りこんだ。

腕時計を見る。午後二時二十九分。

杖を右手から持ち替えた。

煙草屋の前を、紙袋を持った女性二人が歩いていく。

後藤は肩の力を抜いた。

ワンボックスはエンジンを切ったままだ。

女性たちが通り過ぎるのを待ち、再度タイミングを計る。

早くボタンを押したかった。男が工具箱を開けようとしたら、面倒なことになる。本体と蓋は溶接してあるので開くことはできないが、そうした問題の起きる前に片をつけてしまいたい。

そろそろ行こうか。

だが、今度はワンボックスの運転席側が開いて、長身の男がタバコをくわえて現れた。ドアを閉め、車体にもたれかかりながら、ライターで火をつける。長々と煙を吐き、消えゆく紫煙を目で追っていた。

なかなか思い通りにはいかないね、喜子。

心の内でつぶやくと、ガラスケースに目を戻した。

「喜子、本当にやるのかい？」

後藤の問いに、喜子は背を向けたまま「ええ」と短く答えた。感情のこもらない、冷たい声だった。

車椅子に坐った喜子が作業台に向かって二時間になる。その間に後藤は床を掃除し、ゴミを分別し、図面類などをまとめ、いつでも燃やせるようにした。

「データ類の消去もお願いしますよ、あなた」

喜子は背中に目がついている。灰色の髪を結い上げた彼女の後頭部を見つめながら、後藤は苦笑する。

「判っているよ」

「さあ、これで完璧だわ。彼らが前回使ったものと、ほぼ同じ作りになっているはずよ」

喜子が振り返った。円《まる》い老眼鏡の奥で、細い目がキラキラと輝いている。頬に少し肉がつき、目尻に皺が増えたこと以外、喜子の容姿はこの数年、ほとんど変わっていない。同年配の女性が彼女を見ると、皆、驚きの声をあげる。

それは、後藤とても同じだ。外見も内面も、実年齢より若い自信があった。

「さあ、あとはあなたに任せましたよ」

「引き受けた」

後藤は差しだされた工具箱を受け取る。

「ねえ、あなた」

ふと、喜子が真顔に返る。「あんなこと言ったの、初めてですね」

「あんなこと？」

「ほら、本当にやるのかいって、きいたじゃないですか」

「ああ……」

「迷いがあるのかしら」

「いや、そんなことはないさ」

「あなたが調べていたエンジニアの青年に同情しているのではない？」

「さすがだね。うん、そうかもしれない」

「犬や猫も、三日飼うと情が移るって言いますから」

「まあね。でも、心配いらないよ」

「心配なんて、していないわ。ちょっと気になっただけ。どうしてあなたはそんなことを言ったのか。その要因は何なのか」

「分析は君の得意分野だろう。じっくり取り組むといい」

「そうさせてもらうわ。ただ今回はねぇ、何だか妙な予感がするのよ」

「君の口からそんな言葉が出るとはね」

「思ってもみなかったことが、起こる気がする」

「おいおい、不吉なことを言わないでくれ」

「不吉かどうかはまだ判らない。物事は……」

「やってみなくちゃ判らない」

「そう。完璧な計画は、完璧ゆえに失敗するわ」

「もう時間だ。出かけるよ」

「事が終わったら、一度、私の携帯に電話をくださいね」

「そんなことをする必要があるのかね」

「万が一を考えてですよ」

喜子がそう言うのであれば、逆らうわけにはいかない。後藤はうなずいた。

「お気をつけて」

穏やかな笑みに見送られながら、後藤は部屋を後にした。


タバコを吸っていた男が、運転席に戻る。

いいタイミングだ。後藤は杖に仕込んだスイッチに軽く触れた。

ワンボックスの内部に閃光が走り、それからわずかに遅れて、低い破裂音が響いた。

車のウインドウが粉々に砕け、オレンジ色の炎が噴きだした。

静かな爆発だった。破片が四方に飛び散ることもなく、破壊力の大半は車内に止《とど》まっている。

中にいた三人は、おそらく即死だろう。

さすがだね、喜子。

後藤は店を出た。路上に野次馬が集まり始めていた。遠く、サイレンの音も聞こえる。

人の流れに逆行して、駅へと歩く。

さて、どの経路で帰ろうか。まず、工具箱と杖を始末しなくてはいけない。バスに乗って、海の近くまで行き、そこに捨てよう。

おっと、急がないと、ヘルパーが来るまでに戻れなくなってしまう。今日は野田さんだったか。人当たりのいい穏やかな女性で、時間に正確だ。

後藤は足を速めた。

二

機動鑑識班の二岡友成は、一向に減らない野次馬の群れを見てため息をついた。

爆発現場から半径数十メートルは、立入禁止区域に設定してあった。爆発物処理班により、付近の安全は確認されているが、それでも一抹の不安は拭えない。

男三人の命を一瞬で奪った鉄の棺桶は、二岡のすぐ横にあった。

ところどころに焦げ跡がつき、消火の水でずぶ濡れになってはいるが、車としての外観は保たれていた。

一方車内は、爆風と熱で、ほとんど何も残っていない。車体の周りに無数のガラス片と細々した部品が散らばり、流れる水の中でキラキラと光っていた。鑑識課員たちは、その一つ一つを慎重に回収している。

カメラを抱えた課員が、野次馬の群れをさりげなく写していく。放火などの犯人は、現場に戻る可能性が高い。手当たり次第に写真を撮り、チェックするのも、重要な捜査手法だ。

その課員が、二岡に寄ってきた。

「二岡さん、ちょっと気になる人物がいます」

そう言って、野次馬の一角を指さす。派手な装飾品をつけた中年女性が四人いた。

「あの人たちがどうした?」

「あれぇ、ついさっきまで、そこにいたんだけど……」

「写真は撮ったのか?」

「ええ」

課員は手許のカメラを操作し、目的の画像を捜している。

「最初見たときから、妙なヤツだと思ったんですよ。人混みの中をチョロチョロ動き回っては、こっちの様子を……」

画像はなかなか見つからないらしい。

「おかしいなぁ。眼鏡をかけた女性なんですがね、こっちの方をじっと見ているときもあって、何だか気味が悪かったんです。あれは絶対に、何かありますよ」

二岡は課員を制した。

「それなら、もういいよ」

「え？　でも、挙動のおかしな人を見つけたら……」

「その人は、あそこにいるよ」

二岡が指さすと、課員がげっと声をあげた。

「規制線勝手に越えてる！」

「いいんだよ。仕事に戻ってくれ」

二岡はそう言い置いて、課員の前を離れた。

「福家警部補、お待ちしていました」

「ああ、二岡君、遅くなってごめんなさい。地下鉄の駅を一つ間違えたみたいなの。ねえ、私いけないことをしたかしら。カメラを持ったあの人、さっきからずっと私を睨んでいるのよ」

「些細な誤解があっただけです。それより警部補、右の頬にご飯粒がついています」

「え？」

福家はスーツの袖で頬を拭った。宙に舞ったご飯粒を、二岡は危ないところでキャッチする。

「取れたかしら」

「は、はい。ただ、左側にも二粒」

「あら」

そちら側は指先で払う。路上に落ちる寸前、やはり二岡がキャッチする。

「ここのところ、徹夜続きなの。もう何日も家に帰っていないわ。さっき、やっと朝ご飯を食べたばかりよ」

「残念ながら、帰宅はしばらくお預けですね」

二岡は車を示した。タイヤは片側二つがパンクし、ホイールがむきだしだった。そのせいで右側に少し傾いている。

福家は車体を一瞥し、

「爆弾ですって？」

「はい。パイプ爆弾の一種だと思われます。威力はそれほど強くありませんが、密閉された車内で爆発したため、中にいた三人は即死です」

「被害者の身許は判ったのかしら」

「幸い指紋が無事だったので、照会済みです」

二岡は手帳をだした。

「運転席にいたのは、網山聡《あみやまさとし》、三十一歳です。助手席は、鳥島秀《とりしましゅう》、二十三歳。そして、後部シートに、麻生孝史《あそうたかし》、三十歳」

鼻の頭までずり落ちていた縁なし眼鏡を、福家は指先で押し上げる。

「その三人、手配中ではなかったかしら」

「ええ。先々週に起きた宝石店強盗未遂事件の容疑者たちです」

「たしか、爆弾を使って金庫を開けようとしたのよね」

「はい。白昼堂々、店に乗りこむという手口です。三人とも銃で武装していて、警備員を含め、誰も抵抗できませんでした。ですが、爆弾の威力が弱く、金庫の破壊に失敗。何も取らずに逃げました。その際、警備員が頭を殴られ、軽傷を負っています。それと、爆発のショックで店員二人と客一人が怪我をしました」

「爆弾を使った強盗犯か……」

福家は、内部が黒焦げになった車に目を戻す。

二岡は手帳のページをめくり、

「車内から、銃が三挺見つかりました。手製の改造銃です。焼け焦げてはいますが、宝石店で使用されたものと思われます。ご覧になりますか？」

「いえ、いいわ。鑑識に回して。その他に車内で見つかったものは？」

「紙類はほとんど焼けていますが、一部が残っていました」

証拠品袋に入った数枚の紙を示す。福家は目を細め、それらに見入った。

「見取り図のようね」

「この先にある、三帆《みつほ》銀行本店です。警備員の配置などが克明に記されています」

「銀行の見取り図と銃が三挺。そして、強盗未遂の前科持ちが三人……」

導きだされる答えは明白だった。この場にいる誰もが、同じことを考えたに違いない。

死んだ三人は、銀行強盗を計画していた。銃で武装して押し入り、爆弾で金庫を壊す。だが、何らかの原因で用意した爆弾が破裂。車内にいた三人は死亡した……。

それでも二岡は、口を結んだまま何も言わなかった。まだ現場検証中であり、結論を急ぐ段階にはない。それに、相手は福家警部補だ。どんな展開が待っているか、予測できない。

案の定福家は、腑に落ちないといった表情で、前方に延びる通りに目を向けていた。

「この交叉点を渡った先は、一方通行よね」

「ええ」

「ということは、ここから車は直進できない」

「そうですね。いったん左折して直進、次の交叉点で右折することになります」

「銀行はどこにあるのかしら」

「ワンブロック先です」

「ここからその銀行に行こうとすれば、まず交叉点で左折、そして次の交叉点を右折、直進して、大通りを右折」

「そうなります」

「どうして、隣の通りに車を駐めなかったのかしら。そこなら、一直線で大通りに出られる。一回右折すれば、目的地よ」

予想通り、始まったか。忙しくなるぞ。

そんな思いに応えるように、二岡の携帯電話が鳴った。付近に設置された監視カメラの確認をしている課員からだった。

用件を聞き取り、携帯をしまう。

「警部補、工事現場の監視カメラの一台が、爆発の前後を記録しているそうです」

「あら、それはすごいわね」

「データを回収して、解析に回します」

「よろしく」

その間も福家は、証拠品袋の紙片に顔を寄せている。

「紙が三枚入っているわね。うち二枚は見取り図。残り一枚は、紙質が違うみたい。文字はほとんど読めないけれど、『駐車』の二文字が見えるわ。これも鑑識で徹底的に解析して」

「諒解しました」

「グローブボックスや灰皿は？」

「灰皿は空《から》でした。グローブボックスからは、ガソリンスタンドの領収書などが見つかりました」

「リストにしてくれる？」

証拠品袋を返した福家は、道の真ん中まで歩いていき、腰に手を当ててぐるりを見た。

「あれ、何やってんだ？」

野次馬のそんな声を気にする風もなく、福家は規制線をくぐり、歩き始めた。

「ちょっと警部補、どこへ行くんです？」

「隣の通りを見てくるの」

やれやれ。心の内でため息をつきながら、二岡は後に従った。

爆発現場から一本東側に入った道路も通行止めになっていた。付近一帯に規制を敷いているのだ。

それをいいことに、福家は道の真ん中に立つ。周辺店舗の聞きこみをしていた所轄の刑事たちが、怪訝な目でその姿を見ている。

「向こうの通りと、ずいぶん雰囲気が違うわね」

現場の通りは左右が工事現場だが、こちらにはレストランや高級ブティックがずらりと並んでいる。

「こっちは昨年、再開発が終わったばかりです。店はどれも新しく、普段はもっと人通りがあるそうです」

「お店はほとんどが定休日ね」

福家の言う通り、店の前には休みを示す札が下がっていた。事件があったから店を閉めたわけではないようだ。これでは聞きこみをしても、収穫は皆無だろう。

福家は向かいにあるレストランに興味を持ったらしい。一面ガラス張りで、通りから店内の様子が一望できる。

店のドアには休業とあったが、店内のテーブルに皿やグラスが並んでいる。

「ふーん」

福家は顎に手を当ててうなずいた。そのまま歩道の一角に歩み寄る。

「タバコの吸い殻だわ」

街路樹の根元に、数本落ちている。福家に言われるまでもなく、二岡はそれらを証拠品袋に採取した。

「銘柄などが判ったら知らせます」

「よろしくね」

レンズの汚れが気になったのか、福家は眼鏡を外してハンカチで拭く。その間、目は前方に延びる道路に据えられていた。

「ここからなら一直線。どうして向こうに駐めたのかなぁ」

「あのう、警部補」

そうこうしている間にも、二岡の許には方々から連絡がひっきりなしに入っていた。

「車を運びだしてもいいでしょうか」

「車、車ねぇ……」

眼鏡をかけ直した福家は、爆発現場の方へ戻っていく。野次馬が、また騒ぎ始めた。

「警部補!」

福家は交叉点の真ん中で立ち止まった。

「二岡君、爆弾はタイマー式かしら」

「詳しく調べてみないと何とも。ただ、タイマー式の可能性は低いようです。何らかの信号を送信することによって、発火するタイプかと」

「うーん」

交叉点に並ぶ店を、一軒ずつ確認していく。

「爆発当時の正確な情報が欲しいわ。例えば、その時刻の日光の当たり具合、交通量」

「判りました。それで警部補、車は？」

「車？　車がどうかした？」

「運びだしてもよろしいですか？」

「ああ、構わないわよ」

やれやれ、ようやく一歩前進だ。

さらに続けようとした二岡だが、福家は既に数メートル先をすたすたと歩いている。

「警部補！　どちらへ⁉」

「ちょっとお店にね。あとは任せたわ、二岡君」

「任せたって……」

これだけの現場を仕切る権限は、二岡にはない。早く解析に回さねばならない証拠もある。

途方に暮れていると、肩を叩かれた。

「こんなことだと思ってな。応援だ」

「石松警部補……」

鬼瓦のような彼の顔が、今日ばかりは救いの神に見えた。

三

吉田瓜男《よしだうりお》は、苛立たしい思いで、警察が張った黄色い規制線を見つめていた。

一本西側の通りで爆発事件があったことは、既に知っていた。腹に響く低い音は、厨房にいても聞こえた。表に飛びださなかったのは、近隣の工事で騒音と振動に慣れていたためだ。

三人も死んだとはな。

まったく縁起でもない。この一等地に店を開いて三年。最初は苦しかった経営も、ようやく安定してきた。雑誌などにも紹介され、週末には貸し切りパーティの予約も入る。

吉田の毎日は充実していた。本当は、年中無休にして、バリバリやりたかった。週一日の定休日を設けているのは、近隣の店で作る自治会の決まりがあるからだ。各店がバラバラに休むのではなく、まとめて休むことで、通りの活性化を図るという。吉田には理解できなかった。活性化したいのなら、無休にすればいい。毎日汗水たらして働けばいい。卸問屋や流通の都合など、聞いていられるか。

定休日でも、予約があれば店を開ける。そう決めたのは、吉田のささやかな抵抗だった。

今日の予約が入ったのは、十日前だ。低い男性の声で、海外赴任する同僚の送別会を開きたいという内容だった。二十人前後で、午後五時から二時間半ほど。

吉田は即座にオーケーした。他に予約は入っていなかったし、試したいメニューもあった。電話をかけてきた男は、佐藤と名乗った。幹事役は初めてとのことで、要領が判らないらしい。結局、予算に合わせ、吉田の方ですべて調整することになった。

準備万端調《ととの》えて迎えた今日。料理にも、酒の選定にも絶対の自信があった。一人八千円という予算にもぴたりと合わせた。

それなのに……。仕込みがすべて終わった瞬間、爆発が起きた。

死んだ人には悪いけど、何も今日やらなくてもなぁ。

そんなことを思っていると、カランとベルの鳴る音がして、ドアが開いた。入ってきたのは、スーツ姿の小柄な女性だ。照明の落ちた暗い店内をちらりと見た後、正面にある小型ワインセラーの前に立った。

「あら、二〇〇九年ビンテージのシャブリだわ。すごい、ムルソー二〇〇四もある。これ、二万円はするはず……」

ボトルに手を伸ばそうとするので、吉田は飛び上がった。

「お客様」

ワインと女の間に割りこむ。「何かご用でしょうか」

女は吉田に驚いた様子もなく、再び店内を見回す。

「今日は、定休日のはずですね」

「本当ならお休みをいただくところでしたが、予約のお客様がいらっしゃいまして、特別に営業しております」

「ああ、そういうことですか」

うなずきながら、女はスーツのポケットを探り始める。

「おかしいわ……」

吉田ははっとした。もしかすると、こいつは保健所の調査員かもしれない。あれこれと難癖をつけ、オーナーやシェフをいたぶるのだ。

ここはどう出るべきだろう。ひたすら頭を下げるか、堂々と受けて立つか。

調べられて困るようなことは、何一つない。衛生管理は完璧だ。

よし。吉田は胸を張った。

「調査はどこから始める？　厨房か？」

「は？」

ショルダーバッグに手を突っこんだまま、女性は目をぱちくりさせた。

「掃除は一日三回。隅々までやっている。食材が見たければ、どうぞ。冷蔵庫も新品に替えたばかりで……」

「いえ、別にそこまでしていただかなくても」

「水回りには特に気を遣っている。どれだけ調べられても……」

「いえ、私、そういうことを調べに来たわけではないのです」

「トイレか。無論、見てもらって構わない。男子用も特別に……」

「あのう、何か勘違いをされているようですが、私、保健所の人間ではありません」

「え？　違うの？」

「はい。さっきから身分証を捜しているのですが、見当たらなくて。どうも家に忘れてきたみたいなのです」

「何だ、そうか」

安堵すると同時に、三日ほど前ポストに入っていた通知のことを思いだした。

「そういえば、水道メーターの取り替え期限が来てるって言ってたな。君、水道局の人か。メーターなら、そこを出て右にある」

「いえ、水道でもなくて」

要領を得ない女の言葉に、吉田はイライラしてきた。

「はっきりしないな。じゃあ、あんた、何を調べてんの？」

「殺人を」

「へ？」

「あ、あった！」

ショルダーバッグのサイドポケットから、黒い手帳のようなものが取りだされた。警察バッジだった。

「私、警察の者で、福家といいます。先ほど起きた爆発事件を調べています」

吉田は傍らにあったスツールにへたりこんだ。

「申し訳ありません。すぐに身分証が出ればよかったのですが」

「どっちにしても無駄足だよ。俺、何も見てないもの。厨房で仕込みの最中だったんだ。爆発音らしいものは聞いたけど、外にも出なかったから」

だが、福家は吉田の言葉など聞いていないようだった。セットされたテーブルや椅子を興味深げに見つめている。

「パーティの予約ですか？」

吉田は後ろを振り返り、ため息まじりにうなずく。

「ああ。二十人の」

「この香りは、チキンのクリーム煮込みですね」

「シャブリのいいのが安く手に入ったんでね。大サービスってことでだそうと思ってた」

「思ってた？」

「こんな事件が起きたんじゃ、多分キャンセルだよ」

レジカウンター内にある電話が鳴った。ディスプレイの表示は〝公衆電話〟だ。

「もしもし、すみません、佐藤です」

噂をすればだ。

「ニュースを見たのですが、そちらの近くで爆弾事件があったそうですね」

「ええ。いま、警察が現場検証をしています」

「脅《おど》かさないでよ……」

「あのぅ、間際になって恐縮ですけど、今日のパーティ、キャンセルさせてもらえませんか」

やっぱり。吉田は落胆を隠し、明るい調子で言った。

「お気になさらないでください。あんなことのあった後じゃあ、盛り上がらないでしょう。ただ、もう仕込みは済ませましたので……」

「もちろん、実費はお支払いします。キャンセル料も言っていただければ、すぐに振り込みますので」

吉田は伝票をチェックし、実費を伝えた。光熱費などを考えれば赤字だが、無理は言えない。

「この埋め合わせはしますので……」

佐藤は終始、恐縮した口調で電話を終えた。

受話器を置き、福家の許に戻る。自嘲的な笑みしか出てこなかった。

「お聞きの通り、キャンセルですよ」

「お気の毒です」

「まったく……」

手にしたボールペンでカウンターをトントン叩く。

「予約をした佐藤さんですけれど」

福家が覗きこむようにして、話しかけてきた。「常連の方ですか」

「いや、初めての人。同僚の送別会と言ってた」

「予約は電話で?」

「ええ」

「連絡先の番号は、判りますか」

「携帯の番号を聞いてます。だけど、一度もかけたことはないなぁ。いいタイミングで先方から連絡があったんで」

「電話は携帯からでしたか」

「公衆電話だったね」

「ははぁ」

福家は眉を寄せながら、電話を指さす。

「佐藤さんは、いくつくらいの方ですか。声に何か特徴は？」

「これといって、特徴はなかったなぁ。声が小さいから、聞き取りづらかったけど」

「そうですか」

「佐藤さんがどうかしたんですか？」

「佐藤さんの携帯番号、教えてもらえます？　ご迷惑はかけませんので」

個人情報保護とか何とかを理由に、断ることもできた。だが吉田は、素直に番号を教えた。公務員には逆らうな。それが店をやっていく上での鉄則だ。

福家は自分の携帯でその番号にかけた。

しばらく携帯を耳に当てていたが、やがて「うん」と一つうなずいて、バッグに戻した。

「使われていないようですね」

彼女は吉田の困惑をよそに、さっと身を翻すと、表の通りを一望できるウインドウに目をやった。

「全面、ガラスになっているのですね。外がよく見えます」

「大した眺めではないですけど、店の中が明るくなるのでね」

「前の通りに車が駐まっていたら、目につきますね」

「たしかにね」

「どうも、お邪魔しました」

福家は唐突に会話を打ち切ると、ぺこりと頭を下げ、店を出ていった。

「何だい、ありゃあ」

通行止めにされた前の通りに立ち、左右を見回している福家の姿を眺めながら、吉田は首を傾げた。

「あれ、ここ、やってるの？」

サラリーマン風の男が、店に入ってきた。福家がドアを開けたままにしたため、店内の様子に興味を持ったようだ。

「いえ、それが……」

吉田は事情を説明する。

男は「へえ」とつぶやきながら、それとなく店内をうかがっている。

「そんなわけで、今日は通常のメニューはおだしできないんです」

「そのパーティ、俺たちで引き受けようか」

「は？」

「今夜、十五人で飲むことになったのはいいけど、店の予約が取れなくて困ってたんだよ。ワイン好きが何人かいるから、シャブリとか喜ぶと思う」

捨てる神あれば、拾う神あり。

ドアを開けたままにしてくれた福家に、吉田は感謝した。


後藤は電話ボックスを出た。これで佐藤ともお別れだ。

あの店には悪いことをした。キャンセル料も含め、少し多めに払うことにしよう。

問題は支払い方法だ。銀行振込にするわけにもいかない。書留か直接郵便受けに入れるか。

腕時計を見る。

いけない、電話ボックスを探すのに手間取って、予定より遅れている。

傾き始めた日差しの中を、後藤は足を速めた。

四

現場検証が終わりに近づき、石松は少し緊張を解いた。

遺体と車輛の搬出は終わった。鑑識も撤収準備を始めている。

それにしても……。

苦々しい思いで、石松はこちらへ近づいてくる福家を睨んだ。

「どこへ行ってたんだ？」

部下や容疑者は、石松の形相を見ただけで震え上がる。だが、小柄な女刑事には、一切通じなかった。

「向こうの通りの鑑識作業、やり直してもらえます？」

「やり直すって、ひと通りのことはもうやっているだろう」

「ひと通りではなく、徹底的にやってほしいのです」

「なぜだ？」

「犯人は当初、向こうに車を駐めようとしていた節があります」

「二岡から聞いたよ。あっちの通りなら、ターゲットの銀行に行きやすいって」

「はい。一方通行につかまらずに済むのです」

「なら、どうしてこっちに駐めた？」

「閉まっているはずの店が開いていたからです。犯人一味は、一人が車を運転し、残り二人は別々に来る手筈だったのでしょう。集合場所は、もともと向こうの通りだった。ところが、いざ着いてみると店が開いている。店はガラス張りで、前の通りが丸見えです。人目につくことを恐れた犯人は、場所を変えたのです。おそらく、携帯で連絡を取り合って、こちらの通りへ移動したのでしょう」

反論したかったが、福家の言うことには筋が通っている。

石松は一つ咳払いをすると、鑑識に検証のやり直しを伝えた。恨みがましい課員の目に耐え、石松は再び福家に向かう。

「俺がやるのはここまでだ。あとは……」

だが福家は彼の言うことなど聞いていない。手帳をめくりながら、すたすたと交叉点を渡っていく。

「おい、福家！」

福家は、交叉点の角にある煙草屋の前で足を止めた。振り向いて、爆発した車輛のあった場所を凝視する。

「少し離れていますが、ここからなら車がよく見えますね」

「ここでなくても、車が見える位置はたくさんある。隣の美容室からも見える。通りの向かいにあるパン屋からでも。こっちの靴屋からでもいけただろう」

「うーん」

福家は唸りながら、手帳を猛スピードでめくっていく。

「美容院では目立ちすぎると思うのです。パン屋の前には、搬入用のトラックが駐まっていました。店内から車は見えなかったはずです。車が吹き飛んだ時刻、太陽の光が、向こうのビルからこちらに入ってきます。その照り返しで、靴屋から車は見えなかったと思います。でも、この煙草屋なら……」

「いったい、何の話をしているんだ？」

「ここの主人にもう一度会って、似顔絵を作ってください。事件のとき、店にいた客の人相を思いだしてもらうのです」

「なあ福家、俺はおまえの部下じゃないんだぞ」

「でも私、似顔絵を描くのは苦手で」

「誰がおまえに描かせるか。専門家がいるだろう」

「その専門家を呼んでください」

「だから、何で俺が……」

福家は石松に背を向け、駅の方へ歩いていく。

「おい！」

「被害者三人組のアジトが割れたそうです。ちょっと見てきます」

ああ、くそぅ！

心の内で毒づきながら、石松は似顔絵作成の手配をする。

どうしていつも、こうなるんだろう。

五

自宅を出て、近くの公園の外周を回る。車の少ない道を選び、まだ開いていない商店街を突っ切っていく。公園の前に戻り、ゆっくりと自宅の前へ。約二キロのコースを二、三周する。毎朝、決まったコースを決まったペースで走るのが、後藤の日課だ。

昨日の大仕事は、後藤の体力に何ら影響を与えていなかった。よく眠れたし、すっきり目覚めることもできた。

汗を拭き、家に上がる。

「戻ったよ」

喜子は居間でテレビを見ていた。画面には昨日の現場が映しだされている。マイクを持ったレポーターが、やけに深刻な顔で喋っていた。

「大騒ぎになっていますよ」

「そりゃあ、そうだろう」

部屋に一歩入ったところで、後藤はテーブルの上に散らばるヘリコプターの部品に気がついた。「またやっていたんだね」

「ええ。中途半端なままだと、どうにも落ち着かなくて」

「少しペースを落とさないとね。目にもよくないよ」

「ごめんなさい」

「それで、完成はいつごろ？」

「あと一週間くらいかしら。いくつかいじりたい部分があるのよ。そのまま組むだけでは、つまらないから」

「完成したら、いつもの河原へ行こう。子供たちがびっくりするぞ」

「ええ。楽しみだわ」

「朝ご飯はどうするね」

「いつものでお願いします。パンはよく焼いてくださいね」

「はいはい。おっと、その前に手を洗わないとね。油がついているよ」

後藤は台所に入る。コーヒーは走る前にセットしておいた。食パンを二枚取り、トースターに入れる。

インターホンが鳴ったとき、後藤と喜子は顔を見合わせた。

テレビ画面に表示された時刻は、午前七時だ。宅配便にしては早すぎる。

「こんな時間に、誰だろうね」

喜子は「さあ」と言いながらも、察するところがあるようだった。

「出てみれば、判るんじゃありません？」

「そうだな」

後藤は苦笑しながら、応答用の受話器を取る。同時に、玄関脇のカメラから映像が送られてくる。画面に映ったのは、スーツ姿の小柄な女性だった。

「はい」

「後藤さんのお宅ですか」

「はい」

画面の中で、女性はポケットを探り始めた。

「あら、おかしいわ」

声が受話器の向こうから聞こえてくる。「ここに入れたはずだけれど」

後藤は喜子に聞こえないよう、声を低くした。

「そんな芝居をしなくてもいい。さっさと帰りなさい」

「は？」

女性が動きを止める。

「会話のきっかけを摑もうとしてもダメだよ。町内に回覧板が回っているんだ。妙な投資話を持ちかけて、金をくすねる気だろう」

「とうし？　いえ、私、透視なんてできません。それができたら、どれほど楽か」

この女は何を言ってるんだ。

「とにかく、帰りたまえ。警察には連絡しないでやるから」

「それは助かります。またバッジを忘れたと上司に知れたら、大変なことになるもので」

どうも話が噛み合わない。

後藤が受話器を置こうとしたとき、画面に男が登場した。手帳のようなものを女に渡している。インターホンを通じて聞こえてくる会話に、後藤は耳を傾けた。

「これ、忘れてましたよ」

「あら、二岡君。どこにあったの?」

「僕のパソコンの横にありました。ゆうべ、爆弾の検証結果を聞きに来たでしょう。そのとき置いたんじゃないですか」

「そうだったかしら。ありがとう。わざわざ届けに来てくれたの?」

「はい。なくして、先週も怒られたばかりでしょう」

「そうなの。食堂でお昼を食べたとき、載せたままトレイを返してしまって」

「首から下げるのはやめたんですか?」

「紐が切れるのよ。鎖にしてみたけれど、歩くたびにジャラジャラいって……」

後藤は大きく咳払いをした。

二人がはっと顔を見合わせる。女が慌てた様子で、画面に手帳を掲げた。

「お騒がせして申し訳ありません。私、こういう者です」

警察バッジが、画面いっぱいに映しだされた。

食堂のテーブルを挟んで、後藤は福家と名乗る警部補と向き合っていた。

築三十年になる小さな家だ。喜子のことを考え、一階はバリアフリーに改装してある。後藤の部屋は二階に、寝室などを一階に移した。車椅子の通り道を確保するため、物は極力置かない。室内は整然としており、生活感といったものがほとんどなかった。

初めて部屋に入った者は必ずと言っていいほど面食らうのだが、福家はまったく表情を変えず、後藤に促されて食堂の椅子に腰を下ろした。

「それで……」

後藤は、バッグのポケットから手帳をだそうと四苦八苦している福家に声をかけた。糸か何かが手帳の角に引っかかっているようだ。

「今日はどういったご用件で?」

「えっと……どうして出ないのかしら」

ぶちっと音がして、手帳が外に飛びだした。ほつれた糸が角に垂れ下がっている。

「ああ……。このバッグ、そろそろ買い替えないとダメですね」

後藤は言いようのない不安に駆られていた。

この女はなぜここに来たのだ。刑事であると名乗っただけで、肝心の用件をなかなか切りださない。一人で対応しきれるだろうか。

隣の部屋では、喜子が聞き耳を立てているはずだ。どうしても視線がそちらに行ってしまう。あらゆる場合を想定し、刑事との問答集も作ってあった。抜かりはないと思っていたが……。

不安が焦りとなり、後藤は重ねて尋ねた。

「ご用件は？」

こちらから不必要な問いをしてはならない。喜子からそう念を押されていたのだが、後藤は沈黙に耐えきれなかった。

「ええっと……」

福家は慌てた様子で手帳をめくる。それがただのポーズなのか、こちらの出方をうかがっているのか、判別はできなかった。

挙げ句、福家の発した質問は、後藤が最も恐れていたものだった。

「後藤さん、昨日はどちらにいらっしゃいましたか」

あの三人と後藤を直接結びつけるものはない。捜査線上に自分たちが浮かぶことはないはずだった。だが、どういうわけか、警察は自分たちに辿り着いた。

計画は終了せず、第二段階に入ったことになる。

後藤は少し間を空けた後、答えた。

「昨日は久しぶりに銀座まで行きました」

「お買い物ですか」

「これといった目的があったわけではないんです。運動も兼ねて、遠出しようと考えたわけでして」

「昨日、銀座で爆破事件があったこと、ご存じですね」

「そりゃあ、もちろん」

「爆発があったとき、後藤さんはどちらに?」

「実を言いますと、瞬間を見ておりました。車が駐まっていた近くにある煙草屋におりましてね」

爆発を目撃したと言っても、福家の顔に変化はなかった。

「爆発の後はどうされました?」

「すぐにその場を離れました。いや……」

後藤は頭を掻く。「家内の面倒を見てやらねばならんので、あまりグズグズしておれんかったのですよ。警察の人たちが来たら、いろいろときかれたりして、帰れなくなるでしょう」

「なるほど」

「黙って現場を離れたことは申し訳なく思っております」

「いえいえ、別にその件で文句を言いに来たのではないのです。ただ……」

福家は左右を見回す。「後藤さんは喫煙者ではないようですね。煙草屋にはどうして?」

「友人への贈り物を探していましてな。ヘビースモーカーなので、葉巻なぞはどうかと思ったんですが、やはり門外漢には判りません。どうしたものかと思っているところに、あの爆発です。すぐに店を出てしまいました。本当に申し訳ないことです」

謝りながらも、後藤の頭は疑問でいっぱいだった。この刑事は、どうやって自分たちのことを突き止めたのだろう。どんなミスをしたのだろう。

「私からも謝りますわ」

居間から、車椅子に乗った喜子が姿を見せた。シルバーグレーの膝かけをして、器用に車椅子を操る。後藤の横にピタリとつけ、好奇心に満ちた目を福家に向けた。

「失礼かとは思いましたが、隣で聞いておりましたの。後藤の妻で喜子と申します」

「福家です」

「昨日の爆発事件は驚きました。テレビのニュース速報で知りましたのよ。この人が銀座に出かけると言っていたものですから、もう気が気ではなくて」

喜子の話に合わせる形で、後藤も言った。

「無事を知らせるため、すぐに携帯で連絡を入れました。世の中、便利になりましたな」

爆破の後、喜子に言われた通り、彼女の携帯に電話した。通信記録が残っているので、調べられたとしても問題ないはずだ。

喜子はこうした事態も予測していたに違いない。

福家は、喜子の言うことを素直に聞いている。車椅子を見ても平然としているのは、前もって情報を入れていたか、家の様子を見て推測したのか。

喜子が後藤の方をちらりと見ながら、

「私はこんな体ですから、一人ではどうしても不安で。早く帰ってくるように頼んだのです。ヘルパーさんが来てくれることにはなっているのですけど、所詮、他人ですからねぇ」

福家は何事か手帳に書きこむと、顔を上げた。

「この件については、気になさらないでください。現場に残らなければならない義務はありませんので。おききしたいのは、爆発の瞬間のことです。後藤さんは、爆破された車輛に出入りした、あるいは近づいた者を見ませんでしたか」

「さて。爆発があるまで、車があったことすら、気づいていませんでしたから」

喜子が口を開いた。

「ニュースでやっていましたけど、死んだ三人は宝石強盗で指名手配されていたとか」

「ええ。正確に言えば、強盗未遂ですが」

「そのときも、爆弾を使ったらしいですね」

「手製のもので、爆発はしたものの、目的を達するには至りませんでした」

「恐ろしい。すると、今回もどこかを狙って?」

「あの先にある銀行を狙っていたようです」

後藤は言った。

「まったく他人《ひと》事じゃないな。三帆銀行には私たちも口座を持っている。銀座の店も時々利用するんだ」

「でも、悪いことはできないものねぇ。爆弾なんか作って、結局、自分たちが吹き飛んで……。あら、こんなこと言ってはいけないわね。ごめんなさい」

喜子が腕を伸ばし、後藤の手を取った。

「事件が起きたとき、この人はすぐ近くにいたわけでしょう。巻きこまれなくて、本当によかった。あんな目に遭うのは、もうこりごりですから」

喜子がそっと目頭を押さえた。後藤は軽く咳払いをしてから言った。

「ご承知かとは思いますが、私どもは一人息子を亡くしておりましてね。それ以来、こうしたことには……」

「後藤秀夫《ひでお》さん。二十五年前に、交通事故で」

「飲酒運転の車が、信号待ちをしていた私たちの車に突っこんできました。運転していた私は無傷でしたが、助手席の息子は即死、妻も重傷を負い、車椅子の生活になりました。耳もほとんど聞こえなくなり……」

喜子が自分の耳を指さしながら、

「補聴器のおかげで、家の中にいるときは、何とか聞こえます。表に出ると、まるでダメですけれど」

そうしたことをすべて、福家は把握しているようだった。

「私の同僚が事件を覚えておりました」

「もしかして、石松さんかしら」

「はい」

「あの人には感謝しています。いろいろと親切にしてくださって。顔はちょっと怖いけれど」

喜子の細い笑い声を聞きながら、後藤も石松の顔を思いだしていた。見た目はとっつき難《にく》いが、話してみると実直で情の深い人物だった。近ごろは声を聞くこともなくなったが、捜査一課にいることだけは知っていた。今回の事件、彼の担当にならねばいいがと、そればかり心配していたのだ……。

後藤は目の前に坐る女刑事を観察した。警部補なのだから、もう三十は超えているに違いない。だが、小柄で童顔のせいもあり、はるかに若く見える。加えて、何とも色気のない眼鏡をかけ、髪型や化粧にも無頓着だ。

刑事として優秀なのか、そうでないのか。後藤の目からは判断がつかなかった。

喜子は彼女が気に入ったらしい。普段は見せない朗らかな表情で、事件のことを尋ねている。

「それにしても、都心の真ん中で爆弾が爆発するなんて、物騒ねぇ」

「幸いというか、爆弾の威力が小さかったので、他に被害は出ませんでした。ところで」

突然、福家が改まった調子できいてきた。

「お二人は、化学肥料関係の会社にお勤めだったとか」

喜子は笑顔のままうなずいた。

「私も主人も、こう見えて理系畑の人間ですの。大学院を出た後、いくつかの会社を転々として、最後に会社を作りました。いまの言葉で言うと、起業したの」

「ご主人とは、どちらで?」

「大学院時代に知り合いましてね、まあ、その後もつかず離れず。気がついたら、もう四十年以上、一緒におりますわ」

「そんなことまで喋らなくても」

後藤は照れながら言った。その一方で、喜子がいったい何を考えているのか、測りかねていた。彼女が何の意図もなく、刑事相手にこんな話をするとは思えなかった。心の内を探ろうと喜子の表情を見るが、何も読み取れない。

福家が手帳のページをめくる。

「今回の爆弾は、化学肥料を使ったパイプ爆弾だと思われます。強盗未遂の際に使われたものと、ほぼ同じと鑑識では見ています」

「あら」

喜子が手で口を押さえる。「そうですか。最近はインターネットなどで、爆弾の作り方だって調べられますからね」

「死んだ男の一人はエンジニア上がりでした。麻生孝史といいますが、強盗未遂事件の爆弾も彼が作ったと思われます」

「化学に携わる者として、こういう形での悪用は許せませんわ」

「鑑識は、回収した破片を解析して、爆弾の復元に成功しました。爆弾はその男性の工具箱に入っていたようです」

「爆発力の小さなものであれば、それだけのスペースで充分でしょうね」

「実は一つ疑問がありましてね。化学者であるあなたにおききしたいのです」

「どんなことでしょう」

「麻生はかなり変わった男だったようで、ガラクタや機械部品を拾ってきては、愛用の工具箱に詰めていたらしいのです」

喜子は「ああ」とうなずいた。

「その気持ちは判るわ。普通の人から見れば、おかしな行動でしょうけれど」

「ただですね、現場からそうした部品の数々は見つかっていないのです」

「どういうことかしら」

「爆弾はほぼ百パーセント復元できましたが、工具箱に入っていたと思われる部品は、一切回収されていないのです。鑑識の話では、部品類が爆弾と一緒に入っていたのなら、爆発の衝撃でそれらが飛び散り、もっと被害が拡大しただろうということでした」

「爆弾を入れるためにだしてしまったのでしょう。問題にするほどのことではないわ」

「ですが、箱の中身がどこにもないのです。三人がアジトにしていたアパートや麻生の自宅を徹底的に捜索しても、見つかりません。そこがどうにも気になりまして」

「麻生という人、エンジニア以前に、人として変わっていたようね。ただ、あまり深く考える必要はないと思う。集めた部品といっても、所詮ガラクタだわ。爆弾を入れるとき、捨ててしまったのでしょう」

「なるほど。後藤さんがおっしゃると、説得力がありますね。ところで、指に油がついていますが、何か工作を?」

「ああ、これ。電動ヘリコプターを組み立てているんです。笑わないでくださいね」

「笑うなんてとんでもない。それは素晴らしいですわ。もしかして、Grex 550でしょうか」

喜子が目を丸くする。

「よく判ったわね」

「実は私も少しかじったことがあるのです。ヘリコプター229Rですけれど」

「あれは名機よ。初心者にも安定したホバリングが楽しめる。でもGrexの最新機はすごいわ。ローターは百三十五センチ、重さは約三キロ。テール駆動はトルクチューブ。もちろん空撮カメラ搭載よ」

「そんなものが自宅にあったら、仕事に行かなくなりそうです」

「少し手を入れているところなの。そのまま仕上げたのでは面白くないから」

そう言いながら、喜子は自分の手を見る。

「あらあら、みっともない。洗うように言われていたのだけれど」

「手袋はされないのですか？」

「年は取りたくないわね。手先の感覚が鈍くなって、素手でないと微妙な加減ができないのよ。でも、理解者がいてくれて嬉しいわ。完成したら、あなたにも操縦させてあげる」

「本当ですか！　トレーニングセットのＤＶＤで勉強しておきます」

椅子を引き、福家は立ち上がった。

「こんな体なので、お見送りは失礼させていただきますね」

喜子は坐ったまま、小さく礼をした。

「では、私がお送りしよう」

後藤は福家について、廊下に出た。

玄関先で、福家がきいてきた。

「ご自身で興された会社を売却されたのは、やはり事故の影響ですか」

「ええ。あれ以来、気力が失せてしまいましてな。幸い、いい値で買い取ってくれる企業があった。おかげで、残りの人生、こうやって気楽に送れているわけです」

「後藤さんは、杖を使われますか」

不意に、福家がきいてきた。靴箱の横にある杖立を見たからだろう。

「ええ。この年になると、足許がね」

杖をめぐる問答も事前に何パターンか用意されていた。

「ですが毎日、数キロ走っておられるとか」

そこまで調べてきたか。

「足腰に自信はあります。ただ、都心に行くと、階段が多いし、人もいっぱいだ。万一を考えて、遠出のときは持っていくんですよ。杖を持っていると、周囲の人が気にかけてくれますのでね。何より怪我の予防の意味があります」

「なるほど」

福家は本気で感心しているようだ。へえ、と珍しいものでも見るように杖立を見下ろす。

「それで、杖はどこに?」

「ああ、戻すのを忘れていました。汚れが目立ったので、拭いたのですよ」

靴箱を開け、杖を示す。無論、起爆スイッチを内蔵したものとは別の杖だ。あれはいまごろ、工具箱とともに海の底で眠っている。

福家は杖をしげしげと見た後、後藤に向き直り頭を下げた。

「どうもお邪魔しました」

「いいえ」

扉が閉まるなり、猛烈な疲労を覚えた。目眩《めまい》がして、廊下の壁に手をついた。

そのとたん、扉が開き、福家がひょいと顔をだした。

「あの、すみません」

危うく叫び声をあげるところだった。足がもつれ、ひっくり返りそうになる。

「な、な、何ですか」

何とか叫びを抑えこみ、表情を取り繕う。

「もう一つだけ、おききしたいことが」

「いきなり戻ってくるから、びっくりしてしまって」

「申し訳ありません」

「それで、ききたいことというのは?」

「銀行のことです」

「はあ?」

「三人が襲う予定だったのは、三帆銀行の本店です」

「ええ。そう聞いています」

「私、銀行とは言いましたが、名前までは言っていないのです。テレビなどでもまだ報道されていません。でもあなた、三帆銀行には私たちも口座を持っている、こうおっしゃいましたね。どうして、三帆だとお判りだったのですか？　あの辺りには、他にも銀行がたくさんありますが」

この答えばかりは想定外だった。後藤は必死に逃げ道を探す。

「よく使っている銀行だからかねぇ。とっさに名前が出たんですよ」

後藤は福家の答えを待った。薄く張った氷の上に立っているかのような恐怖を感じながら。

だが福家は、「そうですか」とうなずいただけで、また、ぺこんと頭を下げた。

「どうもありがとうございました」

福家が扉の向こうに消えてもなお、後藤はその場を動かず、身構えていた。

「あなた、大丈夫ですか」

車椅子を自分で漕ぎながら、喜子が近づいてきた。その姿を見て、初めて力を抜いた。

「失敗してしまったよ」

後藤は銀行の件を話した。平然と聞いていた喜子は、しばらく沈黙した後に言った。

「面白い刑事さんだったわね」

目が輝いている。後藤はため息まじりに答える。

「こんなに早く、私たちのところに来るとは思わなかったよ」

「彼女はおそらく、爆弾の爆発力に注目したのだと思う。そして犯人は、被害が車外に及ぶことを恐れていると推理した。となれば、発火に時限式は使わない。付近にいて信号を送り爆破させると考えた。そこまでいけば、あとは簡単だわ。車が見える場所をチェックし、聞きこみを行う。煙草屋にも行ったはずよ。そうして得られた情報をふるいにかけて、これと思う者の似顔絵を作る」

「私たちの顔を知っている警察関係者はけっこういるからな」

「その結果、現場付近に、爆弾製造技術を持つ者がいた。話を聞きに来るのは当然でしょう」

「それにしても、銀行の件はしくじったよ」

「気にすることないわ。考えるのはやめて、ご飯にしましょうよ。ああ、こんな気分久しぶりだわ。ワクワクする」

喜子が、無邪気な顔で微笑んだ。

かつて、多くの者がその微笑《ほほえみ》に癒されていた。喜子が社長を務めていたころの話だ。難しいプロジェクトが成功したとき、新たな製品が生まれたとき、喜子は社員たちを労《ねぎら》いながら微笑んでみせた。それはいつしか、女神の微笑と呼ばれた。

だが、会社を手放して以来、喜子は喜怒哀楽をあまり表にださなくなった。女神の微笑は、永遠に封印されたと思っていた。

それが……。

後藤は万感の思いで喜子を見つめた。彼女が浮かべているのは、まさに女神の微笑だった。

六

藤山照子《ふじやまてるこ》は、編み棒を持った手を止め、空っぽの公園を見つめた。

時刻は午後二時を回ったところだった。間もなくここも賑やかになる。学校の終わった子供たちが、母親と一緒にやってくるからだ。

定位置である南側のベンチ――右から三つ目の左端で、脇に置いた水筒を取った。自宅で淹れたコーヒーを飲み、編み物を再開する。

ふと始めた編み物にはまり、もう一年になる。ガーター編みのマフラーから始め、膝かけも楽に編めるようになった。いま挑戦しているのは、夫のセーターだ。メリヤス編みなら早くできると聞き、数日前からやっているのだが……。

目が揃わない。デパートの毛糸売り場で、せっかくいい色を見つけたというのに。

自分の不器用さが嫌になり、何度も癇癪を起こしそうになった。

今日はもう、帰ろうかな。

そう考えたとき、人の気配を感じた。横を見ると、いつの間にか、小柄な女性が立っている。

照子は反射的に、編み物を手で隠した。

「あ、あのう、何か？」

どこかで見た顔だが、思いだせない。

女性は手許の毛糸にちらりと目をやりながら言った。

「藤山照子さんですね」

「はい」

自分の名前を知っている。やはり、どこかで会ったのだ。夫の知り合いだろうか。会社の関係者だったら大変だ。

焦る照子の眼前に、黒い手帳のようなものが示された。警察バッジだ。

「捜査一課の福家と申します」

思いだした。昨日、公園に刑事たちが来て、常連の主婦たちに聞きこみをしていた。爆弾で死んだ三人が、ここで強盗の相談をしていたという。

三人が公園に来た日、照子も彼らを目撃していた。公園にいるにしては、妙な顔ぶれだと思った。ただ、恰好はまともだし、怪しい素振りもなかった。建築現場の作業員か、トラックのドライバーくらいに考えていたが……。

福家と名乗る女性は、昨日も来ていた。だが、照子に質問をしたのは石松という鬼瓦のような顔をした男で、照子は緊張のあまり手が震えてしまった。

「ごめんなさい。石松さんの印象が強すぎて」

「皆さん、そう言われます」

冗談なのか、本気なのか、福家は真顔で言った。

照子は編み物を脇にどけ、

「それで、まだ何か？」

「あなたは、二週間ほど前、死んだ三人がこの公園にいるのを目撃された」

「はい」

「三人は公園のどこにいましたか」

照子は指で砂場の向こうにある公衆便所の脇を示した。

「北側にある、植えこみの辺りです」

福家は写真を三枚だした。死んだ三人のものだった。

「三人がいた位置を正確に知りたいのです。これは、網山という主犯格の男です。彼はどの位置にいましたか」

妙な質問をすると思いながらも、照子は記憶を手繰り、位置を示した。

福家は残る二人についても同じことをきいた。

「素晴らしい記憶力ですわ。助かります」

福家は三枚の写真を戻す。照子は釈然としないまま、尋ねた。

「あの爆発、強盗しようとして起こった事故だと聞きました。それにしては、細かいことまで調べるのですね」

「裏付け捜査をしなければなりませんので。それから、もう一つ。あなたの記憶力を見込んで、お尋ねしたいことがあります」

福家は新たな写真をだしてきた。

「この方たちを公園で見かけたことは？」

「ああ、後藤さんです。よく会いますよ。毎日、この公園を散歩されているみたいで」

「三人を見た日も、後藤さん夫婦は来ましたか」

記憶を探るまでもなかった。

「ええ。このベンチの前で挨拶をしました」

「お二人は三人に近づきました？」

照子は首を振る。

「この場所で私と少しお喋りをしてから、公園を出ていかれました。公園の北側には行っていないと思います」

「判りました、ありがとうございます」

「どうして後藤さんたちのことを？」

「裏付け捜査の一環です。三人を見た人には全員、話を聞いているのです。後藤さんたちにも、会いに行かねばなりません」

「大変なんですね」

「仕事ですから」

福家は腕時計を見る。

「ここで待っていれば、お二人に会えるでしょうか」

照子は首を振る。

「ここ二日ほど、お見かけしていません。体調を崩されたのではないかと、心配しているんです」

「そうですか」

福家は遠い目をして、公園の入口を見つめる。

どうやら用件は終わりらしい。照子は編み物を手許に引き寄せる。

「編み物、お好きなのですか」

福家がきいてきた。

「ええ。始めてまだ日が浅いのですが」

「いま編んでいらっしゃるのはセーターですね」

照子は頰が赤らむのを感じた。

「下手くそなので、あまり見ないでください」

「メリヤス編みですね」

「ええ。なかなか目が揃わなくて」

「初めは誰でもそうです。縄編みなどを入れるといいかもしれません。模様があると、かえって楽ですよ」

福家はそう言って、ぺこりと頭を下げ、公園を出ていった。

照子は編みかけのセーターを見つめる。そういえば、初心者向けの本に、そんなことが書いてあったっけ。
再び、やる気が出てきた。頑張って、夫の誕生日に間に合わせよう。

七

安藤安吉《あんどうやすきち》は誘惑と闘っていた。少し先に酒屋がある。金は持っている。あそこに行けば、酒が手に入るのだ。ウイスキーでも焼酎でも、何でもこいだ。

最後に飲んだのは、いつだったろうか。半年、いや一年前だ。

ボランティアの勧めで断酒会に通い、毎日浴びるほど飲んでいた酒と距離を置くようになった。コンビニの深夜バイトも続けている。家賃だって、滞らせたことはない。

よくやってるじゃないか。自分を誉めてやりたかった。

これだけ頑張ったんだ。少しくらい飲んだって罰《ばち》は当たらない。それに、今日は特別だ。友達の供養のためにも、飲んでやらなければ。

安藤はポケットから小銭をだす。五百五十円あった。カップ酒を二本買おう。

心が浮き立った。

黒い小さな影が、安藤の視界を横切った。最近、視力の衰えが激しい。立ち止まって目を細める。小柄な女性が立っていた。

「安藤安吉さんですか」

「何だ、あんた?」

せっかく、いい気分で飲もうとしていたのに。

そんな安藤の苛立ちは、突きつけられた警察バッジの前に砕け散った。

「け、警察……?」

バッジと女の顔を見比べる。俺は幻覚を見ているのか。あまりにも酒が恋しくて、おかしくなったのか?

「福家といいます。麻生孝史さんのことで、ききたいことがあるの」

安藤は福家に促されるまま、道端に寄った。移動するときも、酒屋から目が離せない。

福家がその前に立ちはだかった。

「あなた、麻生さんと断酒会で一緒だったわね」

ああ、酒……。喉がからからだ。

「安藤さん?」

福家の冷たい声が、安藤を現実へと引き戻した。

「あ、ああ。一緒だった」

「最後に会ったのはいつかしら」

「さあ……。十日ほど前かな」

「そのときの様子を聞かせて」

「様子も何も、ひどい有様だったよ。すっかり元に戻っちまってさ」

「またお酒を飲み始めていたということ？」

「もともと無理なんだよ、酒をやめるなんてのは。あいつも半年ほど頑張ってたよ。でも、結局ダメだった。取り憑かれてんだな」

「彼が死んだのは知ってる？」

「ニュースで見たよ」

「爆弾でね。彼が作ったものらしいわ」

安藤は思わず吹きだした。なぜか、笑えて仕方がなかった。

あいつが爆弾を？

笑いの発作が治まるまで、福家は無言だった。眼鏡の向こうから、じっと細めた目を向けてくる。

「あいつに爆弾作りなんて無理だよ。手が震えちまってさ、細かい仕事はできなかった。最後に会ったときは、ぼやけた目をしてさ、ガラクタを工具箱に入れてたよ」

「その工具箱のことだけれど、彼は肌身離さず持っていたのね？」

「ああ。どういうつもりだったのか知らないけど、大事にしてたな」

「そう」

福家は小さくうなずくと、半歩左に寄った。

酒屋が見えるようになった。だが、先ほどまでの誘惑は、嘘のように消えていた。

麻生のおかげだ。ヤツの虚《うつ》ろな顔が、安藤を正気に戻してくれたのだ。

「け、刑事さん、俺……」

福家は安藤の肩に手を置いた。

「危ないところだったわね」

「取り返しがつかなくなるところだったよ」

福家は、メモを安藤の手に握らせた。

「知り合いのやっているセミナーよ。危なくなったら、そこに駆けこむといいわ」

メモには施設の住所、責任者の名前が書いてあった。

「刑事さん、すまないねぇ……」

「あと一歩だから。頑張って」

福家は歩き去った。

酒への渇望に代わり、猛烈な空腹感が押し寄せてきた。何か食うか。

安藤は、酒屋と逆の方向に歩きだした。

八

車椅子を押しながら、後藤は公園に入った。ここに来るのは久しぶりだ。さして大きくはない公園だが、多くの子供で賑わっていた。ベンチに藤山照子がいる。編んでいたセーターはずいぶん進んでいるようだ。目が揃わないとこぼしていたが、どうやら壁を越えたらしい。

先に進もうとした後藤だったが、車椅子を押す手に、振動を感じた。ホイールを固定し、確認する。車軸の留め具に、かすかなぐらつきがあった。ボルトを締めれば直るだろう。

腰を上げた後藤を、申し訳なさそうな目で喜子が見上げていた。

「ごめんなさいね。多分、あのときの衝撃で緩んだんだわ」

「喜子のせいじゃないよ」

「無茶は承知だったの。でも、中途半端は嫌だから」

「ああ、判っているよ。いまにして思えば、なかなか楽しい時間だった。この年になって、あんな冒険ができるなんてね」


「ごめんなさいね」

車椅子の喜子が言った。

深夜、廃工場などが並ぶ路地に、人影はない。左側には路上駐車の列があり、数メートル向こうでは街灯がぼんやりと瞬いていた。

「いいんだよ」

「別にやらなくてもよかったのだけど……」

「喜子は完璧主義だ。中途半端だと眠れなくなるんだろう？」

「そうなのよ」

目的のワンボックスはすぐに見つかった。鍵を開けるのはわけもないことだ。運転席側のドアを開けると、後藤は喜子を抱きかかえた。日ごろの鍛錬が物を言う。

喜子は車のドアに手をかけると、器用に体を曲げ、運転席に乗りこんだ。

工具と機材をシートに並べると、後藤は持ってきた懐中電灯をつける。彼女の指示通りの場所を照らし、時には体の位置を調整したりした。

ここまで来るのは比較的簡単だった。いつも利用する介護ヘルパーの事務所へ行き、駐車場から車を拝借したのだ。後部に車椅子ごと乗りこめるタイプだ。

慎重に運転し、ここまで約二十分だった。

喜子は黙々と作業をこなしている。ウインドウの下端を手で押さえながら、最後の調整中だ。

その手許を、後藤はライトで照らす。

「さあ、終わったわ」

喜子が顔を上げた。「確認してみるわね」

ウインドウの開閉ボタンを押したとき、背後で鈍い金属音がした。振り返ると、車椅子が道端のガードレールにぶつかっている。ブレーキの利きが甘かったらしい。

身を屈め、辺りの様子をうかがう。幸い、人の気配はなかった。

「やれやれ、やってしまったよ」

「どうと言うことはないわ。車椅子を取ってきてくださいな。もう作業は終わりました」

喜子の落ち着いた声に助けられ、後藤は傾いた車椅子を元の位置に戻す。今度は念入りにブレーキをかけた。

喜子を車椅子に戻し、道具類を回収する。

「全部、綺麗に拭いてくださいね」

「任せておけ」

用意しておいた布で、ウインドウやシート、ハンドルを拭う。爆発で指紋などが残る恐れはほとんどないが、念を入れるに越したことはない。

すべてを終え、後藤は再び車椅子を押す。

「予定より早く終わったね」

「車を返しておかないと」

「大丈夫。夜明けまでまだ間があるさ」

「車椅子、大丈夫かしら」

「明日、メンテナンスするよ」

「今夜は久しぶりのドライブだったわね」

「そうだなぁ。車に乗るのは、病院へ行くときくらいだからね」

「楽しかったわ」

「私もだよ」

車椅子が正常に作動することを確認すると、後藤は介護事務所に電話をかけた。車椅子はリースで、調子が悪いと言えば新しいものと替えてくれる。

「明日、専門の人が確認に来るそうだよ」

電話を切った後藤は言った。喜子は少し不服そうだ。

「これくらい、自分で直せるわ」

「車椅子は人に任せて、ヘリコプターに集中しないと」

「ああ、そうだったわね」

喜子はどこか上の空だ。彼女の視線を追い、後藤は公園の北側に目を移した。あそこで三人を見たときから、今回の一件は始まったのだ。

「あんまり見ない方がいいですよ」

前を向いたまま、喜子が言った。

「え?」

視線を外そうとした瞬間、植えこみの中で、うごめくものに気づいた。丸くて黒い小さなものが、茂みの中から突き出ている。

「何だ?」

植えこみが大きく揺れ、白い手がニュッと現れた。

「やっぱり、いましたね」

「気づいていたのかい?」

「ええ。多分、いると思っていましたよ」

茂みの中から現れた福家は、髪や服についた葉や土を、手ではたき落としている。眼鏡は斜めになり、スーツの一番上のボタンがなくなっていた。

眼鏡をかけ直した福家が、こちらを見た。

「後藤さんじゃないですか」

手を振りながら、駆け寄ってくる。

「やあ……福家さん」

紺色のスーツは、土埃でところどころ白くなっている。髪もほつれ、寝起きのようになっていたが、福家は一向、気にする様子もない。

「ちょうどよかった。この後、お宅にうかがおうと……」

いや違う。偶然の出会いを装っているが、福家は、自分たちを待ち伏せしていたのだ。

興味を示して話を聞くか、無視して立ち去るか。どうする——。

「それなら、ここでお話をお聞きするわ」

そう答えたのは、喜子だった。

「いいでしょう？　あなた」

振り返った彼女の顔は、興奮に少し赤らんでいた。

「無論さ」

後藤は車椅子を、南側のベンチ前に移動させる。日当たりが良く、遊具から離れているので、話をするには絶好の場所だった。

ベンチに向き合うように車椅子を置き、その向かいに後藤、一人分空けて福家が坐る。

喜子の心が浮き立っているのが判った。

「事件の捜査は進んでいますして？」

「はい、と言いたいところですが、なかなか上手くいきません」

「あらあら」

「調べれば調べるほど、単純な誤爆ではないように思えてきます」

「誤爆ではないとすると、どういうことになるのかしら」

「何者かがあの車に爆弾を仕掛け、爆発させたことになります。つまり、計画殺人です」

「あなたは、そう考えているのね」

「はい。ただ、判らないことが多いもので……」

「私たちにききたいことがあると言ったわね。力になれることだったら、何でもしますよ」

「ありがとうございます」

福家は頭を下げながら、すりきれた手帳を取りだした。中ほどのページを開くと、目を細めて顔を近づける。

「ええっと、爆弾は誰が作ったのか」

後藤は言った。

「犯人の一人が作ったんでしょう？」

「当初は、エンジニアの麻生が作ったとされていました」

「違うんですか？」

「実は、麻生にはアルコール依存症の気がありました。断酒会に通うなどして一度はやめましたが、また手をだしてしまったようです。それが宝石強盗未遂事件の直後くらいです。強盗の失敗が引き金になったのかもしれません」

喜子が言った。

「その男はアルコール依存症で、爆弾作りなどの繊細な作業ができる状態ではなかった？」

「そういうことです」

喜子は首を傾げる。

「それは、考え方次第だと思うわ。そんな状態で作った爆弾だからこそ、誤爆したのではなくて？」

「おっしゃる通りです。実際、麻生はエンジニアに未練があったらしく、爆弾に使用できる部品が自宅に置いてありました」

「第三者から爆弾を買った可能性もあるわ」

「はい」

「でも、あなたは誤爆だとは考えていない。どうしてかしら」

「実は、もう一点、引っかかることがあります」

「聞かせていただける？」

「付近にあった監視カメラの映像を集めました。ビルの一階にあったカメラが、偶然、爆発の瞬間を捉えていました」

「あら、すごいわね」

喜子が後藤に言った。それを受け、後藤は福家に尋ねる。

「すると、車への出入りはすべて記録されていたことになりますな」

「はい。車には死んだ三人以外、誰も近づいていません」

「つまり、第三者が現場で爆弾を仕掛けた可能性は消えるわけだね」

「そういうことになります」

「で、引っかかることとは?」

「運転席にいた男、網山聡が、タバコを吸うために車外に出ているのです」

「引っかかったのはどっちだね? その男がタバコを吸ったことか、外に出たことか」

「外に出たことです。どうして、そんなことをしたのでしょうか」

「車内で吸うと煙がこもるからだろう」

「ウインドウを開ければ済むことではないですか」

後藤は肩を竦《すく》めた。

「人の行動を理屈で割り切ることはできないよ。本人が死んでしまった以上、本当のことは知りようもない」

喜子が言った。

「一番単純な答えは、車内が火気厳禁だったという可能性ね。爆弾があった。だから車内では吸えなかった。でもあなたは、犯人たちは爆弾を持っていなかったと考えているのよね」

「はい。それについて、私も一つ考えたことがあるのです」

福家が人さし指を立てた。喜子は嬉しそうに微笑む。

「ぜひ、お聞きしたいわ」

「ウインドウが開かなくなっていたのではないでしょうか」

「それはどういう意味? 故意に、誰かが開かなくしたということ?」

「はい」

「なぜ?」

「殺傷力を高めるためです。爆弾は威力を抑えて作られていました。車内で爆発させる場合、ウインドウが開いていると、威力が外に逃げ、殺傷力が落ちます」

「だから、窓を開かないようにした?」

「そうです。犯人が車に細工をして、開かなくしたと考えられます」

「盗難車だったんでしょう?」

「はい。爆発事件の三日前に、北関東で盗まれたものでした。ナンバープレートはつけ替えられていました」

「盗んでから犯行まで、車はどこにあったのかしら」

「アジト近くの路上に駐めてあったようです」

「何とも、いい加減ね」

「爆破の前夜、犯人が車に細工することもできたのです」

「たしかに。ある程度の心得がある者なら、電気系統の細工なんて簡単だもの。手を貸してくれる人がいれば、私でもできたはず」

喜子は挑戦的な視線を福家に向けた。

福家は大真面目な顔で、手帳に書きつけている。

「後藤さんにも可能と……」

「いやだ、福家さん。冗談よ」

加熱し始めた二人の間に、後藤は割って入った。

「窓の件は、福家さんの考えすぎだと思うがねえ」

「網山聡はヘビースモーカーだったようです。ですが、爆発した車の灰皿は空でした。グローブボックスにあった領収書によれば、爆発の前夜、スタンドに寄っています。聞きこみをしたところ、灰皿がいっぱいだったため、中身を捨てたそうです。そのとき空になった灰皿は、爆発が起きるまで空のままでした。彼はその後車内で一本も吸っていないのです」

「あなたがどう言おうと、私は火気厳禁説に惹かれるね。そちらの方が説得力がある」

福家はあきらめたように、手帳を閉じた。

「やはり、そうですかねぇ」

その言葉を機《しお》に、後藤は立ち上がった。

「では、そろそろ失礼しよう」

「どうも、お時間を取らせてしまって」

喜子が微笑んだ。

「いえいえ」

「あ、最後にもう一つ」

福家はこんもりとした茂みを指す。

「死んだ三人は、ここで強盗の打ち合わせをしていたそうです」

後藤は言う。

「それは驚きました」

「三人を公園で見かけたことは？」

「さあ。覚えがないですなぁ」

喜子がうつむき加減のまま、小さな声で言った。

「刑事さんとしては気になるところよね。彼らと縁のある公園に出入りしていた人間が、爆発現場の近くにいたなんて」

福家は大げさに首を振った。

「とんでもない、ただの偶然だと思います」

「そう、それならいいのだけれど」

「お邪魔しました」

福家が充分離れるのを待って、後藤は喜子の耳許に囁いた。

「彼女には確信があるようだ。私たちが犯人だという」

「そのようね」

「どうしたものかね」

「もう少し、様子を見ましょう」

後藤はゆっくりと車椅子を進める。ベンチに坐る藤山照子と目が合った。にこやかな表情を作り、会釈する。模様入りのセーターが三分の一ほどできていた。

九

警視庁別館の一階で二岡はようやく目的の人物を見つけた。

階段を下りながら呼びかけたが、福家は気づかない。身を屈めて待合室にある自動販売機と格闘しているからだ。

「どうかされたんですか？」

「おかしいわ。お金を入れたのに商品が出てこないのよ」

恨めしそうに自販機を見上げる。

「この機械、調子が悪いんですよ。僕の同僚もやられました。何を買おうと思ったんです？」

「おしるこ」

「へ？」

「朝から何も食べていないの。何かお腹にたまるものをと思ったのだけれど、おしるこくらいしかなくて」

「缶入りのしるこですか……。げっ、それにこれ、『冷たい』になってますよ」

「どんな味なのか、興味が出てきたわ」

「こんなのやめて、ちゃんとしたものを食べてください」

「でも、お金が……」

「僕が奢りますから」

本庁舎の食堂へ行こうとしたが、

「あなた、私を捜していたのでしょう？　そう聞いたから、別館まで来たの。用件を先に済ませてくれない？」

「ああ、失礼しました」

二岡は待合室のテーブルにつき、封筒に入れた資料を広げる。

「燃え残った紙の一枚、『駐車』と書かれたものを、徹底的に調べました。これは、公的な駐車許可証のようです」

「駐車禁止の区域でも、その紙を表示すれば駐めておけるわけね」

「ただし偽造ですね。紙質が違います。かなり精巧に作ってあったようですが」

「彼らは偽造許可証を掲示して、車を駐めようとしていた」

「はい。銀行強盗のために用意したものかと」

福家は証拠品袋の紙片を見つめ、小さくうなずいた。手応えがあったようだ。

「もう一つ、レストラン前の通りに落ちていた吸い殻の件ですが、付着した唾液から、吸ったのは鳥島であることが判りました」

福家はうなずいただけだったが、これは福家の推理を裏付ける重要な証拠だった。鳥島の吸い殻があったということは、彼がしばらくあの場に留まっていたことを示す。そこで、網山が運転する車の到着を待っていた可能性が高い。しかしレストランが開いていたため、急遽、合流場所を変更したのだ。

二岡は続いて、USBメモリをだした。

「最後に、彼らのアジトから面白いものが見つかりました。例の公園でのやり取りを録音したもののようです」

福家の薄い眉がぴくりと動いた。

「どこにあったの？」

「パソコンの中です。データは消去されていたのですが、復元しました」

福家はメモリを掌に載せると、目を輝かせる。

「お手柄だわ、二岡君。では早速……」

「待ってください。まずはちゃんと食事をしてください。食堂へ行きましょう」

福家は切なげにメモリを見下ろす。

「でも……」

「どうせ今夜も徹夜ですよね。それを聴く時間は、いくらでもありますよ」

「でも……」

福家は自販機が気になるらしい。

「警部補！」

「冷えた缶入りのおしるこ、どんな味がするのかしら」

「警部補、おしるこが好きなんですか」

「大好きよ」

「ああ、もう……」

二岡が髪を掻きむしりだしたとき、だみ声が待合室に響き渡った。

「福家！　ここにいたか!!」

石松だった。赤鬼と形容される顔が、今日ばかりは蒼かった。

本庁舎から駆けてきたのだろう、肩を上下させながら、石松は持っていた封筒をテーブルに放り投げた。

「これを見ろ」

福家は椅子に坐り直し、封筒の中身をだす。ゆっくりとしたその手つきに、石松は苛立ちを募らせたようだった。

「おまえが言うように、過去の事件を調べてみた。そしたら、これだ」

二岡は福家の肩越しに覗きこみ、石松は福家の向かいに腰を下ろす。

「一番古いのは七年前だ。五十二歳の会社社長が、歩道橋の階段から転落死している。飲んだ帰りということもあって、事故として処理された」

二岡は、福家の手にあるプリントアウトを見て、目を見開いた。

死んだ社長はその数年前、部下を自殺に追いこんだとして告訴されていた。結果は無罪。ワンマンぶりは有名で、苛烈な社員虐《いじ》めをしていたらしい。

「五年前はこれだ」

石松は自分で封筒を探り、該当事件のプリントを福家に突きつける。

三十三歳の男性が、自宅の火事で死亡。タバコの火の不始末と処理されていた。

この男性は死ぬ二年前、殺人の容疑で取り調べを受けていた。新大久保のホームで、口論になった若い男を殴り倒して逃走した一件だ。殴られた男は間もなく死亡、遺留品などから男性が容疑者に挙げられたが、直接の証拠がなく不起訴となった。被害者は暴力団関係者で、世間の目は、どちらかというと男性に同情的だった。

福家はゆっくりと、残りのプリントを見ていった。

彼女が紙を封筒に戻すのを待って、石松は口を開いた。

「七年で四件。合計六人だ」

重苦しい沈黙が下りた。

二岡は二人の顔色をうかがいながら尋ねた。

「あのう、これは、どういうことなんですか?」

答えたのは石松だった。

「いままでにもやってやがったのさ」

「え?」

「後藤夫婦だよ。今回が初めてじゃないんだ。あいつら、法の目をくぐり抜けた犯罪者を、始末してやがったんだ」

「そ、そんなバカな」

「七年前と四年前の現場写真に、後藤と思しき男が写っている」

石松の指が示したのは、野次馬を写したものだ。左端にぼんやりとだが、初老の男性が写っていた。

「これが後藤なんですか?」

輪郭がぼんやりと確認できるだけで、本人であるとは断言できない。それでも、石松は力をこめて言う。

「背恰好は合う。専門家の意見では、後藤に間違いないそうだ。それからもう一つ、三件目の被害者だが、死ぬ数日前、妙な老人に尾けられているようだと友人に洩らしている」

そこまで言われても、二岡は半信半疑だった。

「信じろと言う方が無理ですよ。あの老夫婦が死刑執行人みたいな真似を……」

ここでようやく、福家が口を開いた。

「初めてにしては、手慣れすぎている」

「は?」

「今回の殺しのことよ。プロ並みの手際だもの」

石松が顰めっ面のまま、つぶやいた。

「福家、まさか過去の四件も洗い直す気じゃないだろうな。そんなことをしたら、また波風が立つぜ。二件目にはヤクザも絡んでいる。今回の件にしても、直接的な証拠は出てないんだろう?」

「ええ、いまのところは」

二岡はたまらず、福家に言った。

「証拠どころか、被害者との繋がりもはっきりしていないんですよ」

「繋がりは公園よ。三人は公園で、銀行強盗について話し合っていた。それを、後藤夫妻は知ったのよ」

「でも、三人に近づいてもいませんよ」

「二人は唇が読める。聞いたのではなく、読んで知ったのよ」

福家は二岡が渡したメモリを手に、言った。

「これ、助かったわ」

立ち上がった福家は、未練たらしく自販機を一瞥し、肩を落として足早に歩み去った。

十

大学病院を出た後藤は、喜子の車椅子を押しながら駐車場の脇を抜け、正門玄関に向かう。

喜子は月に一度、耳鼻科の診察を受けねばならない。予約は入れてあるが、大抵、診察まで三時間近く待たされる。今日は補聴器のメンテナンスを兼ねているので、病院に丸一日いることになった。午前中に到着し、終わったのは日暮れ間近だ。いつものことながら、疲労感が両肩にのしかかる。

喜子が言った。

「あなた、お疲れさまでした」

後藤の足取りから、喜子は体調や気分を読み取る。

「いや、毎度のことだからね。喜子こそ疲れただろう。どこかでお茶でも飲んでいくかい？」

「いえ、私は大丈夫」

「じゃあ、帰ろうか」

「待って。そうもいかないみたい」

喜子が指さした先には、福家がいた。大学病院正門の脇に立ち、ぺこりと頭を下げる。

後藤は足を止め、喜子に言った。

「やれやれ。どうしたものかな」

「私は構わないわよ」

「おまえがそう言うのなら」

後藤は車椅子を福家の前まで進めた。

「刑事さん、いったい何用ですか？」

「お疲れのところ、申し訳ありません。また少し、おききしたいことが出てきまして」

「明日ではいけないのかね」

「捜査に関わることですので」

「手短に頼むよ。あそこに坐るところがある」

並木道の両側には、等間隔でベンチが並ぶ。

道は病院から帰る人々で混み合っていた。その間を縫うようにして、後藤はベンチの前に辿り着いた。

福家は穏やかな口調で、喜子に話しかけた。

「お耳の調子はいかがですか？」

「相変わらずよ。でも、補聴器をつければ何とかなるから」

うなずきながら、福家はベンチに腰を下ろす。

後藤は車椅子の後ろに立ったまま、言った。

「用件は何かな？」

不機嫌そうな声を作ったつもりだが、どこまで通じているか。

案の定、福家は気にする様子もなく、四つ折りになった紙を広げ始めた。

「何だね、それは」

「公園の見取り図です」

言われてみれば、見覚えのある配置だ。喜子もすぐに気づいたらしい。

「あの公園ね。私たちがいつも散歩している」

「はい」

滑り台やベンチの位置も正確に描かれている。そして、北側の植えこみには、円《まる》が三つ。

「これは、あの三人を表しているのね……あっ」

風で紙が飛びそうになった。喜子が慌てて紙の端を押さえる。福家は反対側を押さえながら、

「申し訳ありません。少しの間だけ、お願いします」

そう言われ、後藤も紙を押さえる。

「ありがとうございます」

「こんなことをして、何の意味があるのかね」

「彼らがどの位置で何を話していたか、正確に把握する必要が出てきまして」

後藤は顔を顰めた。

「それなら、我々にきくだけ無駄だよ。彼らには近づいてもいない」

「それは承知していますが、公園にいらした全員から、話を聞いているものですから」

「しかしねぇ……」

「いいじゃありませんか」

喜子が取りなす。彼女なりの考えがあるらしい。見取り図に目を戻すと、南側のベンチを指した。

「前にも言いましたけど、私たちはここにいました。藤山さんと少しお喋りをしましたわ」

福家はうなずく。

「藤山さんからもお話をうかがいました。後藤さんたちが来る少し前から、あのベンチで編み物をされていたようです」

「彼女なら、何か見ていたかもしれないわね」

「ええ。彼らのことをよく覚えておいでした」

福家は胸ポケットから黒ペンを取り、植えこみ脇に書きこまれた円を示す。

「証言をもとに、三人の位置関係を図にしてみました。リーダー格の網山は、藤山さんと向き合う位置にいました。その向かい側に鳥島、そして、藤山さんから見て右側に麻生」

後藤には、福家の意図が判らない。

「彼らの位置関係が、そんなに重要なのかね」

「麻生孝史がアルコール依存症だったと、この間、申し上げました」

「ああ」

「それに関して、面白いものが見つかりました」

福家は掌サイズのカセットプレーヤーをだしてきた。

喜子が目を輝かせる。

「あら、ずいぶんと懐かしいものを持っているのね」

「これが一番、使い慣れているものですから」

「そうよね。新しければいいというものではないわ」

福家といると、喜子は本当に楽しそうだ。傍目《はため》には、親子のように映るかもしれない。

福家が再生ボタンを押すと、雑音だらけの割れた声が聞こえた。

『決行は十日後くらいか』

カラスの鳴き声や子供の歓声も入っている。屋外での会話を、マイク録音したのだろう。

福家が一時停止ボタンを押す。

「麻生の自宅から見つかりました。どうやら、会話を録音していたようです」

「何のために?」

「アルコールのせいで時々記憶が飛ぶことがあって、重要な話は秘密裏に録音していたようです。データは消去されていましたが、こちらで復元しました」

「まあ、すごいことができるのね」

「この先を聞いてみてください」

再び再生が始まった。肉声を知る後藤には、誰が喋っているのか判った。だが、ここはとぼけ通すしかない。

『駐車許可証の件は、これでオーケーだな』

「いまのが網山の声です。次が鳥島」

福家が説明を加えた。

『しかしよぉ、本当に爆弾抜きでいくのか』

『いくも何も、麻生がこれじゃ、仕方ないだろうがよ』

『いつから飲み始めたんだ？　全然気づかなかったぜ。手の震え、止まらないのか？　爆弾なしじゃ、どうにも締まらないぜ』

『そう言うな。麻生もつらいんだ。宝石強盗のときは見事に失敗したからな』

『失敗でも何でも、あれはゾクゾクしたよな』

『正直、金なんてどうでもいいんだよ。銃の手配は済んでる。派手にぶっぱなしてやろうぜ』

少し間があって、再び網山の声が流れた。

『集合場所を決めた。メモなんかするなよ、覚えて帰れ』

福家がテープを止めた。

「以上が、公園での会話です」

後藤は喜子の様子をうかがいながら、つぶやいた。

「ひどいヤツらですな。まるで愉快犯だ。他人の迷惑など考えてもおらん」

「まったくです。銀行襲撃が決行されていたら、多くの犠牲者が出ていたかもしれません」

福家は、意味深な目つきで、後藤を見る。

「しかし、結果的に彼らは死んでしまったわけだ。あまり悪くも言えませんな」

「ねえ、福家さん」

喜子が言った。「あなたの言った意味が判ってきたわ」

「といいますと？」

「ほら、三人の位置が重要だってこと」

喜子は心持ち身を乗りだし、見取り図を覗きこんだ。

「私たちのところから網山の口許は見えるけど、鳥島の口許は見えない。こちらに背を向けているから。この録音を聞く限り、麻生のアルコール依存症や爆弾について話しているのは、もっぱら鳥島だわ。網山が言ったことだけでは、麻生の状態は判らない」

喜子は嬉々として語っているが、後藤は冷静ではいられなかった。

あの日、藤山の坐るベンチの後ろから、三人の会話を「読んだ」。その結果、彼らが銀行襲撃を企んでいること、宝石強盗未遂の犯人であることが判ったのだ。

喜子は即座に、三人を消すことを決めた。

後藤は三人の内偵を始めたが、麻生に依存症の気があることは突き止められなかった。本人も注意していたのだろう。

福家が言った。

「録音された会話によれば、彼らはここで初めて集合地点を決めています。犯人はその場所を事前に知っており、他に危害が及ばないよう、犯人たちに通りを一本ずらさせる工作までしています」

「つまり犯人は、この公園の会話で、彼らの計画を知った可能性が高い」

「その通りです。しかし、会話を直接聞いたわけではない。もし聞いたのなら、当日、彼らが爆弾を使わない予定であったことにも気づくはずです。であれば、誤爆に見せかける手は使わなかったでしょう。アジトに計画書が残っている可能性もありますから」

喜子が手を打ち鳴らした。

「面白いわ、福家さん。つまり、犯人は、あのとき公園にいて、なおかつ、盗み聞き以外の方法で彼らの計画を知った人物」

「はい。例えば、耳が不自由で、相手の唇を読める人物です」

後藤は喜子の肩を叩いた。

「そろそろ失礼しよう。ヘルパーさんが来るまでに戻らないと」

「あら、もうそんな時間?」

喜子は心底、残念そうに首を振る。

「福家さん、とても楽しい時間をありがとう。あなたは優秀な人だわ」

「私が？　とんでもない」

見取り図を畳み、バッグに入れる。「私なんて、まだまだです。目の前に殺人犯がいるのに、逮捕できないのですから」

「そうねぇ。いまの状況では無理ね」

「近々、またお目にかかることになると思います」

「待っているわ」

それが本心なのかどうか、後藤にも判らなかった。

後藤は軽く会釈すると、その場を離れた。福家の視線を背中に感じながら、喜子の耳許に囁きかける。

「彼らが爆弾を使わないつもりだったとは……。迂闊だった。見抜けなかったよ」

喜子は空を見上げながら、言う。

「気にすることはありませんよ。いろいろあった方が、逆に面白いわ」

「だが、あの刑事、絶対にあきらめないよ。どうするつもりだい？」

「何もしないわ」

喜子は前を向いたまま、そう言った。

十一

矢《や》崎《ざき》良太郎《りょうたろう》は仕事を終え、駐輪場に向かっていた。仕事といっても身分はアルバイトである。勤め先は、安さが売りの大手量販店だ。家電から自転車、植木まで、何でも扱っている。広大な売り場に雑然と並ぶ商品群と、店員たちは日夜格闘していた。売り場の地図を頭に入れるだけでも事なのに、商品知識、接客態度など、あらゆる面で完璧を求められた。

上司はバカで、客は横柄だ。それでも、このご時世にそこそこの時給を払ってくれる。

不発弾を背負っているような毎日だが、矢崎はそれなりに充実を感じていた。

駐輪場は店裏手の薄暗い場所にあった。従業員専用で、監視カメラなどはない。

盗まれてもいいってことかよ。

自分の自転車に向かいながら、矢崎の頭は警報を発していた。

何か、おかしいぞ。

昨夜は深夜勤務で、上がったのは午前七時。着替えを済ませ、自販機で缶コーヒーを飲み、ここに来た。

人が少なすぎる。いつもなら、矢崎と同じシフトのアルバイトがウロウロしているはずだ。

朝からの勤務に就く者が、ちらほらやってくる時間でもある。

いま駐輪場には、矢崎一人しかいなかった。

まずいな。

足を止め、引き返そうとしたとき、人の気配を感じた。左右を見るが誰もいない。

「矢崎さん」

呼びかけに、飛び上がった。振り返った矢崎の前には、小柄な女性が一人いた。

「な、何だ、あんた」

「驚かせてしまいましたか」

女は笑った。この場の雰囲気とは、何ともミスマッチな笑みだった。

矢崎は脱出経路を探る。三方を塀に囲まれているが、その気になれば乗り越えられる。

「無理よ。塀の向こうにも、通りにも、警官がいるわ」

女が警察バッジを突きつけた。

「捜査一課の福家といいます。矢崎良太郎さんですね。ちょっとお話を聞かせてください」

心臓は飛び跳ね、胃は縮こまり、足から力が抜けていく。それでも矢崎は、すべての感情を呑みこんだ。

「俺には話すことなんて、ないんだけど」

だが、女刑事は強気だった。

「時間を無駄にする気はないの。あなたを強盗、あるいは殺人未遂の共犯として逮捕することもできる」

罪名から、矢崎を窮地に追いこんだヤツらの名が浮かんだ。網山たちか。やっぱり、あんなバカと組むんじゃなかった。

矢崎は両手を上げる。

「待ってくれ。共犯なんて冗談じゃない。俺は何もしてないぜ」

福家がショルダーバッグから、プリントアウトした写真をだした。焼け焦げているが、「駐車」の二文字は読み取ることができる。

「あなたが作ったものよね。パスポート、免許証、どんな書類でもお手のもの。その筋での評判はいいみたい」

小柄で童顔なくせに、妙な迫力がある。矢崎の思考は混乱した。いままで、警官や刑事に問い詰められても、のらりくらりとかわしてきたのに……。

「余罪まで、根こそぎやるつもりはないのよ」

福家は声を低くして、写真を掲げた。

「この件について、質問に答えてくれないかな」

矢崎は最後の抵抗を試みた。

「余罪とか言って、はったりだろ？　あんたらは、何も摑んじゃいない」

「はったりかどうか、試してみる？」

福家の表情からは何も読み取れない。矢崎の自信は揺らいでいた。

「判った、判ったよ」

余裕の笑みを浮かべたつもりだったが、頰が引きつっているようにしか見えなかっただろう。

福家は、ずばり本題に入った。

「この焼け残りは、偽造された駐車許可証。作ったのは、あなた。依頼したのは網山か鳥島」

「網山だよ。ヤツとは長いつき合いでね」

「宝石強盗のときも、依頼を受けたわね」

「ああ。店の従業員章を三つ作ってくれと言われた。今回は駐車許可証だけだ」

「ききたいのは、受け渡し方法なの。いつ、どうやって、許可証を渡したの？」

「依頼がギリギリだったんで、渡したのは決行当日だった」

「つまり、三人が死ぬ直前ね」

「まさに。吹き飛ぶ一時間前だった」

「受け渡し場所は？」

「路上。時間がなかったから」

「もっと詳しく」

「指定された交叉点で待っていた。そしたら、網山が乗ったワンボックスが来た」

「乗っていたのは、網山一人？」

「ああ。俺は歩道に立っていた。車が俺の前で止まり、俺は許可証を渡した。それだけさ」

「話はした？」

「いいや。あいつ、運転席にいたから」

福家はわずかに首を傾げた。

「どういうこと？　運転席からでも、話はできるでしょう？」

「そんなこと、知るかよ。とにかく、網山は窓を開けもしなかったんだ。俺は歩道に立ってた。運転席は右側だ。窓を開けてくれなくちゃ、声は通らない」

「許可証はどうやって渡したのかしら。運転席側に回ったの？」

「いいや。助手席側の窓が、少しだけ開いてたんだ。一センチくらいかな。そこから入れた」

福家の目が輝いた。

「開いていたのね、ウインドウは」

「ほんの少しだけど」

「許可証はそこから、中に入った……」

これは独り言らしい。

「なあ、もう行ってもいいかな」

福家は、心ここにあらずといった体《てい》だった。

いまがチャンスだ。矢崎は自転車のチェーンロックを外し、そそくさとその場を後にした。

追ってくる者はいなかった。

十二

家を出たときから、ただならぬ気配には気づいていた。通りに変わったところはない。いつも顔を合わせるご近所さんとすれ違うくらいだ。

それでも、鋭く尖った殺気を、後藤はひしひしと感じている。それは、喜子も同様だった。

「何だか物々しいわねぇ」

「ああ、そうだね」

後藤はいつもと同じ歩調で車椅子を押し、いつもと同じルートを通った。生け垣の続くお屋敷街を抜け、あの公園に足を向ける。

空は晴れ渡っており、朝日が気持ちいい。

「暑くないかい？　膝かけを取ろうか？」

「いえ、大丈夫ですよ」

いつもより少し早いので、ベンチに編み物をする藤山の姿はない。代わりに、福家がいた。

「あら」

喜子は旧友に会ったかのように、頬を緩める。

それでも、後藤は警戒を解かなかった。おそらく、周囲に刑事や警官が張りこんでいるに違いない。車椅子をベンチの前に止め、言った。

「刑事さん、今日はいったい何ですか。こう毎日だと……」

「申し訳ありません。どうしても確認しなければならないことがありまして」

「そういうことは、一度で済ませてもらいたいですな」

だが、福家の口から、それ以上の詫びは出てこなかった。

「これを見ていただきたいのです」

福家が見せたのは、寂れた路地の写真だった。廃工場や空き地が並び、二車線の通りには路上駐車の車が並んでいた。

「例の三人組が、犯行前夜にワンボックスを駐めていた場所です」

「ほう」

いきなり写真を見せ、こちらの反応をうかがおうという魂胆だろうが、そうはいかない。

無論、この界隈のことは隅々まで知り尽くしていた。麻生を尾行して何度も歩いた通りであり、車に細工をするため、喜子と深夜に訪れた場所でもあった。

後藤は写真を返す。

目論見が外れて、残念だったな。

福家は平然として、

「車が駐まっていたのは、廃工場などのある寂しいエリアです。往来も少なく、路上駐車が多かった」

喜子が言う。

「つまり、駐めておいても、目立たない場所」

「その通りです。もう一つ言えば、誰かが車に細工をしようとすれば、簡単にできたということです」

「細工というのは……ああ、車のウインドウのことね。殺傷力を高めるため、開かないようにしたって」

「はい。実はウインドウに関して新しい証言がありましてね」

福家はもう一枚、写真をだす。焼け焦げた紙だ。真ん中に「駐車」という文字が見える。

「これは偽造された駐車許可証です。これの受け渡しが、当日行われていました」

福家は状況について、細々と説明を始めた。待ち合わせが路上であったこと。作成者は歩道で待ち、ワンボックスを運転する網山が受け取りに現れたこと。

「一番簡単な受け渡しは、助手席側の窓を開けることです。でも、網山はそうしなかった」

「福家さん、私どもは散歩の途中なんだ。要点をまとめてくださらんかな」

「ウインドウに隙間がありました。そこから許可証を入れたのです」

福家は親指と人差し指で、わずかな間隔を作ってみせた。

喜子に動揺が走ったことに、後藤は気づいた。いまだかつてなかったことだ。

車椅子のバーを握る手に、自然と力がこもった。

「それが、どうしたというんです？」

「ウインドウは開かなくなっていましたが、上部にわずかな隙間があった。これはどういうことでしょうか」

「さあ。ただの故障だろう」

「そうです。ただし、仕組まれた故障です」

福家は再び、車が駐まっていた路上の写真をだす。

「車はここに駐まっていました。犯人は深夜にやってきて、ウインドウを開かなくしました。『ある程度の心得がある者なら、電気系統の細工なんて簡単だもの。手を貸してくれる人がいれば、私でもできたはず』。喜子さんはこうおっしゃいました」

福家は、喜子の言った言葉を一言一句違《たが》えず復誦した。

喜子は右手を動かし、無言で先を促した。

「犯人は細工後に、開かないことを確認したはずです。そのとき、わずかですが、ウインドウが下がった」

ここで福家は口を閉じた。意味深な沈黙が、三人の間にじわじわと浸透していく。

後藤はどうしていいか判らなかった。喜子に助けを求めるが、彼女もまた、薄く目を閉じたまま前を見つめるだけだった。

「犯人は……」

口を開いたのは、福家だった。別の写真を手にしている。大きく拡大された、鮮明な指紋の写真だ。

「細工が終わった後、ウインドウを拭いたと思われます。爆発で粉々に砕けるはずですが、万が一のこともちゃんと考えていた。ですが、ウインドウが下がっていたのには気づかなかった。その部分から、指紋が出ました。ドア部分に納まっていたので、爆風や熱からも守られたようです」

喜子が言った。

「もう照合したのでしょう?」

「はい」

病院で見せられた公園の見取り図から、後藤と喜子の指紋を採取したのだ。

後藤は言った。

「私たちは、指紋の提出に同意していない」

喜子の手が、後藤の手を握った。

「いいじゃありませんか、あなた。提出しましょう」

「だけど、おまえ……」

「福家さん、あなたが連行なさるの？」

「向こうに車を待たせています」

「用意がいいのね」

「恐れ入ります」

車椅子を押すよう、喜子が目で合図してきた。

公園の北側から、言い争う声が聞こえてきた。見れば、がっしりとした巨漢と制服警官が、押し問答をしている。

巨漢は大声で警官を恫喝している。

「いいか、あいつらの調べは、うちでやる。優先順位ってものがあるんだよ」

巨漢は警官を突き飛ばすと、公園に入ってきた。福家の前に立ち、無遠慮にジロジロと全身を見た。

「警部補殿、お邪魔いたします」

「あら、志茂《しも》巡査部長」

「その二人は、四課で預かります」

「それは、どういうことかしら」

「五年前の阿部史蔵《ふみぞう》の件、覚えておられますな」

「新大久保のホームで男性が殺害された事件の容疑者ね。逮捕されたけれど、結局、告訴は取り下げられた」

「その後、ヤツは死にました。火事で」

「タバコの火の不始末と聞いたわ」

「今回、新たな可能性が浮上しました。早急に捜査を再開せよと命令を受けています」

志茂は、威嚇するように後藤たちを睨んだ。その間に、福家は静かに体を滑りこませる。

「阿部さんが新大久保で殺害したのは、暴力団関係者だった。その件と関連があるのかしら」

「この二人が、誰かの依頼を受けて阿部を殺したんだとしたら？」

喜子が苦笑した。志茂は激高する。

「何がおかしい⁉」

「短気な刑事さんね。そんなこと、あるわけないでしょう」

「それをこれから取り調べるんだ。一緒に来てもらうぞ」

志茂の部下と思われる三人が、近づいてきた。

志茂は小馬鹿にした目で福家を見下ろし、

「申し訳ないが、こちらが先です、警部補殿。上手くすれば、指定暴力団を一網打尽にできますので」

福家は何も言わなかった。

後藤は喜子と引き離され、背中を強く突かれた。こうなったら、従うほかない。

男たちは乱暴な手つきで、喜子の車椅子を押していく。

公園の前に、ワンボックスが一台駐まっていた。まず車椅子ごと喜子が乗せられ、続いて後藤が押しこめられた。

公園の方を見ると、福家がぽつんと立ち尽くし、こちらを見ていた。

十三

本庁舎一階の食堂で蕎麦《そば》を食べようとしていた二岡は、券売機の前にたたずむ福家を見つけた。

「警部補」

声をかけると、福家は何も買わず、二岡のテーブルまでやってきた。

後藤夫妻の件は、二岡の耳にも届いている。福家が本庁に来たのは、経過を上司に報告するためだろう。

福家は二岡のざる蕎麦を、物欲しげな目で見る。

「うーん、ざる蕎麦か、かけ蕎麦か、迷っていたの。かけ蕎麦にしようと思ったけれど、こうして見ると、ざる蕎麦も捨てがたいわね」

組対四課の横暴も、福家をへこませることはできなかったようだ。いつもながらの飄々とした様子を見て、二岡は胸を撫で下ろした。

「よければこれ、食べてください。僕、新しいのを買ってきますから」

「ありがとう。でもいいわ。たぬき蕎麦にする」

そこへ、血相を変えた石松が飛びこんできた。

「おいっ、福家！」

券売機に戻ろうとした福家は、きょとんとして足を止める。

顔を真っ赤にした石松は、まさに赤鬼だった。周囲の目も気にせず、まっすぐ福家に近づく。

「聞いたか？」

「は？」

「おまえ、携帯は？」

「あ！　電源を入れてないわ」

慌ててショルダーバッグを探る。

石松は踵を踏み鳴らし、獣のような唸り声をあげた。

「それならそれでいい。上はひっくり返るような大騒ぎだ。護送中の後藤たちが逃げた」

「ええ？」

二岡はすすった蕎麦を噴きだした。

「汚ねえな、バカ」

石松に思い切り頭を叩かれた。

「志茂たちの乗った車が何者かに襲われた。覆面の四人組だそうだ。志茂たちを縛り上げ、後藤夫妻を連れて、悠々と立ち去ったらしい。非常線を張って行方を追っているが、まだ網にはかかっていない」

「逃げたって、そんな……」

「後藤たちがやっていたのは、仇討《かたき》ちのようなものだ。恩義を感じる人間がいてもおかしくはない。事件の関係者、遺族」

「暴力団も絡んでいましたしね」

石松は福家に目を移した。彼女は電源を入れた携帯を見つめている。

「福家、携帯を見ている場合か」

「メッセージが届いたものですから」

「まったく……」

激高する石松に対し、福家はいつも通りだった。

彼女にはこうなることが判っていたんじゃないか。二岡はそんな風にも考えた。だから、何の抵抗もせず、志茂に後藤夫妻を預けたのだ。

まさかね。

自分の考えを否定し、二岡は福家の横顔を見た。かすかに口許が綻んでいる。

「警部補、いい報せですか?」

「どうかしら」

「メールなんか見てる場合じゃねえだろう」

石松は相変わらず、ふつふつと煮えたぎるマグマのようだ。

「大事なメールですから」

「ふん、警視総監からでも来たか」

「いえ、後藤喜子からです」

「けっ、くだらん。……なに！」

石松と二岡は、同時に携帯を覗きこんだ。

青白く光る画面には、短い一文が表示されていた。

『楽しかったわ。また会いましょう』

『福家警部補の報告』のかたち

森谷明子

「倒叙」のかたち

本書は「倒叙ミステリ」の形式を取っている。あらかじめ犯人が読者に提示されており、いかにしてその犯行があばかれるかに主眼が置かれているということだ。

「倒叙ミステリ」においては、物語が犯行のリアルタイムからスタートすることが多い。犯行に及んだ人物は、最初から読者の目の前にいる。

ただし、これは必ずしも「あらかじめ読者に真相が知らされている」ことを意味しない。

本書を手に取るようなミステリ読みの方に、この二つ――「犯人が知らされている」と「真相が知らされている」――の違いは、いまさら申し上げるまでもないだろう。ミステリの醍醐味は「犯人当て」だけにあるわけではないのだもの。ねえ？

犯人がなぜ被害者を手にかけるに至ったのか。

むしろ私の興味はそこに向く。そして、そうした「ホワイダニット」を追求するのに「倒叙」という形式は最適であるように思えてならないのだ。読者の探求の方向が分散せずに「なぜ」の一点に深化していくから。

もちろん「いかにして」福家が犯人を追いつめるかはストーリーの骨格である。だが、読書の興趣を深めるには、追いつめられる犯人に感情移入したほうが効果的なのだ。その点で、冒頭から犯人視点で物語が展開する倒叙ミステリは、「なぜ」の追求に適しているのではないか。

しかも、本書で作者は福家の心情描写を排し、徹底的に犯人や事件の関係者の視点に立って物語を進める。読者は必然的に終始犯人に寄り添って物語世界に分け入ることになる。人間の心は重層的だ。だから人を手にかける時、犯人も自分の心理をすべて意識しているわけではない。犯行後の言動、過去の場面のフラッシュバック、読み進めるにつれ明かされるそうした犯人側の情報に、読者は共感したり反発したりしながら、やがて冷徹な裁きの手——福家警部補——との対決を待つことになるのだ。犯人とともに。

通常のミステリが「探偵がいかにして犯人を追いつめるか」に主眼が置かれるのに対して、倒叙ミステリは「犯人がいかにして追いつめられるか」の物語である。

主人公は福家警部補ではなく、犯人なのかもしれない。

「福家」のかたち

福家警部補の特徴を、抜き出してみる。

●童顔で小柄（身長一五二センチ）な外見のため二十代に見える三十代。容貌には詳しい描写がないが、初登場ではショートカット、前髪ぱっつん、縁なし眼鏡に紺か地味な色のスーツ姿。保険の外交員&就活中の大学生&各種訪問販売員、等々に見えるらしい。一方でプロカメラマンが思わずプロ根性をかきたてられて被写体に選んでしまうところを見ると、美醜の問題ではなく、よほど印象的な顔立ちをしているのか、それとも表情豊かなのか。あまりに殺人事件にそぐわない外見のため、とても捜査責任者に見えず、いや、刑事にも見えず、犯行現場に赴いた当初はほぼ間違いなく現場への立ち入りを止められる。

●外見に似合わず、超人的にタフ。仕事が押して徹夜が何日続こうと一向に疲れを見せない。ついでに酒造界の大物相手に酒を酌み交わし、つぶすほどの酒豪でもある。

●身構える相手に肩透かしを食わせる技に長けている。未熟者、取るに足らぬ相手と油断させる外見。警察バッジをどこにしまったかすぐに忘れる&傘やペンをどこかに置き忘れる&現金の持ち合わせがなくて買い物やタクシー利用にも事欠く（忙しすぎて預金を下ろす暇さえないのだ）&携帯電話の電源を入れ忘れる等々、とても有能な刑事には見えない属性。おまけに想定問答集がきかない、どこから攻めてくるか予測不能の会話術。知能に優れた犯人も終始福家のペースに翻弄され、やがて馬脚を現す結果に陥る。

●多趣味。特にサブカルチャー（漫画、アニメ、フィギュア、映画、演芸等々）の分野に卓越した知識を持つ。これだけの範囲をカバーしているのだから、福家は格別の御加護により、神から一日四十時間与えられているのかもしれない。

福家の最大の武器は「ギャップ」だろう。犯人は福家が「未熟」な「女性刑事」という二重のハンディを背負った見かけに驚かされ、取るに足らぬ相手と油断する。福家シリーズの犯人の多くはその道の専門家だが、おのが分野に卓抜した知識を持ってもいる福家に、次の驚きを味わう。やがて、外見から予想もつかないタフさと鋭さに、驚きが得体の知れない恐怖に変わる。

この女、何を考え、どこまで見通しているのか。

福家を脅威と感じた時、犯人はすでに福家の術中にはまっている。

ところで、福家警部補には、「本歌」がある。つかみどころのない第一印象とその下に秘められたずば抜けた能力と強靭さを武器に、完全犯罪をもくろむ知能犯を屈服させてきた、ある名探偵だ。

ただし、福家警部補の肖像は「本歌」とは対極にある。ユニークな福家の造形が、本書を傑作にしている大きなポイントなのだ。

「本歌取り」のかたち

福家には「本歌」があると書いた。だが、それがいかなるものか、ここで述べることは控えさせていただく。

理由。

すでに福家警部補に馴染みのある方には屋上屋を架す説明であるから。

そして、今まで福家警部補に出会っていない方には、私ごときが予断を与えたくないから。

だいたい、何もこの場で野暮な説明をしなくても、本書を手に取るようなミステリ読みの方にとっては、福家のミステリ的先祖が誰であるか、これはもう自明のことなのである。

それに。

私は、何の予備知識もなしに初めて福家警部補の短編を読んだ時、どれほど驚き、喜んだか、今でも鮮明に覚えている。それは、言葉にするなら、

「この福家警部補って、まさか……」

「いや、間違いない……」

「ああ、やっぱり！」

という一連の過程だった。もしも本書で福家警部補初体験という方がいらっしゃるなら、あの驚愕から歓喜までの素敵な感情を、ぜひ体験していただきたいからである。

そして何よりも大きな理由。

作者大倉崇裕氏自身が、福家警部補の「本歌」については一言も触れていないのである。にもかかわらず、その「本歌」はミステリファンなら誰でもわかる。「本歌」と似ても似つかない福家は、まったくかけ離れたキャラ設定でありながら、明確に「本歌」を想起させることに成功しているのだ。福家シリーズはその意味でも、たぐいまれなミステリである。その、作者の離れ業とも言える工夫を、私がこんなところで台なしにしてしまっては、作者にも読者にも申し訳が立たないではないか。

「本歌」を明かさないからといって、作者は情報提供を惜しんでいるわけではない。表現物はすべて作り手と受け手との双方向性を前提にしているものだが、特にミステリは、他のジャンルよりもその傾向が強い。ミステリとは本来、読者への謎の提示とその解決の説明で成り立つものだからである。作者はできる限り情報を提示することを求められる。大倉氏ももちろんそのフェアプレーの精神にのっとっている、「本歌」の存在を決して明言せずに。

離れ業と書いたのはそういう意味である。

「本歌取り」の作品が成功するか否かは、「本歌」をリスペクトしつつも、いかに「本歌」から離れた単体として存在できるかにあると思う。「本歌」はたしかな天体として存在している。

その存在を常に作者も読者も念頭に置きながらも、生み出された作品はまったく別の天体である必要がある。「本歌」から独立するための十分な離脱エネルギーを持ち得なければならない、と言えばいいだろうか。

「福家警部補」は、輝く天体として、確固として存在している。

「福家警部補」シリーズとしては、すでに『福家警部補の挨拶』（二〇〇六年、文庫版二〇〇八年）『福家警部補の再訪』（二〇〇九年、文庫版二〇一三年）が刊行されており、小山正氏、神命明氏による詳細な解説がある。

そちらを未読でも本書を楽しむのになんら不都合はないが、この機会にぜひ通読され、福家警部補のさらなる魅力にひたっていただきたい。

また、本書の最後で、福家警部補に宿命のライバルが登場したようだ。今後シリーズにどんな展開があるのかも、一ファンとして今から待ち遠しくてたまらない。

『楽しかったわ。また会いましょう』

（文庫化に際して単行本解説を一部改稿しました）

初出一覧

禁断の筋書《プロット》　ミステリーズ！ vol. 44, 45（二〇一〇年十二月、一一年二月「福家警部補の帰還」）
少女の沈黙　ミステリーズ！ vol. 47, 48（二〇一一年六月、八月）
女神の微笑《ほほえみ》　ミステリーズ！ vol. 51（二〇一二年二月）
『福家警部補の報告』　東京創元社（二〇一三年二月）

検　印
廃　止

著者紹介　1968年11月6日，京都府生まれ。学習院大学法学部卒業。97年「三人目の幽霊」が第4回創元推理短編賞佳作に。98年「ツール&ストール」で，第20回小説推理新人賞を受賞。著書に「七度狐」「聖域」「無法地帯」「福家警部補の挨拶」等。

福家警部補《ふくいえけいぶほ》の報告《ほうこく》

2016年12月16日　初版

著　者　大《おお》　倉《くら》　崇《たか》　裕《ひろ》

発行所　（株）東京創元社
代表者　長谷川晋一

162-0814/東京都新宿区新小川町1-5
電　話　03・3268・8231-営業部
　　　　03・3268・8204-編集部
URL　http://www.tsogen.co.jp
振　替　00160-9-1565
フォレスト・本間製本

ISBN 978-4-488-47007-4　C0193

この噺は一体どこへ行くんだろう?

ANOTHER GHOST◆Takahiro Okura

三人目の幽霊

大倉崇裕

創元推理文庫

◆

年四回発行の落語専門誌「季刊落語」の編集部は
落語に全く不案内の新米編集者、間宮緑と
この道三十年のベテラン編集長、牧大路との総員二名。
並外れた洞察力の主である牧編集長の手にかかると、
寄席を巻き込んだ御家騒動や山荘の摩訶不思議、
潰え去る喫茶店の顚末といった〈落ち〉の見えない事件が
信じがたい飛躍を見せて着地する。
時に掛け合いを演じながら
牧の辿る筋道を必死に追いかける緑。
そして今日も、落語漬けの一日が始まる……。

◆

収録作品＝三人目の幽霊，不機嫌なソムリエ，
三鶯荘奇談，崩壊する喫茶店，患う時計

本格ミステリの精神に満ちた傑作

FOX THAT PLAYED TRICKS 7 TIMES

七度狐《しちどぎつね》

大倉崇裕

創元推理文庫

◆

――「季刊落語」編集部勤務を命ず
という衝撃の辞令から一年。
落語と無縁だった新米編集者・間宮緑は
春華亭古秋一門会の取材を命じられ、
不在の牧に代わって静岡の杵槌村を訪れる。
引退を表明している当代の古秋が七代目を指名する
落語界の一大関心事である会の直前、折からの豪雨に
鎖され陸の孤島と化した村に見立て殺人が突発する。
警察も近寄れない状況にあっては、名探偵の実績を持つ
牧も電話の向こうで苛立ちを募らせるばかり。
やがて更なる事件が……。
あらゆる事象が真相に奉仕する全き本格のテイスト、
著者初長編の傑作ミステリ。

編集長に頼ってばかりはいられない

GENTLE DEATH◆Takahiro Okura

やさしい死神

大倉崇裕

創元推理文庫

◆

なぜかしら校了前の忙しいときにばかり不可解な騒動が
持ち込まれる、総員二名の「季刊落語」編集部。
配属当初は大いに戸惑った間宮緑だが、
牧編集長との掛け合いもすっかり板についてきた。
前座を卒業、そろそろ二つ目編集者というところ。
過去幾度も名探偵の横顔を見せてきた牧だけに
事件のほうが放っておかないらしく、
山と積まれたゲラを前にした今日も……
本格ミステリと落語ネタが絶妙な調和を見せる、
『三人目の幽霊』『七度狐』に続くシリーズ第三弾。

◆

収録作品＝やさしい死神，無口な噺家，幻の婚礼，
へそを曲げた噺家，紙切り騒動

『福家警部補の挨拶』に続く第二集

REENTER LIEUTENANT FUKUIE◆Takahiro Okura

福家警部補の再訪

大倉崇裕

創元推理文庫

◆

アメリカ進出目前の警備会社社長、
自作自演のシナリオで過去を清算する売れっ子脚本家、
斜陽コンビを解消し片翼飛行に挑むベテラン漫才師、
フィギュアで身を立てた玩具企画会社社長——
冒頭で犯人側から語られる犯行の経緯と実際。
対するは、善意の第三者をして
「あんなんに狙われたら、犯人もたまらんで」
と言わしめる福家警部補。
『挨拶』に続く、四編収録のシリーズ第二集。
倒叙形式の本格ミステリ、ここに極まれり。

収録作品＝マックス号事件，失われた灯，相棒，
プロジェクトブルー